LES

MONUMENTS

EN CHALDÉE

EN ASSYRIE ET A BABYLONE

CHAUMONT. — IMPRIMERIE CH. CAVANIOL.

LES
MONUMENTS

EN CHALDÉE, EN ASSYRIE

ET A BABYLONE

D'APRÈS LES RÉCENTES DÉCOUVERTES ARCHÉOLOGIQUES

AVEC NEUF PLANCHES LITHOGRAPHIÉES

PAR

H. CAVANIOL.

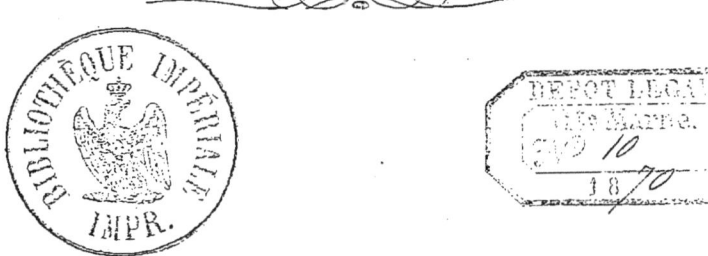

PARIS

A. DURAND ET PEDONE LAURIEL, LIBRAIRES ÉDITEURS

9, RUE CUJAS, (ANCIENNE RUE DES GRÈS).

1870

PRÉFACE

Les précieuses découvertes faites, dans
ces derniers temps, en Chaldée et en Assyrie ont ressuscité, pour ainsi dire, Babylone et Ninive. Elles permettent à la
science de reconstituer avec un détail de
plus en plus exact une civilisation éteinte
depuis vingt-cinq ou trente siècles, à l'imagination de revoir dans toute leur splendeur les puissants empires qui, dès les
temps bibliques, s'étaient fondés sur les
rives du Tigre et de l'Euphrate.

Dans le livre que nous publions aujour-
d'hui nous avons voulu présenter, en ce
qui concerne les *Monuments* de la Chal-

dée, de l'Assyrie et de Babylone, un résumé des recherches auxquelles se sont
livrés les savants et intrépides explorateurs
des contrées mésopotamiques, MM. Botta,
Layard, Loftus, Taylor, H. Rawlinson,
J. Oppert et V. Place.

H. C.

Janvier 1870.

PREMIÈRE PARTIE.

HISTORIQUE DES DÉCOUVERTES

HISTORIQUE DES DÉCOUVERTES

I. État des connaissances que l'on avait sur la Chaldée et
l'Assyrie avant l'époque des fouilles de M. Botta. — II. Premières fouilles à Khorsabad. — III. Les explorateurs anglais. — IV. Reprise par M. Place des fouilles du Khorsabad.

Le Tigre et l'Euphrate, voilà deux noms que
nous cite la Bible quand elle nous raconte les origines de l'humanité. « Et le troisième fleuve est
Hiddékel qui coule vers l'Assyrie ; et le quatrième
est l'Euphrate [1]. »

[1] *Genèse,* ch. 2, ỳ. 14.

A ces deux noms s'attachera toujours une célébrité impérissable, car ils nous rappellent Ninive et Babylone, l'Assyrie et la Chaldée, — les deux plus vastes cités dont l'histoire ait jamais fait mention, deux des plus grands empires du monde.

Dans la plaine que l'eau de ces fleuves entoure, l'humanité, dans toute la fougue de la jeunesse, voulut se dresser jusqu'au ciel pour y surprendre le secret des lois qui régissent l'univers, pour y défier le Tout-Puissant [1] ; et Babel [2], ce monument interrompu de l'orgueil humain, commencé vingt-sept

---

[1] *Genèse*, ch. 11, ⱨⱨ. 1 à 9. — Cf. : *Une inscription de Nabuchodonosor* : «... Les hommes l'avaient abandonnée, en désordre, proférant leurs paroles. » — Un fragment d'Abydène, cité par Syncelle et Eusèbe, *Chrono.* — Un fragment d'Eupolème, cité par Alexandre Polyhistor, *Des Juifs.* — Un fragment de Bérose, cité par Syncelle, *Chronog.*

[2] Le mot בבל *Babel* de la Bible dérive de l'hébreu בלל *balal*, confusion. En assyrien, *Babel, Babylone*, ou mieux, *Bab-ilou* voulait dire *porte d'Ilou*, ou, *porte de Dieu* ; mais la tour à étages était située, sur la rive occidentale de l'Euphrate, dans une ville du nom de Borsippa, ville qui fut réunie à Babylone par Nabuchodonosor, puis séparée de nouveau par Darius, fils d'Hystaspe ; une inscription de Nabuchodonosor nous dit : « ... le temple des sept lumières de la terre, *Bit-zi-da*, auquel se rattache le plus ancien souvenir de Borsippa...,» et c'est ce mot *Borsippa* (*Barzippav*), qui, d'après le *Talmud*, en accord avec le vocabulaire assyrien, signifiait : *Confusion des langues.*

siècles avant notre ère nous étonne encore en ses débris [1].

C'est dans cette plaine que science, richesse, commerce, puissance et gloire ont longtemps vécu. C'est là que, dans tout son éclat, a régné une civi-

[1] Telle est l'impression que le *Birs-Nemrod* (château de Nemrod), — c'est le nom que les habitants donnent à la colline formée par les ruines de la Tour à étages, — produisit sur sir Kerr Porter et sur M. Rich : « J'ai visité, dit M. Rich, le Birs-Nemrod dans un moment qui répondait tout à fait à la grandeur de son effet. La matinée était d'abord orageuse et nous menaçait d'une grande chute de pluie. Mais comme nous nous approchions du but de notre voyage, les nuages qui s'étaient accumulés se séparèrent ; ils nous laissèrent entrevoir le Birs dominant sur la plaine, présentant l'apparence d'une montagne ronde couronnée d'une tour, avec un rideau élevé qui s'étend le long de son pied. Comme pendant la première partie de notre promenade nous fûmes entièrement privés de la vue de cette ruine, cela nous empêcha d'en acquérir par gradation l'idée, en général si nuisible à l'effet et si particulièrement regrettée de tous ceux qui visitent les pyramides d'Egypte. A peine fûmes-nous parvenus à une distance convenable, qu'elle s'offrit tout à coup à la vue, au milieu de masses roulantes de nuages noirs et épais, obscurcies en quelques endroits par cette espèce de brouillard dont la confusion produit quelque chose de sublime, tandis que des traits de lumière vive, présageant l'orage, étaient répandus dans le désert au delà, et servaient à donner quelque idée de l'étendue immense et de la triste solitude du pays désolé où se trouve située cette respectable ruine. » Rich, *First Memoir.*, pp. 35, 36. — Comp. encore avec ce que dit M. Oppert, *Exp. en Mésop.* tome I, p. 200.

lisation dont les vestiges chaque jour retrouvés plus nombreux, nous remplissent d'étonnement tant ils dépassent l'idée que nous avions pu nous former d'une époque si lointaine. C'est là enfin qu'une population active, pleine d'industrie et de vigueur, a passé, et, comme nous passerons, après avoir subi toutes les alternatives de joie et de douleur, de splendeur et de honte, de victoire et de défaite, de magnificence et de misère.

Babylone et Ninive, deux mots pour nous.

Mais, deux mots qui ont le privilége de nous émouvoir, de nous faire songer, de nous rappeler d'imposants souvenirs.

Et pourquoi?

Pour nous, ces cités d'autrefois sont perdues, et perdues dans des perspectives si lointaines, qu'elles sont, pour ainsi dire, passées à l'état de légendes.

Est-ce la ville turque de Hillah [1] qui saurait nous faire reconnaître l'antique Babylone? — Et

[1] La ville de Hillah actuelle est sur l'emplacement de l'ancien quartier de Babylone, Halalat, la cité profane, habitée alors par la population industrielle et ouvrière; c'est dans ce

de Ninive, que reste-t-il ? Un nom qui surnage à travers les siècles.

Dès les temps reculés, c'est à peine si l'on en a gardé le souvenir. Consultez les anciens. Demandez-leur où a été placée cette reine de l'Asie ?

Et vous serez surpris de leur silence, ou plutôt de l'ambiguité de leurs renseignements.

Hérodote, lui qui, dans ses récits, s'est presque toujours montré si clair et si exact, se contentera de vous répondre que Ninive était située sur le Tigre [1]. Vous verrez Xénophon [2], Alexandre [3] pas-

---

quartier que s'établirent les Hébreux emmenés captifs de Jérusalem par Nabuchodonosor. *Halalat* ne paraît pas avoir jamais été comprise dans l'enceinte de Babylone. Voyez M. J. Oppert, *Expédition en Mésopotamie*, tome I, au ch. *Hillah.*

[1] Hérodote, I, 193 : «... au Tigre sur lequel Ninive est bâtie : » «... ἐς τὸν Τίγριν, παρ' ὃν Νίνος πόλις οἴκετο. » Et ailleurs, II, 150 : «... dans le Tigre qui coule à côté de Ninive : » «... ἐς τὸν Τίγριν ποταμὸν παραρρέοντα τὴν Νῖνον. »

[2] Vérifiez dans l'*Anabase* le tracé de l'itinéraire de Xénophon sur le bord oriental du Tigre, lors de la *Retraite des Dix-Mille*. Et cependant Xénophon indique avec soin toutes les villes, même les villes en ruines près desquelles il a passé.

[3] Parmi les historiens d'Alexandre, Diodore, XVII, 53, nous dit que Darius, « dans sa marche, avait le Tigre à sa droite et l'Euphrate à sa gauche..., car il avait hâte de livrer

ser tout près d'elle, sans se douter qu'ils la côtoient.

Ctésias, cité par Diodore, vous la montrera inondée
par l'Euphrate [1] ; et le même, cité par Nicolas Damascène, vous dira que le Tigre coule dans ses murs [2].
Strabon, sans vous indiquer à quelle distance, la
placera sur la rive orientale de ce fleuve [3] ; Pline

bataille dans les plaines de Ninive, si propres au déploiement
d'une grande armée. » — Ici, Ninive est donc placée dans la
Mésopotamie. — Quinte-Curce, IV, dit de même : « *A parte
dextra erat Tigris,... lævam tegebat Euphrates, agmen Meso-
potamiæ campos impleverat.* » — Arrien enfin, *Indica*, 42,
parlant du Tigre, dit que « venant de l'Arménie, il coule
près de Ninive, ville jadis grande et riche... »

[1] Diodore II, 3, suivant Ctésias, parlant du siége de Ninive, rapporte que : « ...l'Euphrate, dans une crue, inonda
une partie de la ville : » « ... τὸν Εὐφρότην μέγαν γενόμενον
καταλύσαι τε μέρος τῆς πόλεως. » Ninive sur l'Euphrate, ce
dire est encore répété, II, 7.

[2] D'après le fragment de Nicolas Damascène, découvert à
la bibliothèque de l'Escurial par M. Ch. Müller, et dans lequel se trouve reproduit un passage de Ctésias, Ninive aurait
été située sur le Tigre : « ... τόν Τίγριν ποταμόν ῥέοντα
πλησίον τῆς Νίνου ... » Lequel maintenant fut le meilleur co-
piste de Nicolas Damascène ou de Diodore ?

[3] Strabon, XVI, 1 : « Ninus fonda Ninive dans l'Aturie. »
— Et encore : « ...Les plaines de l'Aturie qui entourent Ni-
nive... » — Et Lucien, *in Charon*, fera dire par Mercure à
Charon qui lui demande où sont les fameuses cités comme
Babylone, Ninive la ville de Sardanapale : « Ninive, ô nau-
tonnier, est déjà détruite, il n'en reste pas même de vestiges,

l'Ancien, sur la rive occidentale [1]. Rome enfin logera ses légionnaires sur ses débris, et pas un ne soupçonnera qu'il foule aux pieds la capitale d'un immense empire [2].

Pourquoi encore les noms si étrangers à nos idiômes de Teglath-Phalasar, de Nabuchodonosor, de Sennachérib, nous restent-ils en mémoire?

tu ne dirais pas où elle a été jadis. — Ἡ Νῖνος μὲν ὦ πορθμεῦ ἀπόλωλεν ἤδη, καὶ οὐδε ἴχνος ἔτι λοιπόν' οὐδ'ἄν εἴποις ὅπου ποτ' ἦν. »

[1] Pline l'Ancien, *Hist Nat.*, VI, 13 : « *Fuit Ninus imposita Tigri, ad solis occasum spectans.* » — Tacite, *Annal.* XII, 13 ; — Ptolémée, *Géog.* VI, 1 ; — Théophane, *Chronog.* ; — Cédrénus et autres, ont encore cité le nom d'une Ninive située entre le Zabatas (Lycus) et le Tigre ; mais comme la ville dont ils parlent existait de leur temps, elle ne peut avoir qu'un rapport d'appellation avec l'ancienne Ninive. — Enfin, Philostrate, dans la *Vie d'Apollonius de Tyane*, dit que Hiérapolis était l'ancienne Ninive. — Ammien-Marcellin, de son côté, cite deux Ninive. Selon lui, XIV, 8, l'ancienne Ninive serait Hiérapolis : «... *Hierapoli vetere Nino...* »; et la seconde, XXIII, 6, serait bien au delà du Tigre, dans l'Adiabène.

[2] Nous aurions, sans doute, trouvé des éclaircissements sur ce qui a rapport à Ninive dans les ouvrages d'Hérodote, *Histoire d'Assyrie* ; — de Bérose ou de Juba, qui l'a suivi ; — de Dino, *Histoire d'Assyrie, de Médie et de Perse* ; — de Thallus, *Mémoires* (de la prise d'Ilion à la cLXVII olympiade) ; — d'Abydène, *Histoire d'Assyrie et de Médie* ; malheureusement tous ces travaux ne nous sont point parvenus. — Nous avons

Nous avons, il est vrai, quelque peu suivi dans
la Bible ces rois exterminateurs dont les prophètes
de Juda se servaient comme d'épouvantails pour
inspirer la frayeur au peuple qui s'éloignait de Dieu
et rendre leurs menaces plus terribles. Mais enfin,
à part quelques hommes qui, à force de science et
d'étude, sont parvenus à revivifier pour eux le

à regretter encore les œuvres de Bæton, de Diognète et
d'Amyntas. — Bæton et Diognète avaient tracé l'itinéraire de
l'armée macédonienne lors de l'expédition d'Alexandre ; comme
arpenteurs, ils avaient mesuré les marches et les contrées
que cette armée avait parcourues, et par conséquent, dans
leurs ouvrages, on devait retrouver d'exacts renseignements
sur la géographie de l'Orient. — Quant à Amyntas, on suppose
qu'il avait fait aussi partie de la même expédition, et un
fragment de son livre Σραθμοὶ Ἀσίας, conservé par Athénée,
Déipnosophistes, XII, nous apprend qu'il avait parcouru les
contrées de Ninive : « Amyntas, au livre III de ses *Stathmes*,
dit qu'il y avait dans le territoire de Ninive un tertre élevé
que Cyrus, (lisez Cyaxare,) fit démolir pendant le siége pour
s'en faire un rempart contre cette ville. On raconte que ce
tertre était le tombeau de Sardanapale, roi de Ninive, et qu'il
y avait sur une colonne en pierre, une inscription gravée en
lettres chaldéennes, que le poète Chœrile a rendue par ces
vers : « J'ai régné, et tant que je voyais la lumière du soleil,
je buvais, je mangeais, je me livrais à l'amour, sachant que
la vie est courte, que la fortune est changeante, que si je ne
jouissais de ces biens, d'autres après moi en jouiraient. C'est
pourquoi pas un moment de ma vie n'a été employé autrement. »

passé, l'image d'un assyrien ne s'offre à nous sous aucune forme saisissable.

Pourquoi donc nous souvenir? — Ne saurions-nous en trouver la raison dans ce sentiment d'intérêt mêlé de tristesse, dans cette curiosité mélancolique que font naître en nous toutes ces choses du passé ? — N'est-ce pas en effet avec une tristesse profonde que l'on se dit que tout cela est maintenant comme si cela n'avait pas été ; qu'à la splendeur d'autrefois a succédé la pauvreté hideuse ; aux rumeurs des places publiques, le calme effrayant des tombeaux ; que là on a pensé, on a vécu, et « que la poudre est retournée à la terre comme elle y avait été, et que l'esprit est revenu à Dieu qui l'avait donné [1]. »

I. — Jusqu'à l'époque où M. Botta entreprit des fouilles aux environs de Mossoul, les connaissances que l'on avait de la vie Chaldéo-Assyrienne étaient nulles pour ainsi dire.

On savait bien que des ruines existaient dans les

[1] *Le livre de l'Ecclésiaste, ch.* 12, ℣. 9.

plaines mésopotamiques, que les indigènes les ex-
ploitaient depuis une longue suite de siècles, comme
des carrières, d'où ils tiraient tous les matériaux,
nécessaires à la construction de leurs villes et villages [1], sans rechercher quelle en pouvait être la
provenance.

Grâce à la Bible, grâce aux auteurs anciens, on
n'ignorait pas qu'un peuple puissant avait vécu dans
ces contrées.

---

[1] « Bagdad, Cufa, Hillah, Mesched-Ali et autres, ont été bâties avec les briques retirées des ruines de Babylone.
La plupart des voyageurs ont consigné ces extractions de
matériaux dans leurs relations. — « A Hillah, dit Pietro-della-
Valle, les maisons sont bâties comme à Bagdad et faites de
bonnes briques anciennes. » — Niébuhr l'a constaté aussi. — «Les
restes du temple de Bélus, d'où les Arabes retirent de grandes briques cuites, liées les unes aux autres par le bitume, » dit
Olivier. — M. Rich parle de ces fouilles et dans l'intérêt de
la science, les déplore, « la méthode, dit-il, que l'on em-
ploie pour déterrer ces briques a causé beaucoup de confusion, et rendu bien plus difficile la reconstitution du dessin
primitif, car les ouvriers pénètrent et creusent en tous sens et
répandent ensuite les décombres à la surface du sol. » Etc.
— Cette particularité fit dire à Rennell, *Geog. system of Hero-
dotus*, et à Beauchamp (1782), *Mémoires sur les antiq. Babyl.*,
que la colline de Moudjelibeh ne renfermait que les débris
d'une ville mahométane du temps des Califes. — Ces exploi-
tations de matériaux n'étaient pas possibles à Ninive, nous le
verrons dans la suite.

Toutefois, quelques inscriptions que l'on ne comprenait point[1] ; quelques cachets qui prouvaient que ce peuple avait su travailler les matières les plus dures ; quelques débris de poteries que l'on rangeait dans les musées ; quelques statues ou bas-reliefs enfin[2], c'était là tout ce que l'on avait retrouvé de la vieille société Chaldéo-Assyrienne.

De savants voyageurs avaient cependant exploré ces régions.

Dès le dixième siècle, Benjamin de Tudèle avait donné un aperçu des ruines de Babel, et même des dimensions qui se trouvent presque d'accord avec

---

[1] La plupart de ces inscriptions étaient gravées sur des briques ; quelques légendes sur des cylindres, fragments insignifiants ; et en fait d'inscriptions plus complètes, *le caillou de Michaud,* conservé au Cabinet des Antiques de la Bibliothèque Impériale de Paris, cette inscription est de Nabuchodonosor, elle a été traduite par M. Oppert. *Exp. en Mésop.* ; et l'inscription gravée sur a pierre envoyée par sir Harford Jones au musée de la Compagnie des Indes à Londres.

[2] Un lion de granit gris reconnu à Babylone par M. Rich. Beauchamp l'avait vu imparfaitement, le prenant d'après les dires des habitants pour une idole ; — Fraser dit que ce lion n'était autre qu'un éléphant dont la trompe avait été brisée ; — Chesney, *Exped. to the Euph.* tome II, p. 630, en donne le dessin. — Un fragment de statue à Kalah — Scherghat ; et un bas-relief à l'embouchure du Nahr-el-Kelb près de Beyrouth,

celles des explorateurs modernes [1]. Maundeville [2] en avait aussi parlé, mais par ouï-dire ; Rauwolf avait fait erreur en prenant quelques ruines des environs de Féloudjé pour celles de Babylone [3], mais Pietro-della-Valle, au dix-septième siècle, était venu confirmer les données de Benjamin de Tudèle [4].

Au reste, il fallait un certain courage pour se hasarder au milieu de ces ruines. Outre que la tradition, d'accord avec la Bible, les remplissait d'animaux malfaisants et dangereux [5], on avait bien plus à redouter encore des indigènes eux-mêmes,

[1] *Itinerarium Benjameni Tudelensis* ; Antverpiæ 1575, in-12, pp. 70 et seq.

[2] — *John* Maundeville, *The voiage and travaile which treateth of the way of Hierusalem, and of marvayles of Inde, with other islands and countryes* ; London, 1725, in-8°. — Jean de Maundeville entreprit son voyage vers le milieu du xive siècle.

[3] Rauwolf nomme ces ruines *Elugo*. — *Berschreibung der Reyss* Leonhardi Rauwolffen, *so in die Morgenlander, fürnemlich Syriam, Judæam, Arabiam, Moesopotamiam, Babyloniam, Assyriam, Armeniam...* Frankfurth am Mayn 1582.

[4] *Les fameux voyages de* Pietro-della-Valle, *gentilhomme romain, etc.* : Paris, 1616, in-4°, 2me part., p. 42.

[5] « A trente milles de Résen, dit Benjamin de Tudèle, est située Babel, détruite de fond en comble. On y voit encore les ruines du palais de Nabuchodonosor ; mais elles sont inaccessibles aux hommes à cause des nombreuses et malfaisantes espèces de dragons et de serpents qui les visitent. »

des habitants de Hilla dont la mauvaise réputation était connue, et surtout des Arabes. « On n'allait point aux ruines de Babel, dit Pietro-della-Valle [1], parce que c'était le bruit commun qu'en tous ces quartiers-là on ne voyait que voleries et meurtres, à cause des courses qu'y faisaient plusieurs Arabes, vassaux ou sujets d'un certain Mubarek qui commande absolument dans les déserts de Babylone et d'Arabie, aux lieux les plus proches de la mer, sur le golfe Persique. Ce Mubarek reconnaît le roi de Perse pour son souverain. [2] »

Et soit que les recherches aient été entravées par ces obstacles, soit que d'autres difficultés les

---

[1] Pietro-della-Valle, *op cit.*, *loc. cit.*

[2] Niebuhr nous dit qu'il n'a pu donner la description du Birs-Nemrod qu'il croit, (et qu'il croit avec raison,) être la Tour à étages, parce que : « je fis ce voyage seul avec mon guide : or, à peine avais-je jeté les yeux sur ces monceaux de décombres que je vis quelques Arabes à cheval à mes côtés, et je crus que le plus sûr pour moi était de retourner à la ville. Si j'avais pensé alors que je me trouvais près de la tour de Babylone, » — ce n'est en effet, qu'après avoir relu Hérodote que Niebuhr y songea, — « je me serais peut-être risqué davantage ; mais comme je n'y voyais que des tas de pierres, je n'ai point cru prudent de me laisser piller pour eux. » — Niebuhr, *Voyage en Arabie et en d'autres pays circonvoisins;* Amsterdam, 1776, 2 vol. in-4°, tome II, p. 235.

aient rendues stériles, Niebuhr en 1766, Olivier [1]
en 1794, Rich [2] en 1811, Buckingham [3] en 1816,
Kerr Porter [4] en 1818, Fraser [5] en 1834, Chesney [6]
en 1838, comme Benjamin de Tudèle et Pietro
della Valle, n'avaient pu donner que des descriptions
de localités, et les observateurs les plus sérieux,
parmi ceux que nous venons de citer, Niebuhr, Kerr
Porter et Rich, n'avaient su distinguer d'autres tra-

---

[1] *Guil.-Ant.* Olivier, *Voyage dans l'empire Othoman* ;
Paris, 1804, 3 vol. in-4°, atlas. Voyez tome II, pp. 436 et *seqq.*

[2] Rich, *First memoir on Babylon...* ; — *Second Memoir...* ; —
Voyage de M. Rich aux ruines de Babylone, traduit et enrichi
d'observations par M. Raimond, ancien consul de Bassora;
Paris, 1818, in-4°. Voyez pp. 180 et *seqq.*

[3] Buckingham, *Travels in Mesopotamia, including a journey
to the Ur of the Chaldees and the ruins of Nineveh and
Babylon* ; London, 1827, in-4°, planches, carte. Voyez pp. 417
et *seqq.* — Du même, *Travels in Assyria, Media and Persia,
including a journey from Bagdad across mount Zagros, by the
pass of Alexander to Hamadan* ; London, 1828, in-4°, fig.

[4] *Robert* Kerr Porter, *Travels in Georgia, Persia, ancient
Babylonia* ; London, 1821, 2 vol. in-4°.— Voyez tome II, pp. 300
et *seqq.*

[5] *Baillie* Fraser, *Travels in Koordistan and Mesopotamia* ;
London, 1840, 2 vol. in-8°, fig. — Voyez tome II, *in princip.*

[6] Chesney (le colonel), *The Expedition for the survey of
the rivers Euphrates and Tigris* ; London, 1850, 2 vol. in-8°,
atlas. — Voyez tome II, pp. 605 et *seqq.*

ces d'édifices que quelques pans de muraille, ne présentant aucune ornementation, et dont il était impossible de comprendre l'ensemble.

C'était là tout ce que l'on avait de Babylone [1].

On en savait bien moins encore sur Ninive. Nous avons vu déjà tout ce qu'il y avait d'indécision, chez les auteurs anciens, sur la place qu'elle avait occupée. Benjamin de Tudèle devait la fixer : « Mutsal, qui s'appelait autrefois Assur-la-Grande, est peuplée de sept mille Juifs. Elle est maintenant sur les confins du royaume de Perse, elle a encore conservé son importance et son ancienne grandeur; elle est située sur le fleuve Hhidekel, et un pont seul la sépare de l'antique Ninive. Mais Ninive a été détruite de fond en comble, on voit cependant encore beaucoup de villages et de castels au dedans

---

[1] En 1851, une expédition scientifique fut envoyée en Méso-potamie, elle était composée de MM. Fresnel, Oppert et Thomas. M. Fresnel est mort à l'œuvre, M. Oppert a rédigé le compte-rendu des recherches et du voyage, et son ouvrage intitulé *Expédition scientifique en Mésopotamie*, est le plus complet, le plus savant, le plus consciencieux de toutes les relations faites jusqu'alors sur la Babylonie. 2 vol. in-4°, atlas in-folio, Imp. Imp^{le} 1859. — Nous verrons plus loin le résultat des recherches de MM. Loftus et Taylor en Chaldée.

2

de l'ancienne enceinte, d'où il y a la distance d'un parasange jusqu'à la ville Adbael. Ninive avait été bâtie au bord du fleuve Hhidekel [1]... »

Niebuhr, ne fit que répéter au sujet des ruines de Ninive, le dire des habitants du pays, mais cita le village de *Kouïo-Djouk* [2]. Tavernier [3] et Kinnéir [4] mentionnèrent à leur tour les monticules

[1] Benjamin de Tudèle, *op. cit.*, page 58 : « *Mutsal, cui quondam nomen Assur magna fuit, in qua septem millia Judæorum sunt. Atque hæc urbs Persiæ regni nunc initium est, amplitudinem antiquam retinet, ad Hhidekel flumen sita, inter quam Ninivem antiquam pons tantum interest, sed Ninive excisa funditus est. Pagi tamen et castella multa sunt intar antiqui ambitus spatium, a quod Adbael urbem parasanga unius distantia est. Erat autem Ninive ad Hhidekel ripam ædificata.* »

[2] Niebuhr, *op. cit.*, tome II, p. 286. — Niebuhr parle encore du village de *Nounia*. — Il dit ensuite que de Mossoul, où il logeait, on lui montra les remparts de Ninive qu'il avait pris pour une chaîne de collines. — Il en donne le dessin.

[3] Tavernier (1643), *Les six voyages....* Rouen, 1713, tome I, page 250. — Les débris de l'ancienne Ninive sont, dit-il, situés au nord du pont jeté sur le Tigre, près de Mossoul. — « Ninive n'est à présent qu'une confusion de vieilles masures qui s'étendent environ une lieue le long du fleuve. On y voit quantité de voûtes ou cavernes inhabitées, sans qu'on puisse bien juger si ces voûtes servaient de demeure aux habitants, ou s'il y a eu au-dessus quelque chose d'élevé, la plupart des villages de Turquie étant comme enfoncés dans la terre, ou ne venant guère qu'au premier étage. »

[4] *John-Macdonald* Kinnéir, *Journey through Asia-Minor*

voisins de Mossoul; M. Rich en donna le dessin [1],
et Ainsworth confirma les données de Benjamin de
Tudèle, en s'appuyant sur des citations de Diodore,
de Strabon, des prophètes Jonas et Nahum, et de
nouveau reparla de *Koyounjuk* [2].

II. — Enfin, M. Botta vint inaugurer la période
de ces découvertes splendides qui seront à jamais
l'honneur de la science contemporaine.

Il est curieux de lire dans le grand et magnifique
ouvrage de M. Botta [3], tout ce qu'il a fallu de pa-

*and Koordistan, in the years 1813 and 1814, with remarcks on
the marches of Alexander and retreat of the Ten-Thousand*;
London, 1818, gr. in-8°, carte. — Voyez page 460.

[1] Rich, *Narrative of a residence in Koordistan*; London, 1836, 2 vol. in-8°, fig. Voyez tome II, pp. 126 et *seqq.* —
Mannert et Richard ont été rechercher Ninive dans la Babylonie, sur l'Euphrate.

[2] Ainsworth, *Researches in Assyria, Babylonia and Chaldæa,
forming a part of the labours of the Euphrate's expedition*;
London, 1838, gr. in-8°, cartes. — Du même : *Travels and researches in Asia-Minor, Mesopotamia, Chaldæa and Armenia*;
London, 1842, 2 vol. petit in-8°, fig. — Voyez tome II, pp. 137
et *seqq.*

[3] *Monument de Ninive*, découvert et décrit par P. E.
Botta, mesuré et dessiné par E. Flandin, publié aux frais
de l'Etat. Imp. nationale, Paris, 1849; 5 volumes in-folio, 1 vol.
de texte, 4 vol. de planches.

tience et d'énergie pour résister aux ennuis, aux
difficultés de toute nature que suscitaient à chaque
instant le mauvais vouloir des autorités locales
et des habitants. Nous citerons quelques passages de ce livre, pour faire ressortir, à la gloire
de son auteur, toutes les difficultés qui s'attachaient
à l'entreprise.

« Le gouvernement français, dit M. Botta, ayant
jugé utile d'envoyer à Mossoul un agent consulaire,
voulut bien me choisir pour remplir ces fonctions.
Avant mon départ, pour cette ville, qui eut lieu au
commencement de l'année 1842, M. Mol¹, le savant traducteur de Firdousi¹, appela mon atten-

---

¹ Le poëte Ferdoucy-ibn-Ferrouck a réuni les traditions
éparses du Farsistan, dans son histoire des Schahs, *Schah-
Namèh*, « livre des rois, » en 999 après J.-C. — Ferdoucy
fit hommage de ce livre à son maître Mahmoud-Gaznevy, le
conquérant de la Perse. — M. J. Mohl a traduit le *Schah-Namèh*. — M. Scott-Waring a porté ce jugement sur l'œuvre
de Ferdoucy : « C'est à tort que l'on donne au *Schah-Namèh*
le nom de poème épique, et que sir William Jones, l'appelle
une suite de poèmes épiques. Cet ouvrage renferme l'histoire
d'une période de 3,700 ans... et c'est bien plutôt un poème
historique comme le sont la *Pharsale* de Lucain, l'*Énéide* et
l'*Iliade*; en un mot, c'est un poème historique animé par des
fables. » — Le *Schah-Namèh*, comme on l'a dit plus judicieu-
sement encore, est une « histoire en vers. »

tion sur l'intérêt archéologique qu'offrait cette localité, et m'engagea à faire des fouilles dans les environs de ma future résidence....

« Je promis à M. Mohl de ne point oublier sa recommandation, mais je dus attendre pour tenir ma promesse que l'établissement définitif du consulat de Mossoul me donnât tout à la fois des ressources pécuniaires plus considérables et des moyens d'action plus puissants. En attendant, je me bornai à recueillir tous les petits objets d'antiquité qui me paraissaient offrir de l'intérêt[1], et je pris des ren-

---

[1] M. Botta ne fut pas aussi heureux dans ses achats d'antiquités qu'il était en droit de le supposer d'après les dires de M. Rich. La cause en est qu'avant M. Botta, M. Rich avait déjà épuisé ce filon; qu'outre cela, on trouve très-peu de ces menus objets, cachets, cylindres, etc. dans les ruines assyriennes. M. Botta le reconnut bientôt : « Pour moi, dit-il, à l'exception de quelques fragments de briques et de poteries, je n'ai rien pu récolter en fait d'antiquités certainement indigènes, si je puis m'exprimer ainsi; et comme, pour m'en procurer, je n'ai épargné ni soins, ni dépenses, j'ai quelque raison de croire qu'elles ne sont pas communes.
« Les cylindres en particulier, ces reliques assyriennes si curieuses, à cause des emblèmes dont elles sont couvertes, sont fort rares à Mossul; et de tous ceux qui tombèrent entre mes mains, pas un seul, à ma connaissance, n'avait été trouvé sur le territoire de Ninive. Tous ceux dont j'ai pu suivre la trace, et c'est le plus grand nombre, avaient été apportés de

seignements afin de me déterminer sur le choix
d'un lieu favorable à des recherches sérieuses [1]....

Bagdad, et par conséquent de Babylone ou des environs. Le
lieu de provenance des autres m'est resté inconnu. Je ne puis
qu'en dire autant des cachets assyriens ; ils viennent presque
tous de Bagdad. On verra plus tard que cette rareté des petits
objets d'antiquité a été confirmée par les recherches que j'ai
faites à Ninive et à Khorsabad, puisque pendant toute la
durée des fouilles on n'a pas rencontré un seul cylindre. Je
fais cette remarque parce que l'on pouvait difficilement s'attendre à ce fait, qui modifiera peut-être les opinions reçues
au sujet de la patrie réelle de ces pierres gravées mytholo-
giques. » Ces objets sont surtout d'origine chaldéenne, et par
conséquent se rencontraient dans les villes ou villages voisins
de Babylone. On en faisait même dans cette contrée un commerce assez étendu, puisque Wellsted, *Travels to the City of
Caliphs*, tome I, p. 224, nous raconte qu'il a vu un juif employer vingt ouvriers à fouiller le Birs-Nemrod pour en reti-
rer des objets antiques dont il faisait un commerce très-lu-
cratif. — Beaucoup de ces cylindres, amulettes, etc., sont
conservés au Musée Britannique de Londres et au Cabinet
des Antiques à Paris.

[1] M. Botta avait pensé d'abord au monticule sur lequel
est bâti le village de *Niniouah*, car avant lui, Niebuhr l'avait
remarqué, « *Nounia* et *Kalla-Nounia* ou citadelle de Ninive ; » de
même qu'Ainsworth qui le nomme *Nonia*, d'après les indigènes.
et *Eski Nineveh*, d'après les Turcs ; enfin, M. Rich y avait
observé des restes d'anciennes constructions, des murailles sou-
terraines couvertes d'inscriptions, « mais le nombre et l'importance des maisons qui couvre le monticule, dit M. Botta, ne me
permettaient pas d'y faire des recherches, repoussées d'ailleurs par les préjugés religieux des habitants. Là, en effet,
est bâtie la mosquée de *Nabi-Younès*, qui, d'après les traditions locales, renferme, comme son nom l'indique, le tombeau

« N'ayant pour me guider dans toutes mes recherches aucune exploitation précédente, et ne
pouvant tenter d'ouvrir le monticule de Nabi-Younès, je choisis, pour y commencer mes opérations,
celui de Koyoundjouck, situé au nord du village de
Niniouah, auquel il est joint par les restes d'une
ancienne muraille de briques crues. Ce vaste monticule est une masse évidemment artificielle, et,
selon toute apparence, il a dû supporter autrefois
le principal palais des rois d'Assyrie.... Les résultats de ces premiers travaux furent peu importants.... Je ne me décourageai pas cependant, et,
en dépit de ces apparences défavorables, je conti-

du prophète Jonas, et le sol en est regardé comme sacré. »
C'est déjà ce que nous avait appris Tavernier *op. cit., p. cit.*
— « A une demi-lieue du Tigre, il y a une petite colline
entourée de plusieurs maisons et au-dessus une assez belle
mosquée. C'est où ceux du païs disent que le Prophète Jonas
est enterré, et ce lieu-là leur est en si grande vénération, qu'il
n'y a point de chrétien qui puisse y entrer, si ce n'est secrè-
tement, par une faveur particulière, et en donnant de l'argent. » — A Nebbi-Younas, une fête annuelle est célébrée par
un pèlerinage où se rendent de temps immémorial des milliers de personnes, et par trois jours de jeûne suivis d'un jour
de réjouissance. « C'est, dit M. Place, la commémoration
de la pénitence imposée aux Ninivites. » Voyez *le livre de
Jonas.*

nuai pendant trois mois des recherches presque infructueuses [1].

« Dans l'intervalle, mes travaux attirèrent l'attention. Sans se rendre bien compte de leur but, les habitants savaient cependant que je cherchais des pierres portant des inscriptions et que j'achetais toutes celles que l'on m'offrait. C'est ainsi que dès le mois de décembre 1842, un habitant de Khorsabad avait été conduit à m'apporter deux grandes briques à inscriptions cunéiformes trouvées auprès de son village, et m'avait promis de m'en procurer autant que je le désirerais. Cet homme était teinturier et construisait ses fourneaux avec les briques que le monticule sur lequel son village est situé lui fournissait. Comptant sur la réussite de mes premières fouilles, je ne suivis pas immédiatement cette faible et unique indication ; mais trois mois plus tard, c'est-à-dire vers le 20 mars 1843, fatigué de ne rencontrer dans le monticule de Koyoundjouk que des débris sans valeur, je me rappelai les briques de Khorsabad, et

---

[1] M. Layard fut plus heureux que M. Botta.

j'envoyai quelques ouvriers pour tâter le terrain
dans cette localité [1] ...

« Trois jours après, un de mes ouvriers revint de
Khorsabad pour me dire qu'on y avait déterré des
figures et des inscriptions. La description qu'il
m'en fit était si confuse, et je me méfiais tellement
des rapports exagérés que je ne voulus pas risquer

---

[1] « Après s'être dégagé définitivement à Djézireh des montagnes au milieu desquelles il prend sa source, le Tigre en suit
encore la base pendant quelque temps ; puis, grossi par les eaux
du Peichabour (rivière formée par la réunion du Haizil et du
Khabour, qui tous deux descendent des monts Djonds), il
vient baigner l'extrémité occidentale du *djébel* Zakhô ou
montagne de Zakhô. A partir de ce point, les premières élévations qui bordent la chaîne du Curdistan, s'écartant peu à peu,
laissent entre elles et le fleuve une plaine dont la largeur
augmente progressivement et atteint vis-à-vis de Mossoul environ 10 kilomètres.
« Cette plaine est loin d'être unie et ne présente pas le caractère alluvial qu'offre la Mésopotamie dans la partie inférieure du cours de l'Euphrate et du Tigre ; au contraire, elle est
fortement ondulée et sillonnée par les cours qui descendent
des montagnes, coulent du nord-est au sud-ouest vers le fleuve,
en suivant l'inclinaison générale du terrain. Le principal
de ces cours d'eau est le *Khausser* qui, prenant sa source au
nord de Mossoul, dans les montagnes d'Alcosch, vient se jeter dans le Tigre, en traversant l'enceinte même des antiques
murailles de Ninive.
« C'est dans cette plaine bornée, à l'ouest par le Tigre, à
l'est par les montagnes, que se trouve le monticule de Khorsabad ; il est situé près de la rive orientale du Khausser,

un voyage inutile et aller vérifier moi-même ce dont je doutais.... »

· M. Botta envoya un de ses domestiques, avec ordre de lui copier quelques caractères de ces prétendues inscriptions, et ce n'est qu'au retour de ce dernier qu'il se rendit lui-même à Khorsabad, et commença ses recherches.

à 2 kilomètres de la première chaîne de collines, et à 16 kilomètres environ dans le nord-nord-est de Mossoul. » — Selon M. Place, 12 kilomètres. — Voyez, planche Ire, l'aspect du monticule de Khorsabad avant les fouilles, d'après le dessin de l'ouvrage de M. Botta. — M. Rich doit avoir connu ce village ; sur sa carte il cite un village, *Kassiroak ;* c'est peut-être là une corruption de Khorsabad, d'autant que l'on n'a connaissance d'aucune bourgade de ce nom. Niebuhr l'a posivement cité; on trouve en effet dans sa liste des villages situés au nord de Mossoul, et à l'est du fleuve, *Khastabad.* Les habitants le nomment indifféremment *Khorsabad, Khirsabad, Khorstabad, Khastabad, Khestéabad.* D'après Yacouti, *Dict. Géog.,* on devrait dire *Khouroustâbâz,* ce qui signifierait demeure de Cyrus, si la présence du *t* et du *z,* disent les orientalistes, ne rendait pas cette étymologie impossible. Peu importe, au surplus, que ce soit, *demeure de Cyrus,* cela ne peut en rien changer les connaissances si exactes que l'on a sur l'ancien édifice qui, là, a existé jadis. Combien au reste ne trouve-t-on pas, en Mésopotamie, de *châteaux, citadelles, palais de Nemrod.* Et que signifient ces dénominations, sinon que le souvenir de ces rois s'est conservé et que dès lors les indigènes ont donné aux tumulus, aux ruines qu'ils ont retrouvées, les noms de princes devenus légendaires pour eux, comme Odin l'est devenu dans la Scandinavie.

En peu de jours, les fouilles avaient déjà donné
de grands résultats, et pour savoir de suite si réellement, comme il le supposait, le monticule renfermait un monument considérable, M. Botta fit
creuser un puits à quelque distance de l'endroit où
l'on avait commencé les recherches, et « immédiatement, dit-il, je vis paraître des bas-reliefs qui
m'offrirent les premières figures complètes[1]. »

Aussi, dès cet instant, les tranchées furent-elles
poussées avec la plus grande activité, malgré quelques difficultés causées par la mauvaise volonté du
pacha de Mossoul et par les craintes des habitants
du village[2]. »

« Jusque-là, continue M. Botta, les fouilles de
Khorsabad, comme celles du monticule de Koyoundjouk, avaient été exécutées à mes frais, et la modi-
cité de mes ressources personnelles m'aurait forcé

---

[1] M. Botta écrivit à M. Mohl, en date du 5 avril 1843, le
résultat de ces premières recherches ; cette lettre, communiquée à l'Académie des Inscriptions et Belles-Lettres le 7 juillet
1843, fut insérée dans le *Journal de la Société asiatique de Paris.*

[2] Seconde lettre de M. Botta à M. Mohl, en date du 3
mai 1843, communiquée à l'Académie, et insérée dans le *Journal de la Société asiatique.*

bientôt à les interrompre,... » si le gouvernement français n'était venu en aide à son consul [1].

« Je pus dès lors donner plus d'activité et d'étendue à mes travaux.

« Ce ne fut cependant pas sans rencontrer des obstacles sans cesse renaissants ; les environs marécageux du village de Khorsabad ont une réputation proverbiale d'insalubrité, qui fut bien justifiée par mon expérience personnelle et par celle des ouvriers que j'employais. Nous en éprouvâmes tour à tour les dangereux effets, et je faillis une fois en devenir la victime. Mais ce fut la moindre de mes difficultés, et la mauvaise volonté de l'autorité locale en était une bien plus inquiétante et bien plus difficile à vaincre. On sait que les musulmans, trop ignorants pour comprendre les vrais motifs de nos recherches scientifiques, les attribuent toujours à la cupidité, seul mobile de toutes

[1] M. Botta cite, comme lui étant venus en aide : M. E. de Cadalvène, alors directeur de la poste française à Constantinople ; MM. Mohl, Vitet et Letronne, qui intercédèrent près du gouvernement français ; et c'est M. Duchâtel, ministre de l'intérieur, qui, par décision du 24 mai 1843, mit à la disposition de M. Botta une somme de 3,000 francs.

leurs actions. Ne pouvant s'expliquer les dépenses que nous faisons pour déterrer des débris antiques, ils croient que nous cherchons des trésors. Les inscriptions que nous copions avec tant de soins sont à leurs yeux des talismans qui gardent ces trésors, ou qui indiquent où ils se trouvent ; d'autres, qui se croient plus habiles sans doute, ont recours pour expliquer nos recherches à une supposition plus bizarre encore ; ils s'imaginent que leur pays a appartenu anciennement aux Européens, et que ceux-ci cherchent dans les inscriptions des titres constatant leurs droits, à l'aide desquels ils puissent un jour revendiquer la possession de l'empire ottoman.

« Ces absurdes préjugés ne pouvaient manquer d'influence sur le caractère cupide et soupçonneux de Mehmed-Pacha., alors gouverneur de la province de Mossoul ; et il ne tarda pas à s'inquiéter de mes recherches, qu'il avait cependant d'abord autorisées. Préoccupé de l'idée des trésors cachés dans les ruines que je déterrais, il se contenta d'abord de faire surveiller mes ouvriers par des gardiens, et de se faire apporter les moindres objets de métal que les fouilles mettaient à découvert; il soumettait ces débris à toutes les épreuves possibles, pour s'assurer qu'ils n'étaient pas d'or ; puis, s'imaginant que, malgré cette surveillance, les hommes que j'employais pouvaient lui soustraire des objets précieux, il menaçait de les mettre à la torture pour les forcer à lui révéler l'existence de ces trésors imaginaires ; aussi plusieurs fois mes ouvriers furent-ils sur le point de m'abandonner, malgré les assurances de protection que je pouvais leur donner, tant ils connaissaient bien le caractère cruel de Mehmed-Pacha. Ce fut une lutte de tous les jours, des négociations sans cesse à recommencer; et le dégoût m'aurait peut-être forcé à tout abandonner, si je n'avais pas été encouragé par la certitude que j'avais acquise de l'intérêt extrême de ma découverte. Les travaux, souvent interrompus par ces tracasseries, avancèrent cependant peu à peu jusqu'au commencement du mois d'octobre 1843, époque à laquelle le pacha, obéissant peut-être à des insinuations parties de Constantinople, m'interdit formellement de continuer les fouilles. Il lui fallait un prétexte ; mais un gouverneur turc n'en

manque jamais, et voici celui qu'il inventa. Avec sa
permission expresse, j'avais fait bâtir à Khorsabad
une petite maison pour m'y loger quand j'allais
visiter les ruines. Le pacha prétendit que cette
maison était une forteresse elevée par moi pour
dominer le pays ; il informa son gouvernement de
cette circonstance, et mes innocentes recherches
prirent subitement les proportions d'une question
internationale.

« Je ne perdis pas de temps pour faire lever cette
interdiction; par un courrier expédié le 15 octobre
1843, j'informai M. le baron de Bourqueney, am-
bassadeur à Constantinople, de ce qui se passait, et
je le priai de demander à la Porte les ordres nécessaires pour que je puisse continuer librement des
travaux exécutés alors par ordre et aux frais du
gouvernement français ; en attendant le succès des
démarches de l'ambassade, j'eus beaucoup de peine
à obtenir de Mehmed-Pacha qu'il ne fît pas démolir
ma maison de Khorsabad ni remplir les excavations, qu'il affectait de considérer comme les fossés
de ma prétendue forteresse. Il finit cependant par
m'accorder un délai, espérant que ses mensonges

obtiendraient du crédit à Constantinople, et que la
Porte approuverait sa conduite. Les moyens qu'il
employa pour parvenir à ce but étaient très-cu-
rieux, et me donnèrent l'occasion d'apprendre comment il se fait que ce gouvernement turc soit constamment trompé sur ce qui se passe dans les provinces de l'empire. Par une longue expérience, les
habitants de Mossoul savaient que Mehmed-Pacha
ne reculait devant aucun moyen pour arriver à ses
fins ; aussi la crainte les rendait-elle dociles à ses
volontés. Il força d'abord le cadi de Mossoul à aller
à Khorsabad, et à rédiger un rapport mensonger
sur l'étendue de ma forteresse; ce rapport fut envoyé à Constantinople, accompagné d'un plan ima-
ginaire propre à donner l'idée la plus effrayante de
cette humble chaumière. Puis il fit rédiger une pétition contre la continuation de mes recherches, et
força les habitants de Khorsabad à la signer; cette
pétition fut également envoyée à Constantinople.

« Pendant tout ce temps, Mehmed-Pacha ne ces-
sait de protester devant moi de sa bonne volonté,
m'assurait qu'il était étranger aux difficultés que je
rencontrais, et me donnait par écrit les ordres les

V. page 24 et *segg.*

LES MONTICULES ET LE VILLAGE DE KHORSABAD AVANT LES FOUILLES.
D'après l'ouvrage de M. BOTTA.

plus favorables, tout en menaçant ensuite les habitants du bâton s'ils avaient le malheur d'y obéir.
Un trait seul de cette longue comédie peindra la
manière dont Mehmed-Pacha jouait son rôle. Je lui
dis un jour que les premières pluies de la saison
avaient fait tomber une partie de la maison bâtie à
Khorsabad. Il se mit à rire de l'air le plus naturel ;
et, s'adressant aux nombreux officiers qui l'entouraient, il leur dit : « Voyez quelle est l'impudence
des habitants de Khorsabad : ils prétendent que le
consul de France a fait construire une redoutable
forteresse, et un peu de pluie suffit pour la démolir.
Je vous assure, monsieur le consul, que si je n'avais
peur de vous faire de la peine, je les ferais tous
mourir sous le bâton ; ils le méritent bien pour
avoir osé vous accuser. »

Durant cet intervalle, un nouveau crédit[1] avait
été alloué à M. Botta, et le dessinateur qu'il attendait avait été nommé sur la désignation de l'A-
cadémie. C'était M. Flandin qui, déjà, avait rempli
une semblable mission en Perse, avec M. Coste[2].

[1] Décision des 5 et 12 octobre 1843.
[2] E. Flandin et Pascal Coste, *Voyage en Perse*, 1840 et 1841.

« En même temps, MM. les ministres décidèrent que toutes les sculptures dont l'état de conservation permettrait le transport seraient envoyées en France, et qu'une publication spéciale ferait connaître au monde savant le résultat de mes découvertes. Mais il restait à obtenir le consentement de la Porte ; et les personnes qui ignorent les ressources que le mensonge fournit à la diplomatie ottomane auraient peine à s'imaginer toutes les difficultés que l'ambassade de France eut à vaincre pour décider le divan à ne plus faire semblant de croire à ce fantôme de fortifications soi-disant élevées par le consul de France à Mossoul. Quelques obstacles plus réels, et fondés sur des particularités de la loi musulmane, s'ajoutaient d'ailleurs à ce ridicule prétexte. Le village de Khorsabad était bâti sur le monticule qu'il s'agissait de déblayer ; il fallait obliger les habitants à transporter ailleurs leur domicile et à démolir leurs anciennes maisons. Or la loi ne permet pas d'empiéter sur des terrains propres à la culture, et l'espace destiné au nouveau village ne pouvait par conséquent être pris sur les terrains de cette nature qui entouraient le monticule. L'in-

sistance de M. le baron de Bourqueney triompha
des répugnances de la Porte. En vertu d'une con-
vention spéciale, les habitants de Khorsabad furent
autorisés à me vendre leurs maisons, et à aller s'établir momentanément au bas du monticule[1]. On me
permit de conserver la maison cause de tant de
débats, jusqu'à la fin des travaux.

« Les fouilles furent permises à condition de
remettre ensuite le terrain dans son état primitif,
pour que le village pût être rebâti sur le même emplacement; enfin un commissaire de la Porte fut
envoyé à Mossoul pour prévenir de nouvelles difficultés. Mais cette négociation, rendue interminable
par le mauvais vouloir du divan, avait pris plusieurs
mois, et ce ne fut que le 4 mai 1844 que M. Flandin, arrivant à Mossoul, put m'apporter les firmans
demandés par moi en 1843.

« Rien ne s'opposait donc plus à la reprise des
travaux; j'avais à ma disposition des fonds suffi-

---

[1] Avant les fouilles de M. Botta, le village de Khorsabad
s'élevait sur le sommet même du monticule, et se composait
de cent cinquante petites maisons ou chaumières couvertes de toits de chaume et bâties, comme celles du pays, de
briques séchées au soleil.

sants pour achever le déblai du monument tout
entier ; M. Flandin était arrivé pour dessiner les
bas-reliefs, et je pouvais en outre compter sur son
assistance active et cordiale. Je pris en conséquence
toutes les mesures nécessaires pour commencer immédiatement et pousser activement les travaux. Il
fallait d'abord débarrasser le terrain des maisons
qui le couvraient ; ce fut chose facile, et je n'eus
point de peine à contenter leurs humbles proprié-
taires, qui désiraient eux-mêmes le déplacement du
village, et se trouvaient heureux de l'opérer à mes
dépens. Mais il fallait encore désintéresser les pro-
priétaires ou plutôt les usufruitiers du terrain sur
lequel devait être bâti le nouveau village ; et leurs
prétentions étaient si exhorbitantes qu'elles auraient
absorbé une grande partie des fonds qui m'avaient
été alloués, si le pacha, en me rappelant par hasard
une des singularités de la loi turque, ne m'avait
fourni lui-même un moyen de les forcer à modérer
leurs demandes [1].... »

---

[1] « Dans les pays musulmans, il n'y a pas de propriété véritable, mais un simple droit de possession payé chaque
année par une redevance. Tout le sol destiné à la culture, à

Cette dernière difficulté vaincue, M. Botta ayant trouvé, par suite de malheureuses circonstances qu'il rappelle, le nombre d'ouvriers nécessaire[1], recommença les fouilles si longtemps interrompues par toutes ces entraves, ce fut au mois de mai 1844, et ne les arrêta plus qu'à la fin d'octobre de la même année.

A cette date, M. Botta, considérant comme complète l'exhumation de ce qui restait du palais de Khorsabad[2], songea à envoyer en France les sculptures et les bas-reliefs les plus importants qu'il avait rencontrés. Ce ne fut pas encore sans peine qu'il y parvint. Vers la fin de décembre 1846, ce-

l'exception des jardins et des vergers, appartient à un être abstrait, représentant la communauté musulmane, et représenté lui-même par le souverain. Celui-ci, n'étant en quelque sorte qu'un tuteur, dispose du sol dans l'intérêt de la société qu'il personnifie, mais il ne peut l'aliéner par une vente à perpétuité. Il ne peut jamais faire que des concessions temporaires en échange d'une redevance annuelle ou d'un service à rendre. Quelquefois, il est vrai, ces concessions se transmettaient par voie d'héritage ou de vente ; mais c'était un abus, une véritable infraction à la loi. »

[1] Le triomphe des Curdes sur les Nestoriens.

[2] Les fouilles cependant étaient bien loin d'être totales, nous le verrons, mais elles avaient mis au jour la partie la plus riche du palais.

pendant, la gabare *le Cormoran* arrivait heureusement au Hâvre, où était débarquée, puis transportée
au Louvre, sans accident, la première collection
d'antiquités assyriennes qui eût encore été apportée
en Europe[1].

Les Chambres, sur le rapport de M. Crémieux,
ayant voté le projet de loi relatif à la publication des
matériaux recueillis par MM. Botta et Flandin, ces
derniers donnèrent au monde savant le magnifique
ouvrage connu sous le nom de *Monument de Ninive*.

III. — Mais les intérêts de la science ne pouvaient laisser les Anglais indifférents. A leur tour,
ils entreprirent des travaux de même nature.

« M. Layard, dit M. Place, explorateur ardent
et intelligent, travailleur infatigable, à son retour
d'un voyage de deux ans dans le Khouzistan, avait
visité les travaux de M. Botta, et reconnaissant la

---

[1] M. Place ne fut point aussi heureux dans ses envois que
M. Botta; la plupart des bas-reliefs qu'il avait expédiés pour
la France, fit naufrage et fut perdu dans le Tigre. Heureusement la photographie les avait conservés. — Les sculptures
et bas-reliefs envoyés par M. Botta se peuvent voir au musée
du Louvre (musée assyrien).

richesse du filon nouvellement ouvert, il s'était initié aux moyens de l'exploiter. Encouragé par l'ambassade d'Angleterre à Constantinople et par les
Trustees [1] du Musée Britannique, il reprit les
fouilles de Koyoundjick [2], après avoir constaté que
M. Botta, absorbé par le palais de Khorsabad,
avait abandonné le premier de ces monticules. Lui
aussi ne tarda pas à découvrir des lignes de bas-
reliefs ; elles l'introduisirent dans un nouveau palais, à la suite duquel il rencontra d'autres édifices
sur la même éminence [3]. »

[1] Administrateurs.

[2] *Koyoundjick*, dont les constructions ont fait partie de
Ninive, est situé sur la rive orientale du Tigre, entre Khorsabad au nord et Nemrod au midi ; le Khausser, qui tout
près de là se jette dans le Tigre, traverse les ruines. Nous
avons vu déjà que Niebuhr avait parlé de ce village, *Kouïo-
Djouk*, comme il le nomme (de *Koyoun*, brebis) ; que Rich
l'avait cité de même ; et qu'Ainsworth nous avait donné la
description des ruines qu'il nomme *Koyunjuck* (petit agneau) :
« Une énorme masse de forme irrégulière, ayant 43 pieds
anglais de haut, (le pied anglais = 30 centi. 47,) 2563 yards,
(le yard = 0 m. 914,) de circonférence ; ses côtés sont escar-
pés, le sommet en est plat. On y trouve de bonnes briques, des
poteries couvertes d'une fine écriture cunéiforme ; on la voit
surtout quand les débris ont été lavés par de fortes pluies. »

[3] *Ninive et l'Assyrie* par M. Place ; publié par ordre de l'Empereur. Imp. Imp[le], 1867, 3 v. in-fol., en cours de publication.

M. Layard n'a retrouvé que peu de choses, — une statue et un obélisque brisé, — de la première Ninive détruite en 788 avant notre ère. Mais il n'en fut pas de même de la seconde.

Le roi Sennachérib ou mieux Sinakhérib[1], (Sin — le dieu lune — a multiplié les frères,) fils et successeur de Sarkin[2], nous apprend, dans une inscription, qu'il refit de Ninive la reine de l'Asie : « J'ai relevé, dit-il, tous les édifices de Ninive Ma Royale Cité. J'ai reconstruit ses rues anciennes ; j'ai élargi les plus étroites ; j'ai fait de la ville entière une cité resplendissante comme le soleil. J'ai construit, selon le vœu de mon cœur, un palais en albâtre et en cèdres, et j'y ai mis la commémoration de mon nom. » Ce palais, M. Layard l'a découvert. Il avait, dit-il, huit acres[3] en superficie et se composait de trois cours carrées autour desquelles étaient rangées les salles de réception, les appartements et les chambres destinées au service.

A côté de ce palais, surgirent bientôt d'autres

---

[1] Régna de 702 à 680.
[2] Nous parlerons plus loin de Sarkin.
[3] L'acre = 40 ares 47 centiares.

constructions, et M. Layard ne tarda pas à reconnaître qu'il avait devant lui un second édifice « élevé sur une terrasse dont la forme était celle d'un **T** gigantesque. » C'était l'habitation d'Assourbanipal [1]. Comme dans tous les palais assyriens, on a retrouvé des taureaux ailés à face humaine, et des bas-reliefs nous retraçant des scènes de chasse, des sacs de ville, etc., mais les sculptures d'Assourbanipal sont les plus fines et les mieux achevées de toutes celles qui nous viennent d'Assyrie. Enfin, entre toutes choses précieuses, nous devons citer les tablettes de terre cuite que M. Layard a rapportées à Londres et qui provenaient d'une bibliothèque que le roi avait établie dans son palais [1].

[1] Assourbanipal ou mieux *Assour-idanna-palla*, Assour a donné un fils, ou fils donné d'Assour, fils et successeur d'Assarhaddon (680-668), a régné de 668-660.

[2] C'était une singulière bibliothèque que celle de Ninive. Elle se composait de tablettes de terre cuite, plates, carrées, chargées sur leurs deux faces d'une écriture cunéiforme cursive, fine, serrée, que l'on traçait sur l'argile fraîche encore. Un livre était formé par la réunion de tablettes numérotées. On empilait les unes sur les autres les pages d'un même ouvrage, et chacun avait une case à part dans la bibliothèque. M. Layard a rapporté de nombreux débris. Ils sont conservés maintenant au Musée britannique. On a reconnu, d'après ces tablettes, l'existence d'une encyclopédie gram-

« Les succès accrurent l'ardeur de M. Layard
continue M. Place. A six lieues au sud de Koyoundjick, il explora un groupe de collines désigné encore sous le nom significatif de Nimroud ou Nem-

maticale traitant des difficultés de l'écriture et de la langue,
d'un lexique de la langue casdo-scythique avec le sens
de ses mots en assyrien ; de dictionnaires ; de traités de
droit privé ; de livres de chronologie; de manuels d'histoire
de Ninive et de Babylone ; de livres de géographie, de sta-
tistique, de mythologie, d'astronomie; d'encyclopédies; de collections d'hymnes; de traités d'arithmétique qui prouvent que
c'est à la civilisation de la Mésopotamie que Pythagore em-
prunta le système de sa table de multiplication ; de catalogues
d'observations stellaires et planétaires. Et ce qui est bien
plus curieux encore, c'est que la bibliothèque de Ninive
était publique ; on y venait travailler comme on vient
dans les nôtres ; telle a été en effet la pensée de son fondateur. Qu'on lise plutôt cette formule placée à la fin
d'un traité d'encyclopédie grammaticale : « Palais d'Assourbanipal, roi du monde, roi d'Assyrie, à qui le dieu Nébo
et la déesse Tasmit (déesse de la science) ont donné des
oreilles pour entendre et ouvert les yeux pour voir, ce
qui est la base du gouvernement, ils ont révélé aux rois
mes prédécesseurs cette écriture cunéiforme, la manifes-
tation du dieu Nébo, du dieu de l'intelligence suprême : je
l'ai écrite sur des tablettes, je lai signée, je l'ai rangée, je l'ai
placée dans mon palais pour l'instruction de mes sujets. »
Dans ces livres, il y a plus de deux mille ans, les étudiants de
Ninive venaient puiser la science des hommes et des choses, aujourd'hui, dans ces mêmes livres, nos assyriologues travaillent,
apprennent, et d'après eux, autant que d'après les inscriptions et les monuments, nous font connaître l'histoire et la vie
du peuple assyrien.

rod ; et ses nouveaux travaux ne furent pas moins heureux que les précédents[1]. »

Les collines de Nimroud[2] recélaient dans leurs flancs plusieurs palais. Le premier, « le grand palais de Chalah, » avait été construit vers l'an 1060 par Salmanasar III, puis rebâti par Assournasirpal[3], fils du valeureux Teglath-Samdan (929-923,) et le prince y avait écrit « la gloire de son nom. » M. Layard en a exhumé, et les grandes collections de l'Europe possèdent des bas-reliefs remarquables par la bande d'inscription gravée sur le corps des personnages et qui partout reproduit le même texte, de gigantesques taureaux ; des lions colos-

---

[1] M. Place, op. cit.

[2] Les collines de Nimroud, Chalah, sont situées à 36° latitude nord et 43° 27' longitude est de Greenwich, à 3 ou 4 kilomètres de la rive gauche du Tigre. à peu près à la même distance de la rive droite de l'Abou-Selmen, presque au sommet de l'angle formé par la jonction de ces deux rivières ; à neuf lieues au sud de Mossoul, à 14 lieues à peu près de Khorsabad, en ligne droite. D'après la carte de M. Layard.

[3] Assournasirpal, le Dieu Assour protège son fils (923-899). M. Layard a décrit le palais (nord-ouest) de ce roi et en a donné le plan. — Comme à Koyoundjick, un observatoire existait dans ce palais. Cette Tour à étages s'élevait à l'angle nord-ouest du monticule sur lequel se dressait le palais ; un peu plus à l'est, il y avait un temple.

saux portant des inscriptions au-dessous de leurs
jambes ; une stèle, actuellement à Londres, nous
redisant les campagnes du roi. La statue d'Assournasirpal y fut aussi découverte, elle est au Musée
Britannique, et sur la poitrine on lit cette inscription : « Assournasirpal, grand roi, roi puissant,
roi des légions, roi d'Assyrie ; fils de Teglath-Phalasar, grand roi, roi puissant, roi des légions, roi
d'Assyrie ; fils de Houlikhous, grand roi, roi puissant, roi d'Assyrie. — Il posséda les terres depuis
les rives du Tigre jusqu'au Liban ; il soumit à sa
puissance les grandes mers et tous les pays depuis
le lever jusqu'au coucher du soleil. » Le prince est
représenté debout, tenant une faulx d'une main, et
de l'autre une massue : c'étaient bien là les attributs
qui convenaient à ce roi dont : « La figure s'épa-
nouissait sur les ruines et qui trouvait sa satisfaction dans l'assouvissement de son courroux [1]. » Sur
le monticule du palais se dressaient aussi une tour
à étages et un temple. Ce même roi avait, à Ninive, construit un temple à Beltis, — la mère des

---

[1] Inscription gravée sur une stèle élevée sur l'emplacement d'une ville rasée par lui.

dieux ; — à Chalah, un temple à Ninip-Samdan, — l'Hercule assyrien ; — et à Ninive encore, élevé un obélisque monolithe[1] de 12 à 13 pieds anglais de hauteur et de deux pieds de largeur à la base.

Le second palais que M. Layard rencontra à Chalah, et que l'on désigne sous le nom de palais central, avait été élevé par le fils d'Assournasirpal, Salmanasar V [2] ; une stèle en basalte conservée au Musée Britannique nous a initié aux guerres que ce prince avait entreprises.

Enfin un troisième palais[3] a été reconnu. Il est l'œuvre d'Assarhaddon, ce monarque qui s'intitulait : « roi d'Assyrie, vicaire de Babylone, roi d'Egypte,

[1] Ou mieux une stèle.

[2] Régna de 899-870. — Le palais de Salmanasar s'élevait à côté du premier sur la même plate-forme. Ce palais central a tellement souffert, — on suppose qu'Assarhaddon s'est servi, pour construire son palais, des matériaux de ce dernier, — qu'il a été impossible d'en donner le plan. Salmanasar acheva le grand temple de Nin commencé par son père.

[3] Ce palais était bâti à l'angle sud-ouest du monticule de Nimroud. A l'ouest, dit M. Layard, il touchait au Tigre, et au sud à la vallée formée par le torrent de Shor-Derreh. Les limites de ce palais, sur les côtés sud ouest et est, sont incertaines ; le côté est n'a pas été exploré en totalité ; quant aux côtés sud et ouest, ils ont été rongés par les eaux du Tigre et du Shor-Derreh.

de Méroë et de Coush. » — « Dans le mois propice,
au jour heureux, nous dit-il, j'ai bâti au-dessus de
ces soubassements de magnifiques palais pour la
demeure de Ma Majesté. Le grand palais de 85 mesures en longueur et de 30 grandes mesures en largeur, je l'ai achevé. J'ai entouré les colonnes en cyprès dont la solidité a été éprouvée, avec des ronds
en argent et en fer. J'y ai disposé et distribué des
taureaux et des lions en pierre, apposés face à face.
L'un veille sur la victoire, l'autre accomplit les
œuvres du roi qui les érige tous deux. » C'est sous
ce roi et sous son fils Assourbanipal que l'art assyrien a fait preuve de la plus haute perfection. Malheureusement, à la mort de ce dernier prince, en
660, il ne restait plus à la capitale de l'Assyrie que
54 ans d'existence ; et Assarhaddon, en élevant ces
constructions, ne pensait pas davantage à cette fin
prochaine que Sennachérib, quand, vers 690, il
écrivait sur les murs de son palais de Ninive : « Ce
palais vieillira et tombera en ruines dans la suite
des jours. Que mon successeur relève les ruines ;
qu'il rétablisse les lignes qui contiennent l'écriture
de mon nom ; qu'il restaure les peintures ; qu'il net-

toie les bas-reliefs et qu'il les remette en place !
Alors, Assour et Ishtar écouteront sa prière. Mais
celui qui altérerait mon écriture et mon nom,
qu'Assour le grand dieu, le père des dieux, le traite
en rebelle ; qu'il lui enlève son sceptre et son trône ;
qu'il brise son glaive ! »

D'autres ruines encore nous rappellent le nom de
M. Layard; ce sont celles de Kalah-Schergat [1] :
« Elles ressemblent en tout à celles de Nimroud [2]. »
Parmi les découvertes qui y ont été faites, nous citerons la longue inscription gravée et se répétant
sur quatre prismes de terre cuite qui avaient été
enfouis aux quatre angles du grand temple consacré à Assour [3]. Cette inscription embrasse tout le
règne de Teglath-Phalasar Ier, qui, d'après les calculs de M. Oppert, aurait brillé vers l'an 1250 avant

---

[1] Les ruines de Kalah-Scherghat sont situées à près de
25 lieues en ligne directe au sud de Khorsabad, sur la rive
droite du Tigre.

[2] On peut ajouter, à celles de Khorsabad : grande butte
carrée, surmontée d'un cône ou pyramide, de longues lignes
de petits monticules entourant un espace quadrangulaire.

[3] Le texte de l'inscription de Teglath-Phalasar a été publié
par MM. Rawlinson et Norris, dans *The Cuneiform inscriptions
of Western Asia;* London, 1861, in-fol., vol. I, pl. 16. C'est cette

notre ère[1]. Le roi non-seulement nous raconte toutes ses victoires et nous initie à l'administration de son royaume, mais encore nous parle des monuments qu'il a élevés, — les temples d'Ishtar, de Bel et de Il, et des divinités protectrices d'Ellassar, les palais pour son usage, les forteresses qui devaient garder son territoire, — et nous énumère les restaurations qu'il a faites d'anciens édifices, — les temples d'Anu, d'Iva et d'Assour[2].

inscription qui a servi, en 1857, à ce concours ouvert devant la Société asiatique de Londres sur la proposition de M. Fox Talbot, et qui a donné lieu aux quatre traductions de MM. Fox Talbot, Rawlinson, Hincks et Oppert. Depuis, en 1865, M. Oppert en a donné une traduction française dans les *Annales de Philosophie chrétienne.*

[1] Cette inscription est ainsi datée : « Dans le mois de Kusalla (Chisleu), le 29ᵉ jour de l'année présidée par Ina-iliyapallik, le grand chef des esclaves du palais. » Le roi nous dit dans cette inscription qu'il n'a fait que relever un temple dédié au dieu Oannès (Anu) par Ismidagan, 701 ans après sa première construction. Ismidagan aurait donc régné vers l'an 1951 avant notre ère, date qui nous reporte à l'époque de la domination chaldéenne.

[2] La colline de Nebbi-Younas, comprise dans l'enceinte de Ninive, renferme aussi des ruines de palais; mais la superstition des Arabes qui pensent que là est le tombeau de Jonas, a empêché jusqu'ici les Européens de l'explorer. M. Layard n'y put faire qu'une légère excavation qui mit au jour quelques fragments portant le nom d'Assarhaddon. Après lui, les Turcs ont, à leur tour, quelque peu effleuré le monticule et y

« Les diverses publications des découvertes de
M. Layard, en attiraut sur son nom une juste

ont rencontré quelques constructions et débris portant les
dates d'Houlikhous III, l'époux de la reine Sammouramit,
(854-822,) de Sennachérib et d'Assarhaddon. — Le roi Houlikhous semble avoir de plus bâti quelques chambres sur le
monticule de Nimroud; mais elles sont de petite dimension,
sans sculptures, les murs n'y sont revêtus que d'un simple
stucage sur lequel des peintures à fresque forment des dessins, tels que des carrés et des cercles. — Le palais d'Assarhaddon à Nebbi-Younas, devait être considérable et magnifique. Le roi avait réuni les matériaux sans nombre, bois,
pierres, métaux; il pouvait commander à une quantité
incalculable de travailleurs, et 22 rois de Syrie, ses tributaires, lui avaient offert tout ce qui dépendait d'eux pour la
construction de ce palais; ces rois étaient : Baal de Tyr, Ma-
nassé de Juda; Cadumuhu d'Udumi; Musuri de Mabili, ... bil
de Gaza; Mitinti d'Ascalon; Ituzu de Migron; Iskiasap de
Byblos; Kulu-Bal d'Arvad , Abibal d'Usimuruna; Pudu-Il de
Bit-Ammon; Numilku d'Asdod ; Ægistus d'Idalium ; Pythagore
de Citium; Ki... de Salamine ; Itu-Dagon de Paphos; Iri-
lus de Solium ; Damastes de Curium ; Rumisu de Tamassus ;
Damusu d'Amathonte; Umagusu de Limène ; Buli d'Upri.
Voyez Oppert. *Inscript. des Sargonides*, p. 58.

Nous mentionnerons encore, les ruines de *Karamles*, à environ 2 lieues à l'ouest du Ghazir (Bumandus.) — M. Layard
les a reconnues contemporaines de celles de Khorsabad et n'a
fait que les effleurer : «*And the Assyrian origin of the ruin was
proved by the inscription on the bricks contained the name of
the Khorsabad King.* » « L'origine assyrienne de ces ruines était prouvée par les inscriptions gravées sur les briques
et redisant le nom du roi de Khorsabad . » — Celles d'*Al-
Hather*, qui se reconnaissent à la teinte jaune d'or du calcaire de cette contrée. Al-Hather est, sans doute, l'Hatra
d'Ammien-Marcellin XXV, 8, où Trajan et Sévère faillirent

4

renommée, sont venues ajouter de nouveaux documents à ceux qui s'accumulent sur l'Assyrie [1].
Après M. Layard, les explorateurs anglais con-
tinuèrent pendant plusieurs années sous la haute
direction du savant colonel Rawlinson mis en mesure, par sa copie de l'inscription trilingue de Bi-
soutoun [2], de fournir les premiers éléments de la
lecture des caractères cunéiformes. Le musée de
Londres s'est enrichi de nombreuses sculptures
trouvées par lui et par ses collaborateurs ... »

périr avec leur armée. M. Layard ne les a vues qu'en passant.
Ainsworth et Ross ont donné le plan et une courte notice
de ces ruines dans le *Journal of the Geographical Society*, —
Celles de Djoubbarab, de Khan, etc...

[1] *Austen* Layard, *Nineveh and its remains, with an account
of a visit to the Chaldæan Christians of Kurdistan, and the
Yezidis or Devil Worshippers, and an inquiry into the man-
ners and arts of the ancient Assyrians* ; London, 1849, 2 vol. gr.
in-8°, fig.; — 2ᵉ édition, London, 1854, 2 vol gr. in-8°, fig. et cartes. — *Second expedition of the ruins of Nineveh and Babylon, with travels in Armenia, Kurdistan and the Desert;* London,
1853, 2 vol. in-8°, cartes, fig. — *The Monuments of Nineveh
from drawings made on the spot...* London 1849, 2 vol. gr. in-
fol., planches. — Etc...

[2] *H.-C.* Rawlinson, *The persian cuneiform inscription at
Behistun, decyphered and translated with a Memoir;* London,
1848, in-8°. — M. J. Oppert a donné une traduction complète
de cette inscription dans le tome II, *in fine*, de son *Expédition scientifique en Mésopotamie*.

Et, parmi ces derniers, M. Place cite le regret-
table M. Loftus[1] et un jeune dessinateur de grand
mérite M. W. Boutcher [2].

IV. — Les fouilles de Khorsabad étaient interrompues depuis huit ans, quand, en 1851, le Gouvernement français chargea M. Place de les re-
prendre. Le consul de Mossoul les continua jusqu'en
1855, et se trouva en mesure, à la suite de cette
période d'années, de fournir des matériaux beaucoup
plus abondants que ne l'avait pu faire M. Botta,
dont les recherches n'avaient duré que quelques
mois.

M. Victor Place, intrépide et habile explorateur,
a retrouvé tout le palais de Sarkin, plus de deux
cents chambres. M. Botta n'avait reconnu que la
résidence officielle du monarque, M. Place a mis au

---

[1] *Will.* Loftus, *Travels and researches in Chaldæa and Susiana, with an account of excavations at Warka, the Erech,
and Nimrod, and Shush...* ; London, 1857, grand in-8°, cartes
et fig.

[2] Avec lesquels M. Place se félicite d'avoir entretenu les
meilleurs rapports. — M. Layard de son côté n'eut pas toujours à se louer de ses concurrents et eut souvent à déplorer
les pertes que lui causèrent la jalousie de rivaux, « *the jea-
lousy and competition of rivals.* »

jour les immenses dépendances, le harem, les logements des officiers, les cuisines, les magasins,
un temple et une tour semblable à celle de Babylone, qui s'élevait dans l'enceinte du palais. Il
a exécuté le plan non-seulement de ce palais,
mais encore de la ville d'Hisr-Sarkin qui en était
voisine et que le roi avait construite en même
temps que son habitation. Il a retrouvé des peintures, des statues, des ornements, des instruments
de toute sorte. — M. Place a pris la vie assyrienne
sur le fait[1].

C'est le résultat de toutes ces recherches, de
tous ces travaux dont, en fait d'architecture, nous
allons donner un aperçu.

[1] Les magnifiques résultats des recherches de M. Place
sont consignés dans le grand ouvrage, déjà cité, *Ninive et
l'Assyrie*.

DEUXIÈME PARTIE.

CHALDÉE.

CHAPITRE PREMIER

Aspect général des ruines Chaldéo-Assyriennes.

Le voyageur qui porte ses pas dans les contrées si désolées, autrefois si florissantes, où furent Ninive et Babylone, ne tarde pas à remarquer, de quelque côté qu'il se dirige, et souvent assez proches les uns des autres, des monticules auxquels il ne saurait donner aucune raison d'existence, au milieu des plaines mésopotamiques, s'il ne se souvenait que l'homme a passé là.

La plupart sont coniques et élevés à peine de quelques mètres au-dessus du sol ; plusieurs ont été explorés et le peu de découvertes qui a été le résultat de ces fouilles n'a pu renseigner sur ce qu'ils ont été jadis.

Ces tertres indiquent-ils la place de petites habitations de colons? — Ont-ils été destinés seulement à la transmission de ces signaux que nous
trouvons mentionnés chez quelques historiens anciens? — Devons-nous y voir ces relais de poste
dont nous parle Hérodote [1]? — On l'ignore.

Mais, à côté de ces derniers, se présentent des
élévations de terrain, non plus coniques, mais affectant la forme de terrasses à quatre pans et à surface plane, et si, parfois, ces pans ne sont point
rectilignes dans toute leur longueur, affectent de
côté ou d'autre de profondes échancrures, les fouilles vous disent bientôt qu'elles sont dues aux formes primitives des constructions.

C'est qu'en effet là furent des palais et des temples, les demeures des dieux et les demeures des
rois.

Sous de semblables monticules ont été retrouvées en Assyrie : *Hisr-Sarkin* (Khorsabad) ; *Ninive*,
ou plutôt *les palais de Ninive* (Koyoundjick, Nebbi-
Younas) ; *Chalah* (Nimroud) ; *Assur* ou *Ellassar*

---

[1] Voyez Hérodote, VIII, 98 ; — Eschyle, tragédie *des Per-*
ses, vers 250 et *seq.* ; — Xénophon, *Cyropédie* VIII...

(Kalah-Scherghat) ; — en Chaldée : *Babylone*,
(Birs-Nemrod, Kars, Mudjellibeh, Amran [1] ...);
Arach, l'Erech de la Bible (Warka) [2]; *Chalanné*
(Mougheïr) [3]; *Larsam*, probablement la Larangka
de Bérose, la Larissa d'Apollodore (Senkereh) ; *Nipour* (Niffer) ; *Sippara*, Sepharvaïm [4] de la Bible,
l'Héliopolis des Grecs (Soufeïra) ; d'autres encore.
Le sol Assyro-Chaldéen en présente plusieurs centaines qui, jusqu'alors, n'ont point été ouverts, mais
on a tout lieu de supposer que leurs flancs recèlent
d'autres temples, d'autres palais, d'autres cités encore.

[1] Voyez plus loin, *Babylone*, le résultat des recherches de
M. Oppert.

[2] Ces ruines ont été décrites avec soin par M. Loftus, *Chaldæa and Susiana*, pp. 167-170; M. Loftus les explorait en 1854.

[3] Voyez M. Loftus, *op. cit.*, pp. 128 et *seqq.* — M. Taylor
explora aussi ces ruines en 1854.

[4] Remarquez la terminaison *aïm*, signe du duel en hébreu ;
il y avait en effet deux Sippara, une sur chaque rive de
l'Euphrate.

CHAPITRE II.

Architecture Chaldéenne.

I.— Antiquité des cités Chaldéennes. — II. Constructions des rois Sagaraktiyas, Uruck, Pourrapouriyas, Kourigalzou, Hammourabi. — III. Résultats des fouilles de MM. Lotfus et Taylor en ce qui concerne la recomposition de l'édifice Chaldéen.

Les villes d'Erech, de Nipour, de Larsam, Chalanné, Sippara furent le centre et la vie de l'empire chaldéen qui, suivant les calculs de Bérose, dura de l'an 2017 à l'an 1559 avant notre ère. La fondation de quelques-unes de ces villes remonte à l'époque la plus reculée. La Bible l'attribue au Chamite Nemrod, qui, lui-même, « n'apparaissait déjà plus au rédacteur de la table généalogique de la *Genèse* que dans un nébuleux lointain et avec un caractère purement fabuleux [1]. » — « Et le com-

[1] M. Maury, *Rev. des Deux-Mondes*, 15 mars 1867, *Ninive et Babylone*.

mencement de son règne, dit-elle, fut Babel, Erech, Accad et Calneh au pays de Sennaar [1]. »

Nemrod, suivant certains commentateurs, aurait même été plus loin encore; en effet, si les uns lisent le verset 11 du chapitre X de la *Genèse* de la manière suivante : « Et de cette terre *sortit Assour* qui bâtit Nineveh et *Rekhoboth* et Chalah ; » d'autres le lisent : « Et il (Nemrod) *sortit de ce pays-là et il bâtit Ninive et les rues de la ville*, et Chalah..., » s'appuyant sur ce que *Assour* (אשור) n'est pas seulement un nom propre, mais encore le participe du verbe inusité (אשר) correspondant au latin *gressus*, en sorte que le membre de phrase en litige (אשור יצא) peut se rendre littéralement par *exiit gressus* [2]; d'un autre côté, ils remarquent que depuis le verset 2 jusqu'au verset 21 le chapitre X ne traite que de la généalogie de Japhet, tandis qu'à partir du verset 21 jusqu'au verset 31 il n'est plus question que de Sem et de ses descendants.

Pour nous, nous suivrons la première interpré-

---

[1] *Genèse*, ch. X. ɤ. 10.

[2] Voyez Gesenius, *Lexicon Hebraïcum et Chaldaïcum*; voc. אשור et אשר.

tation, et sans nous appuyer sur des théories particulières, nous n'en donnerons pour cause que des
faits généraux. Rarement, sur les monuments assyriens, est invoqué le nom de Nemrod (*Bel-Nipru*,
le dieu chasseur), Assour au contraire y est vénéré
comme le dieu le plus puissant, « le roi de tous les
dieux ; » il a donné son nom à une ville, la capitale avant Ninive ; à la nation ; à la contrée tout entière[1], et ceci n'aurait certes pas eu lieu si la fondation des villes assyriennes était due à Nemrod. De
plus, l'intercallation du verset concernant le Sémite
Assour au milieu de ceux qui énumèrent la descendance de Cham n'a rien que de très-naturel. A l'é-
poque où fut écrite la *Genèse*, les villes Chaldéennes
et Assyriennes étaient depuis longtemps déjà réunies sous la même domination, nous l'avons vu plus
haut par l'acte de possession fait à Ellassar par Is-

---

[1] Assour (le dieu bon) est le « roi de l'assemblée des Grands
Dieux. » Il est aux rois de Ninive ce qu'Ammon est aux
Pharaons. « Dans le mois de la bénédiction, au jour heureux, j'ai, au milieu d'eux » — Sargon vient de parler des
grands de sa cour, — « invoqué Assour, le père des dieux, le
plus grand souverain des cieux et des *Astaroth* qui habitent
l'Assyrie. »

midagan et son fils Shamas-Vul [1] ; et Moïse entre les villes comprises dans le même empire aura voulu établir une distinction immédiate : Nemrod a fondé telles et telles villes, mais c'est Assour qui a fondé telles autres.

L'interprétation que nous avons rappelée est du

[1] Shamas-Vul. *Shamas*, est le mot hébreu שמש (servir, serviteur), et *Vul* le nom du dieu de l'atmosphère ; d'où alors, serviteur de Vul. Régnait vers 1800.

On sait du reste par Manéthon que l'étendue de l'empire Chaldéen fut considérable, car cet historien nous montre le premier roi de la dynastie régulière des Pasteurs ou Hycsos, Set-aa-pehti-Noubti, effrayé de son développement, se fortifier dans Avaris dans la crainte d'une expédition partie de l'Euphrate : « ... Enfin, dit Manéthon cité par Josèphe *contre Apion*, les Pasteurs firent roi l'un d'entre eux ; son nom était Salatis, — ailleurs, Saltis ; Eusèbe, *Chron.*, Silitès ; selon Africanus, Saïtès. — Il résidait à Memphis, la haute et la basse région lui payaient tribut, et il avait placé des garnisons dans les lieux les plus convenables. Mais il se fortifia surtout du côté de l'Orient, craignant que les Assyriens, puissants alors entre tous, n'aient l'idée d'envahir son royaume. Ayant rencontré dans le nôme de Sethraitès, — ailleurs Saïs ; Eusèbe, *Chron.*, Methraïte, (tout ceci par erreur, lisez Tanis,) — une ville répondant à son dessein, située près du fleuve Bubastis, appelée Avaris, — ou Abaris, — d'après une antique tradition religieuse, il en fortifia les murailles, y accrut la population, et pour la garder, y plaça jusqu'à 240,000 hommes. Il y résidait pendant l'été, tant pour distribuer à ses soldats le blé et la solde que pour les exercer avec soin au maniement des armes, dans la crainte des ennemis du dehors. »

reste peu suivie, pour ne pas dire, n'est point admise, et lors même, ce serait à d'autres plus autorisés qu'il appartiendrait de trancher cette question. Pour nous, il nous suffit de remarquer que les villes citées en premier lieu datent de la plus haute antiquité ; que leurs ruines, ou plutôt, ce qui reste de leurs ruines, peut, dans ce qu'il nous donne, nous les montrer telles qu'elles ont été, sinon à l'époque de fondation, du moins à une date qui se perd encore dans la nuit des temps, car les rois, tels que Nabuchodonosor [1] et ses successeurs nous apprennent, dans leurs inscriptions, qu'ils n'ont fait que réparer temples, monuments, enceintes, mais nous ne voyons pas qu'ils aient jamais rien construit.

---

[1] *Nabiuv-kudurri-usur* (le dieu Nébo protège ma famille.) — Le nom de Nabuchodonosor est aussi exprimé dans les inscriptions (*Bisitoun*) par un groupe de signes se lisant *Anpasadusis*, qui est l'idéogramme du nom du roi: — *Nabiuv-kudurri-usur*, nous l'avons dit déjà, se traduit par: le Dieu Nébo protège ma famille; or, le signe qui se lit *An* est l'emblème qui précède tout nom de divinité; *pa* est l'image, défigurée il est vrai, mais enfin l'image de la herse, un des attributs de Nébo ; *sa* idéographiquement rend la notion de famille, *kudurri*, phonétiquement, est traduit aussi par le mot famille ; enfin *dusis*, répondant au mot *patar* d'une inscription iranienne de Suse, veut dire, protège. — M. Oppert a fait de semblables études sur une foule d'idéogrammes.

II. — Les débris retrouvés dans ces vieilles cités nous redisent, presque tous, les noms des mêmes rois : Sagaraktiyas, Uruck, Kourigalzou, Pourna-pouriyas, Hammourabi, et par conséquent, de tous les princes de l'empire chaldéen, ce sont les seuls que l'on connaisse quelque peu.

Sagaraktiyas que les uns placent après Uruck mais que l'on pourrait peut-être nommer avant lui, — car un vase d'albâtre portant le nom de Naram-Sin, son fils, nous offre une inscription dont les lettres ont une forme qui, d'après les indices paléo-graphiques, paraît d'une écriture plus ancienne que celle des briques d'Uruck, — Sagaraktiyas, di-sons-nous, construisit à Sippara un temple [1] sur l'emplacement où l'on prétendait que Xisuthr, le Noé Chaldéen, avait caché en terre, au moment du déluge, les tablettes sacrées contenant le récit des premiers âges de l'humanité et la révélation des mystères de la cosmogonie [2].

Le roi Uruck vers l'an 1900 semble avoir été,

[1] Nous devrons reparler de ce temple.

[2] Voyez : *Fragments* de Bérose conservés par Syncelle.

AKARKOUF.

parmi les souverains chaldéens, le roi constructeur par excellence. On a retrouvé son nom inscrit dans presque toutes les villes de la Chaldée, et sa réputation fut si grande qu'Ovide s'en souvint et que, dans ses *Métamorphoses*, il plaça dans la famille de ce roi l'histoire de Clythie et de Leucothée :

> *Rexit Achæmenias urtes pater Orchamus, isque*
> *Septimus a prisci numeratur origine Beli*[1].

Ainsi, selon Ovide, Uruck, Ourcham (lumière du soleil) serait le septième roi de la dynastie chaldéenne ; mais, à cet égard, le poète latin est loin d'être un guide sérieux. Quoi qu'il en soit, nous voyons Uruck élever dans Chalanné-la-Grande, le temple pyramidal de Sin, le dieu Lune, et l'enceinte fortifiée de la ville ; à Niffer, les temples de Bélus, de la déesse du firmament et de Mylitta-Taauth, la mère des Dieux ; à Ereck un sanctuaire à Mylitta ; à Sippara un temple à Samas, le dieu Soleil ; à Larsam, un temple au même dieu[2].

---

[1] Ovide, *Métamorphoses* IV, vers 242 et 243.

[2] Des légendes inscrites sur des briques nous ont appris les œuvres de ce roi, elles sont rapportées dans M. Loftus, *op. cit.;* ou encore dans M. G. Rawlinson, *The five great monarchies of the ancient eastern world*, tome I, p. 85. — Etc...

Une inscription gravée sur des barils en brique nous a appris que Nabuchodonosor (604 à 561 avant Jésus-Christ) avait restauré les monuments de Larsam, et entre autres le temple du Soleil : « En ce temps-là, le *Bit-ur-ra*, le temple de Samas, situé à Larsam, qui depuis de longues années était tombé en ruines.... formait comme une colline.... — Dans mon amour pour le grand seigneur Mérodach, j'ai restauré ce temple. Il avait été détruit des quatre côtés, la terre était tombée au milieu, et on voyait ses...... — C'est pourquoi, moi, Nabuchodonosor, roi de Babylone, son premier adorateur, j'ai été fortement excité à refaire son temple ; j'ai recherché son antique *temen*, je l'ai.....; et sur ce *temen*, j'ai...... de terre et la pose des briques [1]..... »

A Chalanné (538), le temple de Sin, ou du moins une partie du temple consacré à la grande déesse Mylittá, a été relevée de même par le dernier roi de Babylone, Nabonid (555 à 538). Ce roi sentant

---

[1] Cette inscription retrouvée par M. Loftus, publiée par MM. Norris et H. Rawlinson, *W. A. I.* pl. 51, a été traduite en français par M. Oppert. *Expéd. en Mésop.*

sa puissance chanceler, entreprit cette restauration
pour se concilier la faveur des dieux [1] : « Le temple
du roi..... le *Ziggurat* du *Bit-iz* de la grande-déesse
est situé à Chalanné. Le roi Orcham en avait commencé jadis la construction, mais il ne l'avait pas
terminée; son fils Ilgi en acheva la magnificence. —
Dans les tables provenant d'Orcham et d'Ilgi, j'ai
lu ceci : Orcham a commencé ce *Ziggurat*, mais il
ne l'a pas terminé; Ilgi, son fils, en a achevé la
magnificence. Dans la suite des temps ce *Ziggurat*
tomba en vétusté. J'ai reconstruit sur les anciennes
fondations qu'avaient posées Orcham et son fils
Ilgi ce *Ziggurat* comme il avait été jadis, en bitume et en briques, j'ai relevé ses ruines [2]. »

[1] Cette singulière particularité nous a été révélée par une
inscription gravée sur des barils d'argile et retrouvée par
M. Taylor aux quatre angles du grand temple de Chalanné
(Mugheir). Ces quatre exemplaires sont maintenant au Musée Britannique. MM. Norris et H. Rawlinson, *W. A. I.* pl.
68 en ont publié le texte. M. Fox Talbot en a donné une traduction anglaise dans le *Journal of the Asiatic Society*, vol. XIX,
part II, p. 193 ; et M. Oppert une trad. française dans son
Exp. scient. en Mésop. tome I p. 262. Nous en reproduisons
quelques passages, d'après la trad. que M. J. Ménant donne
dans sa *Grammaire Assyrienne*, p. 311.

[2] Suit une longue invocation au dieu Sin, enfin cet appel à
sa clémence : « C'est pourquoi, moi Nabuna'id » — Nébo me pro-

Bien longtemps après Uruck, nous trouvons le roi Kourigalzou Ier, qui, pour se mettre en sûreté du côté de l'Assyrie, se construit une forteresse importante qu'il appelle de son nom Hisr-Kourigalzou (château de Kourigalzou), et dont les ruines se rencontrent à l'est de Bagdad, dans la localité d'Akarkouf. Trompés par la dénomination de *Nemrod-Tépessy* (mont Nemrod) que donnent les indigènes à une ruine de cette contrée, certains voyageurs ont pris les débris d'Akarkouf pour les restes de la Tour de Babel. D'autres constructions marquent encore le règne de Kourigalzou à Chalanné, Sippara et Zari ou Zariruki (Zerghoul [1]).

tége — « roi de Babylone, moi qui ai péché contre ta grande divinité, sauve-moi, accorde-moi une longue existence jusqu'aux jours les plus reculés. Et à l'égard de Balthasar, » — *Bel-sarru-usur*, Bel protège le roi, — « mon fils aîné, le rejeton de moi-même, ouvre son cœur à l'adoration de ta grande divinité et qu'il n'y livre jamais une place au mal.» — C'était ce *Belsarrusur* qui, associé par son père à la royauté, devait, à Babylone, au milieu d'un festin que nous décrit le *Livre de Daniel*, trouver la mort de la main de Darius le Mède. — Quant à Nabonid qui s'était enfermé à Borsippa, il n'attendit pas le résultat du siège, il se rendit à Cyrus qui l'envoya en Carmanie où il termina ses jours.

[1] Plus loin nous verrons ce monarque faisant des fouilles à Sippara. — Nous allons parler de Pournapouriyas ; il eût été

Enfin, ce sont Pournapouriyas I⁰ʳ qui, à Senkereh, répara le temple fameux du Soleil construit par Uruck ; — Hammourabi[1], qui paraît marquer la date de l'apogée de la puissance de l'empire Chaldéen, (vers 1600,) et dont le nom se rattache à d'importantes constructions élevées surtout dans la Chaldée et l'Irak. C'est ce prince qui construisit le Grand Canal ou *Nahar-malkha* (fleuve royal) de Babylone et qu'il appela de son nom, « Fleuve Hammourabi, bonheur des hommes[2]; » c'est encore lui que l'on retrouve à Larsam où il construit le temple du jour et celui du Soleil[3] ; lui qui, à Zariruki,

---

plus exact de le citer avant Kourigalzou, car un cachet trouvé à Bagdad nous a appris que Kourigalzou fut le fils et successeur de Pournapouriyas. On peut placer le règne de ces princes vers l'an 1600.

[1] *Hammourabi* veut dire : Grand Soleil. *Hammu* n'est autre en effet que l'hébreu חמם, (chaleur, soleil,) élément que l'on retrouve encore dans les noms propres hébraïques, tels que חמוטל, Hamoutal, — fille de Jérémie, femme du roi Josias, — *Rois*, II ch. 23, ℣. 31, et ch. 24, ℣. 18; — חמול Hamoul, — fils de Pérès, — *Genèse*, ch. 46, ℣. 21. — *Rabi* est encore l'hébreu רב, (grand,) מלך רב, *melech rab*, grand roi, — *Daniel* ch. 11 ℣. 10.

[2] Nous reparlerons de ce canal.

[3] D'après l'inscription gravée sur les briques provenant de l'angle nord de la ruine de Senkereh ; cette inscription a été

élève à la déesse Tavat, la « souveraine de l'eau,
du feu, de la terre, de l'air, déesse de la justice,...
le temple de l'âme du monde, le temple de son adoration perpétuelle[1]. »

III. — Malgré le peu de documents que des
édifices d'une telle antiquité pouvaient fournir,
grâce aux fouilles de MM. Loftus et Taylor[2], on est
toutefois arrivé à les recomposer quelque peu.

La pierre était d'un emploi impossible en Chaldée, il aurait fallu la faire revenir de très-loin et à
grand frais, aussi les constructions se composaient-
elles exclusivement, — le terrain d'alluvion de
cette contrée fournissant partout une excellente argile, — de briques cuites ou simplement séchées
au soleil. La grosseur et la couleur de ces briques
varient ; leur forme est carrée, ou à peu près, le

publiée dans le Recueil du British Museum, W. A. I. pl. 4,
n° xv, 2.— Voyez M. J. Ménant *Inscrip. de Hammourabi*, p. 68.

[1] D'après une tablette du British Museum ; traduite par
M. J. Ménant, *Insc. d'Hammourabi*, pp. 72 et *seqq.*, — et M. J.
Oppert, *Exp. sc. en Mésop.* t. I, p. 270.

[2] Voyez le compte rendu des travaux de M. Taylor dans le
Journal of the Asiatic Society.

plus souvent, et leur épaisseur est très-petite. Les plus anciennes briques cuites découvertes dans la Chaldée ont en carré 11 pouces 1/4, et sont épaisses de 2 1/4 [1] ; plus fortes dans les monuments de la dernière période de l'empire Chaldéen, elles n'ont pas plus encore de 13 pouces carrés et de 3 pouces d'épaisseur [2]. Les briques de qualité supérieure sont d'un blanc jaunâtre ; celles d'un bleu-noir sont très-dures quoique moins soignées que les premières ; et enfin les briques d'un rouge-pâle n'ont été qu'à moitié cuites. — Les briques séchées au soleil offrent plus de variété dans leurs dimensions ; quelquefois, elles ont jusqu'à 16 pouces carrés et 7 d'épaisseur, d'autrefois elles n'ont plus que 6 sur 2 [3]. — On a trouvé aussi des briques affectant une forme triangulaire, elles ont dû servir à former les angles des murs [4] ; d'autres enfin ayant l'aspect de coins ont dû être employées à la construction des voûtes.

Parfois, les édifices ne se composaient que de briques séchées au soleil, mais alors d'énormes con-

---

[1] *Journal of the Asiatic Society*, vol. XV, p. 261.
[2] Rich, *First memoir...* p. 61.
[3] *Journal of the Asiatic Society*, vol. XV. pp. 263, 264.
[4] *Journal of the Asiatic Society*, vol. XV, p. 266.

treforts de briques cuites venaient les soutenir ; des lits de roseaux entrelacés, enduits de bitume, placés entre les assises à des intervalles égaux, venaient prêter plus de cohésion aux matériaux [1], ou bien des rangées de briques cuites, disposées par couches de plusieurs pieds d'épaisseur solidifiaient la masse des briques crues [2] ; mais, le plus souvent, les constructions étaient formées d'un revêtement de briques cuites enveloppant un massif de briques crues. — Les ciments qui ont servi à unir ces matériaux étaient la boue et le bitume ; la boue employée plus généralement pour les constructions en briques crues, le bitume pour les bâtisses en briques cuites, et la qualité de ce dernier était excellente, car c'est avec peine, nous dit M. Loftus, que l'on parvenait à séparer les briques cimentées de la sorte [3].

Parmi les édifices chaldéens, les monuments sacrés sont ceux qui ont laissé le plus de traces de

[1] Tel est le procédé indiqué par Hérodote I, 179 pour la construction des murs de Babylone.

[2] *Journal of the Asiatic Society*, vol. XV, p. 263.

[3] Loftus, *Chaldæa and Susiana*, p. 169.

leur existence ; trois temples ont été examinés avec le plus grand soin, ce sont les temples de Warka, de Mugheir et d'Abu-Shahrein ; le premier a été exploré en 1854 par M. Loftus ; le second, cette année là encore, par M. Taylor, et le troisième par le même voyageur en 1855.

Tous nous présentent le même type. Ce sont des tours à étages, dont les terrasses carrées[1], superposées, en retraite les unes sur les autres, ont leurs angles exactement orientés sur les quatre points cardinaux, et au sommet desquelles se dresse une petite cellule carrée qui renferme le sanctuaire de la divinité. Telle était déjà à Babylone la disposition de la Tour de Babel, telle a été celle du temple de Bélus[2]. Quand l'édifice présente une certaine élévation, pour amortir la poussée des terres contre le revê-

---

[1] Deux au moins, sept au plus.

[2] L'état de ruine complète où se trouve le temple de Warka empêche toute reconstitution ; on peut affirmer toutefois sa forme carrée et y reconnaître l'existence de deux étages. Voyez Loftus, *Chaldæa and Susiana*. — Le temple de Mugheir s'élevait sur une plate-forme carrée dont les angles étaient tournés exactement vers les quatre points cardinaux ; on peut avec précision lui assigner deux étages, et si même on en

tement, la terrasse de la base est soutenue par de puissants contreforts de briques cuites.

De semblables constructions ne pouvaient avoir de grandes beautés architecturales, toutefois elles ne manquaient pas d'une certaine grandeur, leur masse et leur élévation ne laissaient pas que de les rendre imposantes[1]. A l'exception des pyramides, nous ne savons pas d'édifice dans le monde qui ait été plus dépourvu d'ornements extérieurs que le temple Chaldéen. On n'a rencontré dans les fouilles aucun fragment d'architraves ou de chapiteaux, aucune trace de sculpture quelle qu'elle fût ; quant aux contre forts, aux bordures, qui seuls venaient rompre la plate uniformité des murailles, ils avaient non point un but d'embellissement, mais

croit les Arabes, dit M. Taylor, *J. A. S.*, vol. XV, p. 264, il y aurait moins de 50 ans que l'on pouvait encore distinguer les restes d'un troisième. — Le temple d'Abu-Shahrein, dont les ruines sont assez voisines du Golfe Persique, présentait les mêmes dispositions. M. Taylor les décrit. *J. A. S.* vol. XV, pp. 405-408.

[1] S. — « *I. Know of nothing more exciting or impressive*, dit M. Loftus, *op cit.*, p. 113, *than the first sight of one of these great Chaldæan piles, looming in solitary grandeur from the surrounding plains and marshes.* »

d'utilité ; et si quelques efforts ont été faits pour
ornementer l'édifice, ces efforts ont été restreints
aux cellules supérieures, et encore toutes les décorations que l'on a reconnues, au milieu des décombres, ont-elles dû exister plutôt à l'intérieur qu'à
l'extérieur [1].

On n'a que des spécimens trop peu complets
d'habitations chaldéennes pour qu'on tente de reconstituer, dans leur ensemble, les palais des rois ou
les demeures du peuple. Une petite construction
retrouvée à Mugheir par M. Taylor et quelques
chambres dont on a reconnu le plan à Abu-Shahrein
sont les seuls débris que l'on puisse avec certitude
faire remonter à la date lointaine de la période
chaldéenne [2]. D'après ces indices on a constaté que
les édifices avaient dû s'élever sur des plates-formes [3], que leurs murailles avaient eu de grandes
épaisseurs [4] ; que les parois extérieures ornées de

[1] Voyez, *Journal of the Asiatic Society*, vol. XV, p. 407.

[2] Voyez, *J. A. S.*, *loc. cit.*, les ruines d'Abu-Shahrein.

[3] La plate-forme de la maison de Mugheir était de briques
séchées au soleil, pavée de briques cuites.

[4] La maison de Mugheir était construite en briques cuites.

distance en distance de saillies demi-circulaires
ayant l'aspect de colonnes engagées, sans bases et
très-probablement aussi sans chapiteaux [1], avaient
été revêtues d'un épais enduit de mortier dans lequel venaient s'enfoncer des cônes en terre cuite
qui présentaient au dehors leur section inférieure
pour former des damiers, des losanges, des che-
vrons teintés de nuances diverses [2] ; que les parois
intérieures étaient décorées de briques émaillées,
offrant soit des séries de bandes rouges, noires
et blanches de plusieurs pouces de largeur, soit des
représentations grossières d'hommes et d'animaux [3] ;
que les portes, tant celles qui donnaient à l'extérieur que dans l'intérieur de la construction, s'ouvraient directement dans les appartements, et
qu'elles étaient plutôt placées sur les côtés qu'exactement au milieu [4] ; qu'enfin les salles étaient longues et étroites, semblables à de véritables couloirs.

dont les rangs extérieurs étaient enduits de bitume et ceux
intérieurs unis avec un ciment de boue.

[1] Loftus, *Chaldæa and Susianas,* p. 133.
[2] *J. A. S.,* vol. XV, p. 411.
[3] *J. A. S.,* vol. XV, p. 408 et p. 410.
[4] Deux des portes de la maison de Mugheir étaient voûtées.

M. Place nous donne l'explication de cette dernière
disposition : « Dans la Chaldée, dit-il, entièrement
dépourvue de bois et de pierres, les architectes
n'avaient pu songer un seul instant aux toitures en
plates bandes d'un seul ou de plusieurs morceaux. »
Avec les matériaux que la nature du sol fournissait
aux habitants, les briques, la voûte seule était possible. « Et là, comme presque toujours, la nécessité
a poussé les hommes à l'une de leurs plus belles in-
ventions. » Mais par suite, la disposition de la toiture commanda celle des salles, et comme les voûtes faites de briques ne pouvaient avoir qu'une faible
portée, on put autant qu'on le voulut allonger les appartements, mais il fut impossible de dépasser une
certaine largeur. — Aucune trace de fenêtres ne
s'est présentée dans les édifices chaldéens que l'on
a reconnus ; si de semblables ouvertures ont existé
dans les murailles, elles ont dû être placées à une
grande élévation, car on a retrouvé des pans de
murs qui mesuraient encore sept ou huit pieds de
haut ; mais il est de toute probabilité que la Chaldée
se trouvant dans des conditions de vie semblables à
celles de l'Assyrie, ayant à répondre aux mêmes

besoins, aux mêmes coutumes, à parer aux mêmes
inconvénients, résultant de la nature du climat et
de la qualité inférieure des matériaux employés aux
constructions, s'est servie du système d'éclairage et
d'aération que nous verrons employé à Khorsabad.

A Chalanné, un grand nombre de sépultures ont
été découvertes. Les tombeaux, ou mieux les chambres funèbres sont formées de briques cuites dont les
assises, vers le sommet, avancent en encorbellement
les unes sur les autres pour former une voûte poin-
tue. Ces salles ont sept pieds de longueur, une
largeur de trois et demi et une hauteur de cinq.
Les cadavres y sont entourés d'objets, d'ustensiles
de toute sorte, vases, lampes, cylindres gravés,
armes de bronze ou de pierre, colliers de bronze.
Les poteries sont de forme grossière, la plupart
semblent avoir été travaillées à la main ; d'autres,
en plus petit nombre, révèlent l'emploi du tour. Les
objets métalliques nous prouvent que, dès cette
époque, on avait déjà de profondes connaissances
de la métallurgie ; l'or, le plomb, le fer, le bronze
étaient bien connus, sans être cependant d'un usage
répandu ; on les employait surtout comme orne-

ments, et les ustensiles dont on se servait pour les
besoins journaliers étaient le plus fréquemment de
silex poli. La gravure en creux n'était point ignorée ;
le savant voyageur Kerr Porter nous en a conservé
un spécimen, c'est un cylindre en pierre dure,
gravé, et qui n'est autre que le sceau du roi
Uruck [1].

Nous croyons ne pas devoir pousser plus loin
cette étude des monuments de l'empire Chaldéen.
Nous ne nous sommes attachés qu'à donner des renseignements généraux ; précisant davantage, nous
craindrions de tomber dans les conjectures, et ici,
toute invention doit être laissée de côté. On comprend au reste que des constructions qui remontent
à près de 3600 ans, faites de matériaux qui se dés-
agrègent avec la plus grande facilité, ne doivent
plus laisser que des amas informes de décombres.
Nous allons traiter de l'Assyrie, alors nous serons
plus complets, car les belles découvertes de MM.
Botta, Layard et, surtout, de M. Place sont

[1] Voyez Kerr Porter, *Travels in Georgia, Persia...*, vol. II,
pl. 79, fig. 6.

assez précises pour qu'au sujet des constructions assyriennes on ne puisse craindre d'entrer dans les détails. Enfin entre les édifices ninivites, et les édifices babyloniens, nous n'aurons que peu de dissemblances à signaler, car à Ninive comme à Babylone
nous retrouverons les procédés généraux de construction que l'on a observés en Chaldée ; Babylone y a été contrainte par la nature de son sol,
Ninive y a été conduite par la force de l'habitude[1].

[1] Voyez plus loin, *Traditions de la race*.

DEUXIÈME PARTIE.

ASSYRIE.

CHAPITRE PREMIER.

Observations générales.

I. — Caractère des constructions. — II. Esprit pratique présidant aux constructions. — III. Orientation des édifices. —
IV. Choix des matériaux dicté par les nécessités du climat et les traditions de la race.

I. — Des recherches, des fouilles analogues à
celles que MM. Loftus et Taylor ont faites en
Chaldée, ont été entreprises en Assyrie par
MM. Botta, Layard et Place. Les savants explorateurs de la Chaldée nous ont montré tout ce qu'il
y avait de puissant et de grandiose dans son architecture [1] ; les mêmes caractères ont été retrouvés
dans les édifices assyriens [2]. A quelqu'époque du

[1] Nous retrouverons ces caractères dans les édifices de Babylone.

[2] Et le tableau qu'ils nous en ont donné s'est animé grâce
aux patients et laborieux travaux des assyriologues Hincks,

reste que l'on se reporte, il semble que rien n'a coûté aux rois, aux maîtres de l'Asie, pour élever des constructions aussi gigantesques dans leur conception que dans leur masse ; il semble que, pour eux, dompter la nature, accumuler sur un point un nombre incalculable de travailleurs n'a jamais été qu'un jeu [1]. « Le regard s'effraie, dit M. de Riancey en parlant d'une œuvre du vieux roi Uruk, le temple d'Erech, à contempler cette masse de deux cents pieds anglais de largeur, de plus de cent pieds de haut, dont la contenance cubique est de trois millions de pieds, et pour l'exécution de laquelle il a fallu plus de trente millions de briques [2]. »

Rawlinson, Oppert et Ménant. Nous ne pouvons ici donner même un aperçu de tout ce qu'il a fallu de patience et de recherches pour arriver au déchiffrement des textes cunéiformes. M. Maury, dans la *Revue des Deux-Mondes* du 15 mars 1867, en a présenté un résumé succinct. Mais il faut lire l'analyse de tous ces travaux dans M. J. Ménant, *Exposé des travaux qui ont préparé la lecture et l'interprétation des inscriptions de la Perse et de l'Assyrie* ; 2° édition. Paris, 1864.

[1] Il est vrai que le nombre prodigieux de captifs que ces rois ramenaient avec eux, à la suite de leurs colossales expéditions, leur devait être d'un grand secours.

[2] M. de Riancey, *Histoire du Monde*, tome I, p. 111. — Ce temple d'Erech n'est autre maintenant que la colline ou mon-

En Assyrie, nous verrons Sarkin se construire une ville et un palais qui ne mesureront pas moins de trois cents hectares en superficie. Et, fait plus surprenant encore, des constructions semblables ne demanderont point un siècle de travail, cinq ou six ans à peine suffiront à leur achèvement, car Sarkin qui les a commencées en 711 et qui est mort en 702, habitera son palais, il nous le dit lui-même [1].

II. — De plus, dans le système d'architecture assyrien, tout est éminemment simple et pratique. Ecoutons M. Place : « Dans ces temps reculés et chez un peuple dégagé de l'esprit d'imitation, la raison seule et le bon sens ont dirigé tous les détails de la structure. On s'est préoccupé exclusivement

---

tagne de Bowarieh à Warka. — Cf. M. Rawlinson, *op. cit.*, tome I, p. 199 : « *The Bowariyeh mound at Warka is* 200 *feet square, and about* 100 *feet high. Its cubic contents, as originally built, can have been little, if at all, under* 3,000,000 *feet ; and above* 30,000,000 *of bricks must have been used in its contruction.* » D'après M. Loftus, *op. cit.*, p. 168.

[1] Voyez MM. J. Oppert et J. Ménant, *les Fastes de Sargon.*

de mettre à profit les ressources locales ; et en se
conformant aux exigences du climat, aux besoins et
aux coutumes des habitants, on s'est bien gardé de
violenter la nature même imparfaite des matériaux.
Plus rationnels sous ce rapport que bien des peuples
venus après eux, les Assyriens nous ont donné un
précieux enseignement. Trop souvent, dans les
temps modernes, nous subissons l'influence des anciennes architectures, et nous nous attachons plutôt aux lignes décoratives des édifices qu'à leur destination et à leur durée. Désireux de frapper les
regards par des formes plus ou moins harmonieuses,
mais la plupart du temps conventionnelles, nous en
arrivons à négliger la partie essentielle de la construction. Les Grecs n'ont pas toujours échappé à
ces faiblesses ; un faux point de départ n'a cessé
d'entraver la marche de leur architecture, et malgré leur grand art et leur goût épuré, malgré la richesse de la matière, ils n'ont pu s'affranchir des
inconvénients irrémédiables qu'entraînait l'imitation
en pierre des constructions primitives en bois. De
leur côté, les Romains si habiles cependant et si ex-
perts dans l'art de bâtir, ont plus d'une fois trop

demandé à leurs matériaux. Et depuis qu'au lieu de
nous borner à la reproduction des ordonnances extérieures, nous nous sommes enquis avec plus de
soin des procédés d'exécution usités aux époques
grecque et romaine, nous avons été frappés du fréquent usage fait alors des crampons en plomb ou
en bronze, des scellements les plus compliqués dans
les colonnades, les frontispices et même les assises,
pour contenir les écartements et assurer artificielle-
ment la solidité. Rien de pareil à Ninive ; c'est ici
la construction dans ce qu'elle a de plus calme. Le
résultat apparent n'est peut-être pas aussi brillant,
aussi flatteur que le coup d'œil produit par les lignes
architectoniques de la Grèce et de Rome, cependant
la décoration assyrienne, quoique nouvelle dans ses
effets, n'est pas sans mérite. Mais les architectes
l'ont tirée naturellement des matériaux eux-mêmes
et n'y ont sacrifié aucune condition essentielle de
durée ; des édifices bien distribués et avant tout solides, telle est leur principale préoccupation, et pour
atteindre la solidité, ils l'ont exclusivement cherchée
dans la simplicité des combinaisons. Ce n'est pas
qu'ils aient reculé devant les conceptions les plus

hardies, et certainement parmi les surprises qui
nous attendent, la découverte de la voûte occupera
une des places principales, mais, et nous insisterons
sur ce point, les voûtes elles-mêmes, comme les murs
droits ont été obtenus par l'emploi raisonné des
matériaux, par la sage répartition des masses et des
points d'appui ; aucune armature métallique, aucun
moyen artificiel n'a été nécessaire pour suppléer à
l'insuffisance, à l'exagération ou à l'erreur des combinaisons. Le repos absolu, cet idéal de l'architecture, est dans les fabriques assyriennes un produit
spontané de leur bon mécanisme [1] »

III. — L'orientation des édifices eux-mêmes nous
révèle cet esprit observateur et pratique de l'Assyrien.

Dès les premiers âges les Chaldéens s'étaient oc-
cupés du ciel et avaient divinisé les astres. « C'était
chose naturelle à ces simples pasteurs qui erraient
silencieusement autour des murailles de Babel, de
distinguer par quelque nom ami l'étoile plus rayon-

[1] M. Place, *op. cit.*

nante qu'ils avaient trouvée dans la foule de l'armée céleste, et de prêter vie et intelligence à tous
ces corps brillants et lumineux qui, suivant les
ordres providentiels, tracent périodiquement leur
route dans l'espace [1]. » Cette préoccupation constante
les conduisit promptement à la connaissance des
mouvements célestes, et de toute antiquité les Chaldéens furent célèbres dans la science astronomique.
Aussi, voyons-nous Callisthènes estimer assez leurs
observations pour les envoyer à Aristote ; les auteurs
anciens, Hérodote, Diodore [2] par exemple, consacrer
à leur louange des pages entières de leurs récits, et
s'accorder pour leur attribuer une supériorité marquée sur tous les autres peuples. Aujourd'hui encore
nous pouvons nous assurer que dans ces récits il n'y a
rien d'exagéré, car l'Almageste de Ptolémée, qui est
fondé sur la science chaldéenne et commence avec
l'ère de Nabonassar (547), offre des indications
qui ne sont point dédaignées par nos astronomes.

[1] M. de Riancey, op. cit., tome I, p. 120.

[2] Hérodote, I, 181 et 183. — Diodore d'après Ctèsias II, 29
et seqq.— Voyez Ideler, sur l'astronomie des Chaldéens, über,
die Sternkunde des Chaldæer, dans les Mémoires de l'Académie de Berlin, années 1814, 1815.

L'astronomie, en Assyrie comme en Chaldée, exerça une influence manifeste sur la position que les architectes ont donnée à leurs monuments. Presque dans toutes les constructions dont la forme est le plus souvent quadrilatérale, on a pu remarquer que les angles étaient orientés sur les quatre principaux points du compas.

Cette exactitude n'a rien de surprenant chez des hommes à qui l'on doit l'invention du gnomon, du cadran solaire et des divisions du jour, car ils n'avaient pas été sans remarquer qu'au moyen d'une telle orientation, les ombres projetées les renseignaient, en des points nombreux, sur les diverses heures de la journée ; que leurs demeures, par cette disposition encore, offraient un séjour plus sain et plus agréable : en effet, aucune des façades n'étant tournée droit vers le nord, n'était privée des bienfaits du soleil; aucune ne regardant le plein midi n'en recevait les incommodités ; aucune enfin ne le perdait ou ne le recevait dans une transition brusque.

IV. — Le choix des matériaux pour les constructions vient encore attester l'esprit pratique

qui semble avoir été le signe caractéristique le plus
frappant de l'Assyrien ; et cette nouvelle preuve
ne sera pas la dernière que nous aurons à citer
dans la suite de cet exposé.

En Assyrie, quand il s'agit de construction tout
est nouveau pour nous, et la matière, et les procédés mis en usage. L'argile crue ; pour les dallages
et les soubassements, la brique cuite et parfois la
pierre, voilà en fait de matériaux tout ce que les
constructions nous offrent[1].

---

[1] En Assyrie, le mortier n'a jamais été employé dans les
constructions. Il était connu cependant puisque M. Place en
a trouvé des traces dans les celliers des dépendances du
palais de Khorsabad, où il servait à fxer le marchepied qui
supportait les jarres à vin ; ces jarres, au lieu d'être à fond
plat, se terminaient en pointe qui s'adaptait dans un trou fait dans
le marchepied. — On a retrouvé aussi quelques traces de ciment, mais sa qualité est médiocre, il n'offre pas de consis-
tance. — Le bitume ne se rencontre que dans les lits infé-
rieurs des pavages et le fond des canaux souterrains. — Des
constructions exclusivement en argile excluaient le bois ; nous
en reparlerons en traitant des toitures. Tout au plus, dit
M. Place, le bois figurait-il dans les clôtures et dans les
pièces d'ornement. — Les métaux n'ont point pu être employés dans les bâtisses en argile. « Comment, dit M. Place,
loger du fer, du plomb, du cuivre, dans un massif terreux
aussi peu résistant ? Le moindre tirage ou le moindre ecar-
tement eût suffi pour enfoncer le métal dans l'argile ou
pour l'en arracher. Une substance plastique n'était propre à

Peut-être objectera-t-on que si ce peuple ne s'est
point servi de la pierre comme d'autres l'ont fait,
c'est qu'il ne l'avait pas à sa portée ou qu'il n'avait
ni les moyens, ni la science de l'employer. Nous
répondrons, qu'à Ninive les Assyriens avaient la
pierre sous leurs pieds, qu'ils ont su ouvrir des
carrières ; que sur chaque point de leur territoire
se trouvaient le gypse et la pierre de taille ; que d'un
autre côté l'emploi de cette substance ne les embar-
rassait guère si l'on en juge par la dimension des
blocs qu'ils sont parvenus à dresser. Et l'on s'en
convaincra facilement si l'on considère les taureaux
et les génies monolithes qui flanquaient les portes
de leurs palais, de leurs temples, de leurs villes.

offrir aucun appui à des chaînages, et comme tout est conséquent en architecture, l'exclusion du bois et des pierres a
amené celle des métaux. » — Le cuivre n'a servi, dans les
constructions — nous ne parlons point de l'ornementation —
qu'aux gonds et aux pivots des portes et pour relier les plaques de gypse sculptées qui ornaient les murailles. — Le
plomb, sous forme de crampons, reliait aussi ces plaques. —
Le fer a été complètement proscrit, les Assyriens avaient remarqué sans doute qu'il s'oxydait trop facilement et lui avaient
préféré le cuivre. On ne saurait dire qu'il était inconnu, on
en a retrouvé dans les monuments de toutes les époques. —
Voyez M. Place, *op. cit.* tome I, pp. 235 et seqq.

Deux spécimens de ces taureaux sont au Musée
du Louvre ; leur poids peut être évalué, pour chacun, à 32,000 kilogrammes ; d'autres atteignent
40,000 kilos, et rien qu'à Khorsabad on en a retrouvé vingt-six paires semblables. Quand nous dé-
crirons le palais de Sarkin, nous aurons encore, à
l'appui de ce dire, d'autres preuves à citer[1]. Quant
à la coupe et à la pose de la pierre, les constructions dans le peu qu'elles nous donneront nous fe-
ront voir quelle était, en cela, l'aptitude de ce
peuple[2]. D'autre causes ont donc présidé à cette
simplicité dans le choix des matériaux. Et ces
causes sont : les nécessités du climat et les traditions de la race.

Et d'abord, le climat de l'Assyrie est soumis à
des alternatives extrêmes de chaleur sèche et d'humidité. Or grâce aux masses de terre que nous
verrons accumulées par les Assyriens tant pour former les murs que les toitures de leurs habitations,
— masses de terre telles que la construction se présentait comme une vaste colline dans laquelle les

[1] Voyez plus loin, *Mur de soutènement.*
[2] Ibid.

salles auraient été creusées, — ils n'avaient à souf-
frir ni du froid [1], ni du chaud. Ceux qui ont habité
quelque temps ces contrées où le climat est encore
à peu près aujourd'hui ce qu'il était autrefois, ont
été à même de reconnaître les avantages de telles
demeures. Aussi n'insisterons-nous pas sur ce point
et passerons-nous de suite au second : les traditions
de la race.

Dans la Chaldée, le bois et la pierre étaient rares.
Le sol de ses plaines étant exclusivement composé
d'alluvions argileuses, les premiers habitants durent se contenter, pour leurs constructions, des
ressources que la nature leur offrait. Ils n'avaient
que l'argile, force leur fut de n'employer que l'argile. Ils lui donnaient dans des moules en bois la
forme de briques à peu près carrées ; les unes étaient
simplement séchées au soleil, les autres cuites au
feu ; et c'est ainsi que tous les monuments chaldéens
témoignent de leur unique emploi [2].

---

[1] En effet, sauf dans les cuisines, on n'a trouvé la trace
d'aucun procédé de chauffage. Cf. M. Place, *op. cit.*

[2] Voyez ce que nous avons dit au sujet de la CHALDÉE.

Or les traditions de Ninive sont essentiellement chaldéennes. Lors de ce grand événement, la Confusion des Langues, que la Bible nous montre comme une punition de Dieu, la dispersion des fils de Noé dans les plaines de Sennaar ne dut pas être complète. Autour de Babel, il resta un noyau assez considérable de races diverses ; Bérose nous l'apprend : « Il y eut d'abord à Babylone une grande quantité d'hommes de nations diverses qui avaient colonisé la Chaldée[1]. » Mais parmi toutes ces races, celle de Cham s'empara bientôt de la prépondérance : « De Kousch, dit la Genèse, naquit Nemrod qui commença à être puissant sur la terre[2]. » Les Sémites ne supportèrent pas longtemps cette domination, et c'est pourquoi nous les voyons, à la suite d'Assour, sortir de Babel, d'Erech, d'Accad, de Chalanné, émigrer vers le nord et fonder Ninive, Résen et Chalah[3]. Toutefois, un puissant élément sémitique demeura dans la Chaldée et à Babylone,

---

[1] Bérose cité par Syncelle : « Ἐν δὲ τῇ Βαβυλῶνι πολὺ πλῆθος ἀνθρώπων γενέσθαι ἀλλοεθνῶν κατοικησάντων τὴν Χαλδαίαν... »

[2] Genèse, ch 10, ⱴ. 8.

[3] Genèse, ch. 10, ⱴⱴ. 10, 11, 12.

et malgré les invasions successives des Aryâs de race japhétique [1], des Touraniens ou Scythes asiatiques des écrivains grecs [2], cet élément finit par l'emporter, et à dater de ce moment il n'y eut plus en réalité qu'une seule nation, celle des Assyro-Chaldéens, de telle sorte qu'à Babylone et à Ninive on parla la même langue, on eut la même civilisation, le même culte. « Au milieu de ces révolutions, dit M. Place, Ninive n'avait rien perdu des traditions ni des usages de son origine ; dans ses cons-

---

[1] Un peu plus de 2400 ans avant notre ère. « Cet événement, dit M. F. Lenormand, *Hist. anc. de l'Orient*, tome I, p. 399, paraît avoir coïncidé avec la grande migration par laquelle les populations indo-européennes de l'occident, issues de Japhet, quittant leur patrie primitive des bords de l'Oxus, se dirigèrent à l'ouest pour chercher de nouvelles demeures dans la Médie et la Perse, tandis qu'un autre rameau de la même race descendait sur l'Inde. » — Bérose cité par Eusèbe nous apprend que cette branche du rameau iranien qu'il appelle Mèdes, ayant renversé les rois Kouschites, régna à Babylone durant 224 ans. Et dans un autre fragment cité par Syncelle on trouve rattaché à cet événement le bactrien Zoroastre, le prophète de la Perse.

[2] La *Genèse* nous les indique comme étant de la descendance de Magog. — Leur domination en Mésopotamie ne dura pas plus de deux siècles. Ils donnèrent, selon Bérose, 11 rois qui régnèrent dans les environs de l'an 2200 à l'an 2000. Ce sont eux qui, selon M. Oppert, ont apporté en Babylonie et en Assyrie le système d'écriture cunéiforme.

tructions, notamment, elle conserva les habitudes artistiques qu'elle avait emportées de la Babylonie... Il n'est pas facile d'ailleurs de créer un art de bâtir nouveau, une architecture nouvelle[1]. Les modernes en donnent une preuve bien frappante, eux qui en sont encore à l'imitation des architectures grecque et romaine...

« Comment nous étonner dès lors si les Ninivites ne se sont point départis du système de bâtisse qui semble être l'apanage de leur race. Ils avaient emporté de la Chaldée, non-seulement la langue, mais encore les usages domestiques, les coutumes publiques, tout ce qui constitue enfin la vie d'un peuple ; leur œil était habitué à certaines formes, et leur goût façonné de longue main à un certain genre d'ornements. Il fallait donc, dans leurs demeures, des distributions en rapport avec leurs besoins et une décoration conforme aux sentiments qu'ils avaient de la beauté des lignes.

« Mais aussi, tout est lié en architecture, les distributions intérieures, le système de couverture,

[1] L'Égypte, la Grèce, Rome, l'ont bien prouvé.

7

les ornements du dedans et du dehors se rattachent naturellement à la construction et sont alors une conséquence forcée de la nature des matériaux. Bâtissant comme les Babyloniens, ayant à répondre aux mêmes nécessités de goût et de service, les Ninivites ont employé les mêmes matériaux et les ont appareillés d'après les mêmes principes. Ils se sont montrés imitateurs si constants, ou plutôt si bons copistes de leurs ancêtres, que là même où le besoin de collines artificielles ne paraît pas manifeste, ils n'ont pas hésité à élever, comme en Chaldée, d'énormes monticules afin d'y édifier leurs palais. Tels sont les motifs pour lesquels les Assyriens du Nord, bien que possédant la pierre autour d'eux et sachant parfaitement s'en servir, ont conservé fidèlement l'usage de l'argile dont les Assyriens du Sud leur avaient enseigné à tirer si bon parti.

« Cette conduite indique des hommes plus pratiques que les modernes et que les Grecs eux-mêmes. Les Grecs en passant du bois à la pierre, n'ont pas vu ce qu'il y avait d'illogique à exiger de celle-ci des formes et un système de construction uniquement propres à l'autre ; encore pouvaient-ils trou-

ver une sorte d'excuse dans les qualités exceptionnelles de leurs beaux marbres. Mais les modernes
suivent une voie fausse lorsqu'à leur tour ils veulent
copier les Grecs. Les Ninivites ont su éviter ces
fautes, et instruits par une expérience séculaire
des ressources de l'argile quand elle est maniée par
d'habiles mains, ils n'y ont point substitué d'autres
matériaux plus durs et n'ont pas cherché à lui
imposer des combinaisons contraires à ses pro-
priétés[1]. »

---

[1] M. Place, *op. cit.*, tome I, p. 215. — « Enfin, dit
M. Place, *op. cit.*, tome I, p. 223, j'apporterai une dernière
considération pour expliquer la préférence donnée à l'argile
dans les bâtisses qui nous occupent, et cette considération
me semble bien rentrer dans l'esprit éminemment pratique des Ninivites. Malgré leurs immenses richesses, l'économie et l'ordre ne leur étaient pas étrangers ; on peut en
juger par le contenu des inscriptions. Ces textes et les bas-
reliefs dont ils sont accompagnés prouvent en outre qu'un palais était l'œuvre d'un seul monarque ; désireux de consigner
sur la pierre le récit et la représentation de ses conquêtes, le
prince devait donc être pressé de voir s'élever rapidement e
sans trop de dépenses l'édifice où devaient se dérouler les
fastes de son règne. Aucune classe de matériaux n'était plus
favorable à la réalisation de ses désirs. Des pierres à extraire,
à transporter, à tailler eussent exigé un long travail ; il aurait fallu d'ailleurs y appliquer des ouvriers spéciaux en
nombre considérable. L'argile qu'il suffisait de malaxer et de
mouler pour la rendre propre à bâtir ne présentait pas toutes

Telles sont les observations générales que nous devions énoncer avant d'entrer dans les détails de l'architecture assyrienne. Nous allons le faire en donnant la description d'un des palais explorés.

ces difficultés, demandait seulement des bras, et les bras ne manquaient pas à ces conquérants habitués à traîner à leur suite d'innombrables captifs et à transplanter des populations entières. Avec de pareils secours il était facile d'établir dans la plaine, autour même du palais, d'immenses chantiers où se préparait la brique crue; on adjoignait aux prisonniers de guerre un peuple habitué à l'utiliser pour ses propres maisons, et, en peu de temps, une immense construction en argile s'élevait sans trop de dépenses et comme par enchantement. »

CHAPITRE II.

**Motifs qui font prendre comme type d'architecture
assyrienne les constructions de Khorsabad.**

———

Jusqu'à présent, en Assyrie, trois grands monticules seulement ont été fouillés, ceux de Koyoundjick, de Nimroud et de Khorsabad ; ils marquent
l'emplacement, avons-nous dit déjà, des palais de
Ninive, de Chalah et de Hisr-Sarkin.

Nous ne prendrons point Koyoundjick, pour
sujet de cette étude, bien que ce soit la plus vaste
et en même temps la plus riche en sculptures de ces
éminences artificielles, parce que les dates différentes des monuments dont on y a trouvé les débris
nous forceraient à des digressions qui ne sauraient
que surcharger notre plan. Les constructions de
Koyoundjick en effet, placées sur les bords du Tigre,
avaient une importance stratégique considérable;

aussi les dominateurs qui se sont succédé dans les plaines d'Assyrie ne les ont-ils jamais laissées inoccupées ; Parthes et Romains s'y sont succédé, et dire d'une façon certaine ce qui appartient à une époque ou à l'autre, offre de grandes difficultés. De plus, des parties considérables des bâtisses primitives ont fait place à des bâtisses nouvelles ; des annexes ont été ajoutées à diverses époques, on peut les observer aux brusques différences de niveau qui existent entre les planchers de chambres contiguës ; pour ces annexes enfin, on a utilisé des parties entières de l'ancien édifice, de telle sorte que Koyoundjick ne nous offre plus, qu'un composé, qu'on nous passe l'expression, de pièces et de morceaux, et qu'en consultant ce type, on se trouve dans la plus grande impossibilité de recomposer un palais assyrien dans l'intégrité de son architecture et de ses dispositions intérieures [1].

Les mêmes causes rendent les constructions de Nimroud impropres à nous servir d'exemple. Ici toutefois les Parthes ou les Romains n'ont point

---

[1] MM. Loftus et Hormuzd Rassam ont fait, après M. Layard, des fouilles à Koyoundjick en 1852 et 1853.

laissé de trace de leur passage, mais, nous l'avons
montré dans le principe, sur le même monticule,
les fouilles de M. Layard ont mis au jour trois
palais qui, d'époques bien diverses, viennent s'en-
chevêtrer les uns dans les autres et ne permettent plus alors la reconstitution d'un plan régulier.
« Un fait, dit M. Place, prouvera comment le mode
de construction de Nimroud a dû troubler l'harmonie et l'unité du plan primitif. En enlevant une
ligne de bas-reliefs, on aperçut, avec assez de sur-
prise, d'autres sujets sculptés au revers des plaques
de marbre, sur la face appliquée contre le mur. Ces
plaques provenaient d'un palais antérieur, détruit
partiellement pour faire place à des bâtisses nouvelles, et à cette seconde époque on avait utilisé
une portion des anciens matériaux en se bornant à
les retourner, mais un pareil changement avait eu
lieu aux dépens du premier édifice, et il n'était plus
possible de reconnaître à quelle période plusieurs
salles appartenaient[1]. » D'un autre côté, les fouilles
et les ruines elles-mêmes sont loin d'être complètes,

---

[1] M. Place, *op. cit.*, tome I, p. 38.

des parties entières du monticule n'ont point été explorées, et d'autres ont été détruites par le temps ou rongées par les eaux du Tigre et du Shor-Derreh qui coulaient à la base des terrasses.

Mais il n'en est pas de même à Khorsabad. Le palais et la ville, nous l'avons dit déjà, furent l'œuvre d'un seul roi ; et, lors des fouilles, on l'a facilement reconnu. « On voit, dit M. Place, que le palais à cheval sur la grande muraille d'enceinte, s'avance en partie dans l'intérieur, et en partie fait saillie au dehors ; toutefois, il est facile de s'assurer que sa construction n'a ni précédé, ni suivi la fondation de la ville. La nature des matériaux, la disposition architecturale, les décorations peintes ou sculptées sur les entrées et sur les murs dans le palais comme dans la ville, démontrent une exécution simultanée. Afin d'en rendre l'union encore plus complète, leur fondateur les a enveloppés d'une même muraille, celle-ci fait le tour de la ville, et aux points où elle rencontre le palais, elle se détourne pour se fondre avec le mur de soutènement du monticule artificiel, de telle sorte que cette enceinte présente dans tout son développement le même système de 'tours et de contre-forts [1]. »

Hisr-Sarkin a donc été créée d'un seul jet ; dans une inscription, du reste, son constructeur avait pris soin de nous l'indiquer ; cirq ou six années suffirent à sa construction [2] ; sa position n'y appela jamais, non-seulement les conquérants, mais encore les rois successeurs de Sarkin, car nous voyons le fils même de ce monarque, Sennachérib, abandonnant le projet qu'avait conçu son père de remplacer Ninive par Hisr-Sarkin [3], refaire de l'ancienne capitale de l'Assyrie « une cité resplendissante comme le soleil, » et y fixer le siége de sa puissance, à l'exemple des grands monarques du Xe et du IXe siècle [4] ; de telle sorte que les ruines que l'on a reconnues et de l'enceinte et du palais dont plus des dix-neuf vingtièmes étaient conservés au delà de toute espérance [5] nous offrent les construc-

---

[1] M. Place, *op. cit.*, tome I, p. 11.

[2] Voyez ce que nous avons dit, p. 85.

[3] «..... pour remplacer Ninive, dit Sarkin, j'ai élevé..... une ville que j'ai appelée Hisr-Sarkin..... » *Fastes de Sargon.*

[4] Assarhaddon et Assourbanipal n'ont pas songé à Hisr-Sarkin. Voyez pages 41, 45 et *seqq.*, et 48, note 2, les constructions que l'on a reconnues comme provenant de ces rois.

[5] Cf. M. Place, *op. cit.*, tome II, p. 7. — On a reconnu dans

tructions telles qu'elles ont été dans le principe [1].

C'est pour tous ces motifs que nous prendrons pour type d'architecture assyrienne les monuments d'Hirs-Sarkin.

le palais de nombreuses traces de pillage, quelques traces d'incendie ; mais c'est l'abandon et le temps qui ont amené la ruine de l'édifice; les toitures se sont effondrées entraînant avec elles une partie des murailles, et la masse énorme de terre qui les composaient a recouvert toute la base des constructions. — Avant d'habiter Hisr-Sarkin, Sarkin avait habité Chalab ; on y a retrouvé quelques inscriptions provenant de ce roi.

[1] Ces constructions sont si bien l'œuvre d'un seul roi que, d'après plusieurs indices observés par M. Place lors des fouilles du palais, il serait apparent qu'une partie de l'habitation n'aurait pas été totalement achevée. — « Et, il faut, dit M. Place, *op. cit.*, tome I, p. 161, toujours en revenir à Khorsabad pour voir les règles de l'art de bâtir respectées jusqu'au scrupule, on pourrait même dire jusqu'à la monotonie. »

CHAPITRE III.

La Ville (Hisr-Sarkin).

I. La ville. — II. Sa position. — III. Son aspect. —
IV. Inscription des barils.

I. — Salmanasar VII venait de mourir devant
Samarie (721) ne laissant, pour lui succéder, qu'un
fils en bas âge, Ninipilouya, — Ninip est mon dieu.
— Un homme de naissance obscure, Belpatisassour, mais dont les hauts faits et la bravoure guerrière avaient rendu le nom populaire dans l'armée,
eut assez d'influence pour se faire nommer d'abord
tuteur et co-régent du jeune prince ; et trois ans
après, en 718, il était acclamé seul roi.

C'est alors qu'il prit le titre de Sarkin, roi de fait[1],

---

[1] *Sarkin*, de *sar, sarru*, roi (cp. Héb. שׁר, *sar*, maître, chef,)
et *kin* établi, (cp. Héb. כון, *koun*, établi, placé.) La Bible seule
nous avait conservé le nom de ce roi — et même ne nous le cite-

ne cherchant pas à dissimuler son origine ou à se rattacher à quelque illustre ancêtre.

Cet usurpateur fut un grand prince, comme il arrive, nous ne dirons pas toujours, mais d'ordinaire, quand une dynastie vieillie fait place à une dynastie nouvelle. Sous son règne, l'Assyrie retrouva son ancienne splendeur et reconquit toute sa prépondérance sur l'Asie.

Ce n'est point ici le lieu de rappeler les victoires et les grandeurs de ce règne que l'on connaît maintenant d'une façon complète, grâce aux inscriptions que nous ont transmises MM. Botta et Place, et aux traductions de MM. J. Oppert et J. Ménant[1]. Nous devons dire seulement, qu'après avoir sou-

---

t-elle qu'une seule fois. Isaïe, ch. 20, ŷ. 1, nous dit : « L'année que le général envoyé par Sargon roi d'Assyrie, סרגון מלך אשור (Sargoun melek Assour,) vint contre Asçdod..... »

[1] Voyez Les fastes de Sargon, roi d'Assyrie, traduits et publiés d'après le texte assyrien de la grande inscription des salles du palais de Khorsabad, par MM. J. Oppert et J. Ménant ; in-fol. Janvier 1863, Imp. Impⁱᵉ.— Le même ouvrage avec un vocabulaire et un commentaire à l'appui, extrait du Journal de la société Asiatique ; in-8°, 1863. — Inscription des Annales. — Inscriptions des pavés des portes. — Inscriptions des Revers des Plaques du palais de Khorsabad, traduites et publiées, avec le texte assyrien et les variantes à l'appui, par M. J. Ménant ; in-fol. 1865. — Inscriptions du Harem. Etc...

mis les peuples depuis « les bords de la mer du
soleil levant, » jusqu'aux « bords de la mer du
soleil couchant, » Sarkin, comme tous les grands
rois d'Assyrie, se livra à cette passion de constructeur qui défiait tous les obstacles et se jouait dans
les merveilles.

II. — « Je dis alors : Ces peuples et ces pays
que ma main a conquis et que les dieux Assour,
Nébo[1] et Mérodach[2] ont réunis sous ma domination,
suivirent la voie de la piété. C'est avec leur aide
qu'au pied des monts Musri, pour remplacer Ninive[3], j'ai élevé d'après la volonté divine et le vœu
de mon cœur, une ville que j'ai appelée Hisr-Sarkin.

[1] Houlikhous III (949 à 929), fils d'Assourdaninil Ier (Assour
donne la force) lui éleva un temple, *Bitsaggil*, à Chalah, et
deux statues.

[2] On ne connaît aucun temple élevé en son honneur.

[3] Ninive, prise et détruite une première fois en 788, ne
s'était pas encore relevée de ses ruines. A cet événement se
rattachent, on le sait, les noms, du roi Assourlikhous, le Sardanapale des Grecs, qui, en 796, à la mort de son père As-
souridilili, avait reçu le sceptre ; et du chef des contingents
mèdes de l'armée, Arbace, mède de nation lui-même; du prince
chaldéen Phul ou Balazou (le terrible) le Bélésys des Grecs ;
du chef susien Soutrouk-Nakounta, instigateurs de la révolte.

Nisroch, Sin, Samas, Nébo, Ao, Ninip et leurs grandes épouses [1] qui régnent éternellement en Mésopotamie et sur les pays d'Aralli ont béni les merveilles splendides et les rues superbes de la ville d'Hisr-Sarkin. Pour y appeler les habitants, pour en inaugurer le temple et le palais où trône Ma Majesté, j'ai choisi le nom, j'ai tracé l'enceinte

---

[1] *Nisroch-Salman.* Les Sargonides ont eu pour ce dieu un culte particulier. Il avait un temple à Ninive, et c'est dans ce temple que fut assassiné Sennachérib par ses deux fils, Sinazar, (de *Sin*, le dieu lune, et *nazar* (נצר) protége, *Sin* le protège,) et Adrammelech, de *adir* (אדר ou אדיר) grand, glorieux, et *melek* (מלך roi, roi glorieux). Cf. La Bible, 2 Rois, 19, ⅴ. 37. On a retrouvé des inscriptions contenant des prières de Sargon à ce Dieu, dans le Harem de Khorsabad. — *Sin.* Il avait un temple à Chalah. A Hisr-Sarkin, Sarkin lui dédia aussi un sanctuaire, il y était adoré avec Samas. — Une inscription de Sarkin nous l'a appris : « Sargon, roi du monde, roi d'Assyrie, a construit ce temple du dieu de la lune et du dieu du soleil, ses maîtres dans la ville de Sargon. Il l'a élevé depuis les fondations jusqu'au faîte, en l'honneur du maître des bataillons, qui soutient son glaive, qui étend la victoire du roi d'Assyrie, et qui donne la paix au pays d'Assyrie. » J. Oppert, *Exp. scient. en Mésop.* t. II, p. 330. — *Samas.* On ne lui connaît pas de temple en Assyrie, si ce n'est celui dont nous venons de faire mention. Une porte d'Hisr-Sarkin avait son nom. — *Ao.* Avait deux temples en Assyrie, le premier à Ellassar, le second à Chalah. Une entrée d'Hisr-Sarkin portait son nom. — *Ninip.* Assournasirpal lui construisit un temple à Chalah; M. Layard a décrit cet édifice, *Nineveh and Babylon* pp. 123-129 et 348-357. Il avait encore un temple à Ninive.

et je l'ai nommée d'après mon propre nom[1]. »

La ville d'Hisr-Sarkin ne fut point construite
près du Tigre comme l'avaient été Ninive ou Chalah ; elle en était à douze kilomètres, à douze kilomètres de la vieille capitale de l'Assyrie. Sarkin se
souvint peut-être que Sardanapale n'avait succombé
que le jour où, dans une inondation, le fleuve avait
renversé une portion des murailles derrière lesquelles il défiait toutes les attaques[2].

Au reste, comme séjour, la position de la ville
n'était pas moins favorable que celle de Ninive.

Si maintenant tous les environs sont déserts et
improductifs ; si ces lieux sont assez insalubres

Sargon plaça sous sa protection une partie de sa nouvelle
cité, et lui confia la garde de son palais ; — Assour était uni
à Sheruha ; Nébo à Warmita (Ishtar?) ; Mérodach à Zarpanit ;
Nisroch à Mylitta ; Sin à la « Grande Dame » ; Shamas à Aï-
Gula ; Ao à Dawkina ; Nin ou Ninip à la « Reine de la Terre ».

[1] *Fastes de Sargon.*

[2] Cf, Nahum, ch. 11, ẏ. 7 : « Les portes des fleuves s'ouvri-
ront et le palais sera *fondu* (נמוג) niph. de מוג *moug, fondre,
liquéfier, dissoudre*) dans les eaux. » — Hérodote devait nous
donner les détails de la prise de Ninive : « Je raconterai *ailleurs* comment ils en vinrent à bout, dit-il, I, 106. — *Ailleurs*,
dans son *Histoire d'Assyrie* qui ne nous est point parvenue,
Hérodote l'a-t-il même écrite? — Voyez Diodore, II, 26, d'après
Ctésias...

pour que les indigènes aient nommé *Khestéabad*,
—.des deux mots persans *Khesté* malade et *abad*
demeure [1], — le village qui existe à la place de
l'ancienne Hisr-Sarkin ; si les montagnes qui en
sont distantes à peine de trois kilomètres sont
arides et rocailleuses, il n'en était pas ainsi quand
une industrieuse population habitait la cité. La
terre, bien qu'argileuse, grâce aux irrigations que
les Assyro-Chaldéens savaient si bien diriger et
aux soins que lui donnait d'actifs colons, devenait
fertile et produisait ces riches moissons dont nous
parle Hérodote [2] ; les arbres n'y faisaient pas dé-
faut : palmiers, orangers, oliviers, figuiers y crois-
saient ; M. Place en donne pour preuve les sculp-

[1] « Et ce nom, dit M. Botta, s'accorde bien avec l'insalubrité
des environs. » Les eaux des ruisseaux qui coulent au pied
du monticule n'ayant pas assez d'écoulement, produisent des
marais dont les exhalaisons rendent pendant l'été l'air très-
malsain. Voyez M. Botta, *op. cit.*, ch. 2, p. 18.

[2] Hérodote, I, 192 et *seq*. — Strabon XV ou plutôt Eratos-
thène cité par Strabon. — « Maintenant encore, en dépit des
procédés tout primitifs appliqués à la culture par les rares
habitants actuels, dit M. Place *op. cit.*, t. I, p. 14, la terre
leur procure une grande abondance de céréales et ils en expor-
tent jusqu'à Bagdad. La plaine leur donne même annuelle-
ment deux récoltes si l'on a recours aux irrigations, et elle
a reçu, pour ce motif, le nom de *plaine aux deux printemps.* »

tures qui nous sont restées et qui attestent que les artistes avaient ces espèces sous les yeux [1] ; les matériaux pour les constructions abondaient ; enfin, bien qu'éloignée du fleuve, la ville n'était point privée d'eau, et cette eau suffisante était en même temps salutaire, car des deux ruisseaux qui y coulaient, l'un est encore assez fort pour faire tourner plusieurs moulins [2], l'autre est sulfureux [3] et guérit aujourd'hui, comme il pouvait guérir alors, en quelques semaines, la maladie que nous connaissons sous le nom de *Bouton d'Alep*, et qui, dans d'autres localités, persiste souvent durant plus d'une année [4].

[1] Les arbres « auraient même persisté bien des siècles après et n'auraient disparu que depuis un petit nombre d'années ; les vieillards du pays m'ont assuré avoir vu, dans leur jeunesse, les bords des deux ruisseaux couverts d'arbres, plus tard détruits par les Nomades ; et l'on aperçoit encore aujourd'hui un bois d'oliviers à la source du ruisseau de Fadlieh. » M. Place., *op. cit.*, tome 1, p. 14. — Le ruisseau de Fadlieh tire son nom du village où il prend sa source.

[2] Le Na'our qui coulait au pied de la façade nord du palais.

[3] Le Fadlieh ; il coulait près du côté sud de l'enceinte de la ville. Comme le Na'our, il se jette dans le Khausser qui passe tout près de Khorsabad.

[4] « Depuis Diarbékir jusqu'à Bassora, dit M. Place, *op. cit.*, t. I, p. 14, elle sévit particulièrement dans la vallée du Tigre et s'y montre plus cruelle que partout ailleurs. Il est

Hisr-Sarkin, sous le rapport de la position, valait
donc bien Ninive.

III. — Le plateau sur lequel se dressait la ville
se présentait sous la forme d'un parallélogramme
rectangulaire dont chacun des angles, suivant la
mode chaldéenne, correspondait à un des points
cardinaux. Deux des côtés de ce parallélogramme
avaient 1760 mètres de longueur, les deux autres
1685 ; sa surface totale était donc de 2,965,600
mètres, près de 300 hectares. Il était enveloppé
d'un mur d'enceinte formé d'un soubassement de
1^m10 en pierres régulières et moëllons[1], et d'une

cependant un point de ce vaste territoire où elle ne se manifeste jamais, c'est le village de Khorsabad, et les personnes
atteintes dans d'autres localités se guérissent ici en peu de
semaines d'un mal persistant habituellement durant plus d'une
année. Si, comme il est probable, cette maladie a régné de
tout temps dans ces régions, l'immunité dont jouit Khorsabad,
grâce à ses eaux sulfureuses, a pu être connue depuis la plus
haute antiquité, et dès lors une considération aussi grave a pu
déterminer un roi et une population nombreuse à venir s'y
fixer. »

[1] « Ces pierres sont de deux espèces : les unes, grandes et
en partie taillées régulièrement ; les autres, plus petites et
tout à fait frustes. Les premières, épaisses de 0,70 à 0,80,
sont dressées à côté les unes des autres et forment à elles

seconde partie en briques crues[1], le tout offrant une hauteur maximum de 23 mètres, et minimum de 14. Au-dessus de cette partie de briques régnait une frise peinte qui la séparait d'un parapet de 1 ^{m} 50 de haut, découpé en forme de créneaux en gradins. La hauteur de 23 mètres, ou, en y comprenant le parapet, de 24 ^{m} 50 était celle du rempart S.-E.; celle des côtés S.-O. et N.-E. diminuait progressivement suivant une pente de 9 mètres que présentait le terrain, et le rempart N.-O. qui était au sommet de cette pente n'avait plus que 14 mètres, ou, y compris le parapet, 15^m 50 [2]. L'épaisseur de

seules toute la hauteur du parement, layées avec soin à la face externe, et sur les côtés, elles se joignent par simple juxtaposition, sans mortier ni ciment. Entre les lignes de pierres régulièrement taillées se voit, au lieu de briques crues, comme au monticule du palais, » — voyez plus loin, — « un libage en moëllons bourrus formant la seconde catégorie de pierres. C'est un simple garnissage destiné à remplir l'intervalle qui sépare les deux parements. Les moëllons sont entassés pêle-mêle plutôt qu'assemblés, sauf à la partie supérieure où ils sont gisants et arrasés en surface plane, afin de recevoir les premières couches de terre argileuse. » M. Place, *op. cit.*, tome I, p. 161.

[1] Le même système, mi-partie en pierres, mi-partie en argile, a été généralement adopté par les Assyriens.

[2] De ce côté, le palais était à cheval sur la muraille et la

cette muraille était de 24 mètres, de telle sorte qu'en donnant à un char jusqu'à trois mètres de voie, ce n'était pas seulement trois ou quatre, comme disent les historiens anciens, mais bien sept chars qui pouvaient passer de front sur de semblables remparts. On aurait peine à comprendre le but de telles constructions, si les bas-reliefs n'étaient venus nous l'enseigner. Fréquemment, ils nous montrent les Assyriens usant au siége des villes de cheminements creusés dans l'épaisseur des murs [1] ; or, avec une largeur de 24 mètres, un soubassement en pierres s'élevant à plus de un mètre, le percement de la muraille devenait impossible ; un des moyens d'attaque les plus redoutables n'était donc

hauteur du monticule sur lequel se dressait l'habitation de Sarkin était, nous le verrons, égale à celle des remparts de la ville.

[1] Les voleurs employaient aussi ce moyen pour pénétrer dans les habitations. L'Ecriture nous dit : « Le voleur a pénétré dans l'intérieur de la maison en perçant le mur. » Et Hérodote II, 150, nous raconte « qu'à Ninive, ville des Assyriens, des voleurs imaginèrent de ravir les immenses richesses que le roi Sardanapale gardait dans un trésor souterrain. En commençant par leur maison, ils creusèrent jusqu'à la demeure royale ; quand la nuit était venue, ils transportaient dans le Tigre, fleuve qui coule auprès de Ninive, la terre qu'ils avaient enlevée. »

plus à craindre ; et que pouvaient produire les autres
sur des remparts hauts de 46 et même 73 pieds.
D'un autre côté, ces énormes épaisseurs étaient encore favorables à la défense, « car elles permettaient
de placer sur les couronnements d'innombrables
archers destinés à écraser les ennemis sous leurs
projectiles. Une armée entière pouvait être rangée
en bataille en haut d'un mur large de 24 mètres sur
une longueur de 7 kilomètres et offrant une superficie d'au moins 17 hectares ; et il était possible de
masser au besoin sur un point quelconque un nombre
considérable de défenseurs pour repousser une es-
calade ou un assaut [1]. » Sur toute la ligne de l'enceinte, faisant sur elle 4 mètres de saillie, des tours
distantes les unes des autres de 27 mètres, ayant
dans leur plus grande élévation 31 ^{m} 50, et s'étendant en façade sur une largeur de 13 ^{m} 50, venaient
compléter le système de défense. Leur tête percée
de meurtrières [2], surmontée d'un parapet en créneaux, s'élevait de toute sa hauteur au-dessus du

[1] M. Place, op. cit., tome I, p. 163.
[2] Comme nous l'indiquent les bas-reliefs.

niveau du mur et formait sur le corps même un encorbellement assez prononcé.

Sur chacun des côtés S.-E., S.-O. et N.-E.,
la muraille de la ville était percée de deux portes : la
première, décorée de sculptures et de briques émaillées, a, pour ce motif, été nommée par M. Place,
porte ornée; la seconde, dépourvue de tout ornement, *porte simple*; une seule, une entrée simple
existait du côté N.-O., car sur cette face le palais à
cheval sur l'enceinte tenait la place de la porte ornée. Le soubassement de la muraille, 1^m 10, et des
assises de briques sur une hauteur de 1^m 50, ré-
gnant au-dessous du plancher de ces entrées ; elles
se trouvaient supportées par une sorte de monticule et surélevées de 2^m 60 au-dessus du niveau de
la plaine extérieure et de la ville, de telle sorte que
l'on ne pouvait y accéder que par une double pente
venant de la ville et de la campagne.

Les portes ornées se composaient d'abord d'un
avant-corps, faisant du côté de la plaine une saillie
de 25^m au delà du mur d'enceinte, flanqué à
droite et à gauche d'une tour en saillie sur lui de
1^m 40 et large de 12^m ; d'où une largeur totale de

49^m. « Là commençait un premier passage servant d'entrée, puis venait un double escalier en briques, une vaste cour dallée, un second couloir plus large que le premier, deux autres galeries, deux salles également dallées et deux autres chambres dont une sans issue[1]. » Au centre de cette construction, entre deux môles ayant l'aspect de tours de l'enceinte, s'ouvrait un cinquième passage au-dessus duquel s'élevait une voûte en berceau[2] décorée à l'extérieur d'une archivolte en briques émaillées où des génies alternaient avec des rosaces ; des représentations sculptées d'hommes-taureaux formaient les montants de l'entrée, et deux génies ailés, marchant en sens inverse, séparés par le personnage que l'on appelle « l'étouffeur de lion[3], » garnissaient, de chaque côté, la presque totalité de la longueur du passage[4].

[1] M. Place, *op. cit.*, tome I, p. 178.

[2] M. Place a retrouvé une de ces voûtes dans un état parfait de conservation. Nous reparlerons de la voûte quand nous étudierons la toiture des édifices assyriens.

[3] Une représentation semblable est au Musée du Louvre.

[4] Nous reprenons ici la description de la porte ornée afin de pouvoir, en donnant des chiffres, la présenter d'une façon

Les portes simples offraient les mêmes dispositions, les mêmes dimensions ; seulement, outre que

plus complète. — En venant de la campagne on rencontrait :
— 1° Un premier passage voûté ; larg. 4 mètres ; long. 4 ᵐ 60 ;
son aire était pavée de larges dalles, (quand nous parlerons
du Sérail et des cours du palais nous donnerons quelques détails sur les modes de pavages ;) les parois des murs d'argile
étaient protégées, à la base, par un revêtement de pierres
calcaires, haut. 1 ᵐ 55, épais. 0 ᵐ 92 ; on comptait quatre pierres
de chaque côté, elles étaient toutefois de largeur inégale,
elles s'enfonçaient dans l'épaisseur des murs et présentaient
à l'extérieur une surface soigneusement layée ; au-dessus de
ces pierres, un stucage de couleur blanche recouvrait le reste
de la surface des murs. — 2° Un escalier en briques cuites,
haut. 1 ᵐ 55, composé de onze marches. — 3° Un palier carré, long. 7 ᵐ 16, larg. 2 ᵐ 55. — 4° Un second escalier en briques cuites. — 5° Une esplanade dallée, long. de 34 ᵐ 10,
larg. 12 ᵐ 50 ; murs revêtus à la base de pierres hautes de
1 ᵐ 50, au-dessus d'un stucage blanc ; aux angles O. et N.
se présentent deux couloirs terminés en impasse, dus à la
saillie des tours qui flanquent le second passage. — 6° Ce
passage est découvert, dallé, larg. 7 ᵐ 16, long. 9 ᵐ 10 ; il est
terminé par des encoignures dues à la saillie du poitrail et de
la tête des taureaux. — 7° Ces taureaux et les représentations,
hautes de près de 4 mètres qui font suite, garnissent la presque totalité de la longueur d'un troisième passage dallé, larg.
4 ᵐ, long. 7 ᵐ ; au pied de chacun des génies ailés faisant
suite aux taureaux, on distingue deux larges pierres percées
toutes deux d'un trou de 0 ᵐ 34 de diamètre destiné à recevoir les pivots d'une porte, et dans les murs latéraux un enfoncement destiné à recevoir les vantaux ouverts. — 8° Une
salle dallée, long. 22 ᵐ 50, larg. 6 ᵐ 10 ; murs revêtus à la base
de pierres hautes de 1 ᵐ 50, au-dessus d'un stucage blanc ; le
côté oriental de cette salle, est de 1 ᵐ 50 moins long que le

les briques émaillées et les sculptures leur manquaient, elles ne présentaient ni les escaliers en
briques, ni la chambre sans issue.

De chacune de ces portes débouchait du côté de
la campagne une large voie de communication, du
côté de la ville, une rue qui était la continuation de
la route [1].

côté occidental ; sur le mur qui forme la largeur à droite
existe un petit enfoncement ; le mur qui fait face est percé
d'une baie. — 9° Cette baie conduit à une chambre qui semble
avoir contenu une cage d'escalier pour monter soit sur les
remparts soit à des chambres supérieures. — 10° Un quatrième
passage semblable au passage orné, mais seulement revêtu,
au lieu de sculptures, de pierres de taille et au-dessus d'un
stucage blanc. — 11° Une chambre longue de 24 mètres, large
de 5 m 80. — 12° Un cinquième passage couvert, semblable au
précédent. — 13° Un dernier passage qui s'élargit successivement deux fois à angles droits ; au point où il se termine, il
a 12 mètres de large, et là commence la rue. — A côté de la
chambre à escalier, les fouilles ont conduit à une chambre isolée dans la muraille, sans aucun dégagement, c'était sans doute
une prison où l'on descendait les prisonniers par une ouverture pratiquée dans l'épaisseur du rempart. Les portes avaient
une longueur totale de 67m, et une largeur de 49. — D'après
M. Place, op. cit., tome I, p. 173 et seqq.

[1] Les Assyriens ont toujours attaché une grande importance
aux voies de communication. Elles étaient empierrées comme
nous le montrent les bas-reliefs et comme l'ont surtout prouvé
des portions entières de routes retrouvées dans les fouilles.
On a donc pu rétablir la voie assyrienne dans les conditions
où elle a existé réellement. On a reconnu qu'elle se composait

De la présence d'escaliers aux portes ornées, il résulte qu'elles ne pouvaient servir qu'aux piétons et que seules les portes simples pouvaient livrer passage aux chars, aux cavaliers, aux approvisionnements. Le grand motif qui a présidé à un tel agencement a sa source dans une vieille coutume de l'Orient. Les portes ornées des villes avec leurs chambres, leurs cours, leurs passages établis dans

d'un simple blocage d'une seule couche de moëllons juxtaposés, sans bordure et sans accotements. Ces routes étaient donc bien loin de valoir les voies romaines composées de trois et parfois quatre rangs de matériaux superposés, — 1° un *statumen* en pierres plates appliquées à bain de mortier sur le terrain ; 2° un *rudus* en blocs maçonnés ; 3° un *nucleus* en béton ; 4° un *summum dorsum* en pierres de lave. — Mais les chaussées romaines dont la largeur avait été fixée à huit pieds par la loi des Douze-Tables, — il y a toutefois des voies militaires qui ont atteint jusqu'à 10 m 1/2 et 12 m, mais y compris les portions de terres conservées sur les bas-côtés de l'empierrement, — étaient beaucoup plus étroites que les chaussées assyriennes qui avaient 12 m de largeur. — « Les rues de Khorsabad sont également pavées comme l'étaient les rues de Rome, dit M. Place, avec les mêmes différences dans le conditionnement du pavage. Il est à remarquer aussi qu'à Korsabab on ne voit pas ces trottoirs dont la présence à Pompéi a tellement frappé l'attention des archéologues. Mais les rues ninivites sont plus larges ; elles ont 12 mètres aussi bien que les routes, et sous ce rapport, elles peuvent être assimilées à certaines rues de Paris, réputées, naguère encore, comme suffisamment spacieuses. » Il est remarquer que les deux peuples qui donnèrent le plus de développement aux moyens

l'épaisseur de la muraille d'enceinte[1], étaient de
véritables édifices , et des édifices d'utilité publique. « La porte des villes, dit M Place, a de tout
temps occupé une place considérable chez les peuples d'Orient. En ce pays, la vie intérieure était
complétement close et murée pour le dehors. On
n'admettait personne dans son intérieur, ni pour
les visites, ni pour traiter les affaires. Ces usages,
conservés jusqu'à nos jours, entraient dans les coutumes de la plupart des peuples de l'antiquité. En
Grèce et à Rome, le gynécée était inaccessible aux
étrangers qui ne dépassaient pas certaines parties
de l'habitation, et les citoyens se rencontraient à
l'agora ou au forum aussi bien pour s'entretenir de
leurs affaires particulières que pour y discuter les
affaires publiques. L'histoire des peuples orientaux
ne nous révèle l'existence d'aucun forum ou agora ;
le mode de gouvernement ne se prêtait guère à ces
lieux d'assemblées populaires, et un mot de Cyrus

rapides et durables de circulation sont aussi ceux qui exer-
cèrent sur le monde la domination la plus vaste et la plus
prolongée.

[1] De telle sorte que, au-dessus, la ligne du rempart se continuait sans interruption .

rapporté par Hérodote nous montre le cas qu'en faisait un souverain asiatique : « Je n'ai point crainte « de ces hommes, dit Cyrus en parlant des Grecs, « qui ont au milieu de leur cité une place qu'ils « adoptent pour s'y réunir et se tromper les uns les « autres par de faux serments[1]. » Le plan d'aucune ville antique de l'Orient ne nous est assez connu pour que nous puissions affirmer ou nier l'existence de places publiques dans les cités contemporaines de Khorsabad ; mais il y a tout lieu de supposer qu'elles en renfermaient peu. Cependant, toute grande agglomération d'hommes ayant besoin d'emplacements où les citoyens puissent se rencontrer, les portes des villes devaient remplir cette destination[2]. »

Pour nous en convaincre du reste, nous n'avons qu'à ouvrir la Bible ; et la *Genèse*, le *livre de Ruth*, les *livres des Rois* nous le diront clairement[3].

Telle se présentait l'enceinte d'Hisr-Sarkin. Qu'on

---

[1] Hérodote, I, 158.

[2] M. Place, *op. cit.*, tome I, p. 184.

[3] *Genèse*, ch. 19, ꙳. 1 ; — ch. 23 ꙳. 10 ; — *Ruth*, ch. 4, ꙳꙳. 1 et 2 ; — *Rois* II, ch. 18, ꙳. 33.

la remplisse maintenant de maisons, de temples,
de monuments séparés par des rues alignées, empierrées, aussi larges que nos plus grandes artères
de Paris, au milieu desquelles se presse une population active, laborieuse, intelligente, et l'on verra
que si la ville n'avait pas un prestige comparable à
celui de la première Ninive, elle pouvait encore satisfaire à l'orgueil d'un fondateur de dynastie.

IV. — Un document curieux est venu confirmer
les reconstitutions de M. Place ; c'est une inscription gravée sur des barils d'argile que l'on a retrouvés encore en place dans les retraits d'un des murs
du Harem du palais [1], et dont la traduction est due
à MM. Oppert et Ménant. Après un court bulletin
de ses triomphes, le roi, glorieux de l'œuvre qu'il
entreprend, nous fait assister à la construction de
sa ville.

« La ville *magganukti* se trouve au-dessus des
plaines, en dehors du district et dans le voisinage
de Ninive ; je l'ai faite pour qu'elle ressemble à Ni-

---

[1] M. Place trouva 14 barils ; trois ou quatre existent aujourd'hui.

nive. Trois cent cinquante rois environ avaient
avant moi exercé l'empire sur l'Assyrie et avaient
fait resplendir la domination de Bel ; mais jamais
personne parmi eux n'avait examiné cet endroit,
n'avait pensé à le rendre habitable, n'avait tenté de
creuser un canal [1] . . . .

. . . .

« Pour rendre habitable cette ville, pour inaugurer les temples où demeurent les grands ,
et les palais où trône Ma Majesté, je choisis le
nom, je dessinai les limites, j'en nommai le *ipis*
d'après mon nom. Car les grands dieux m'ont
nommé ainsi (Sarkin), parce que j'ai observé les
traités de la foi jurée, parce que j'ai gouverné sans
injustice et sans opprimer les faibles. J'ai présenté
aux chefs de la ville les constitutions écrites de la
cité, d'après les tables de la vérité, consignées sur
argent et sur airain. Je leur ai donné ensuite les
explications indispensables sur la loi, sans arbi-
traire, la loi de la justice, la loi qui les dirige dans
leurs actions. J'ai fait avec soin et dans la dévotion,

[1] La phrase que nous indiquons par les lignes de points
n'a pu être traduite.

en plusieurs exemplaires, le catalogue des architectes au-dessous de l'*uksal* (?), en honneur du dieu
de la puissance, et du dieu, roi des...... de l'humanité, en indiquant les dates. Pendant les journées,
je travaillais au milieu de la ville dans la satisfaction de mon cœur et le bonheur ; les soirs, je levais les mains dans *sukti rab elam* vers le dieu.....
le dieu El, qui fixe les destinées de Ninive.

« Il m'ordonna de me farder la figure, de m'oindre de musc ; il inspira les prophètes sublimes mes
maîtres, et m'enjoignit de construire la ville et de
creuser des canaux. J'eus confiance en ses recommandations, auxquelles on ne saurait se soustraire ;
je comptai toutes mes cohortes et je fis apporter la
couronne. Dans le troisième mois, nommé *Siran*,
consacré au dieu qui règle le parcours des trente
mansions diurnes, qui..... qui éclaire les cieux et
la terre, le régulateur des dieux et qui est Sin ;
auquel mois, d'après l'instruction d'Oannès, de Bel
et de Salman-Nisroch, les grands dieux ont donné
le nom du *mois de la brique,* parce qu'on y moule
les briques pour la ville et pour la maison ; dans le
jour..... qui est consacré au maître des sphères

magiques, qui est Nébo, le lieutenant des légions, l'inspecteur de tous les dieux ; dans ces temps, je moulai les briques.

« En honneur du dieu des briques, le maître des fondations en briques et le dieu des grandes sphères, fils de Bel-Dagon, je fis un sacrifice ; j'ai attaché le nœud, j'ai levé la main...

« Dans le cinquième mois qui est le mois où descend le dieu du feu, qui renvoie les nuées humides, et met les fondations de la ville et des maisons, j'ai posé des substructions et j'ai arrangé les briques. J'ai jeté dans le sol des pierres magiques, qui enlèvent une part des vices de la substruction. En l'honneur de Salman, Sin, Mylitta, Ao, Samas, Ninip, j'ai construit un palais couvert de peaux de veaux-marins, en sandal, en ébène, lentisque, cèdre, cyprès et pistachier, avec leur assistance suprême, pour y loger Ma Royauté. J'ai pratiqué un escalier tournant, comme celui du palais de Syrie, à l'intérieur des portes, et j'ai mis des poutres de cèdre et de cyprès au-dessous. J'ai établi les dimensions de mur ainsi : 4... 3... 1... 2 perches ; 2... qui contiennent la mention de mon nom,

V. page 118 et seqq.

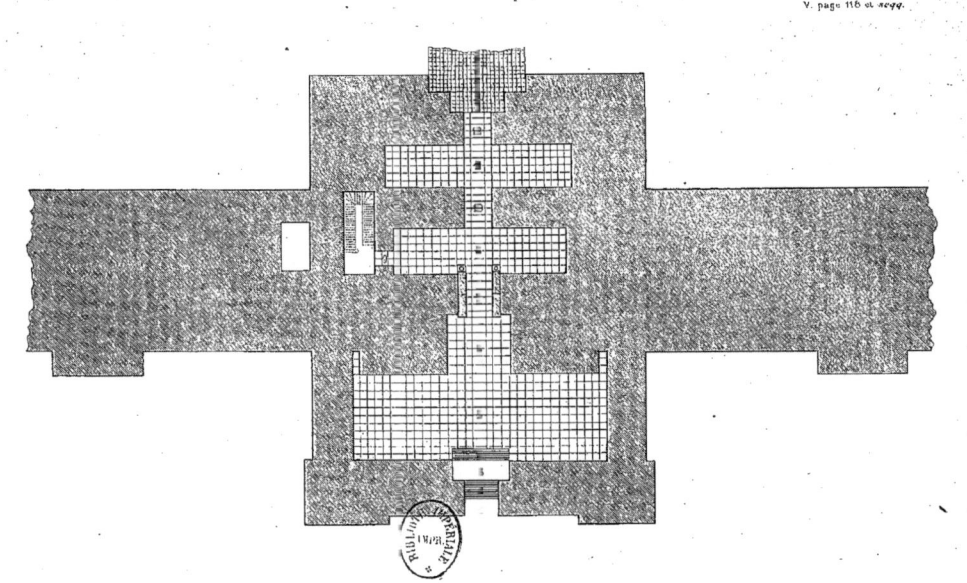

PLAN D'UNE PORTE ORNÉE DE LA VILLE

D'après M. PLACE.

et j'ai enseveli profondément dans des pierres des montagnes la pierre angulaire.

« En longueur et en largeur, aux angles de la circonvallation, vers les huit directions, j'ai percé huit grandes portes [1].

« Le soleil me permet d'atteindre mes désirs, Ao m'apporte ma prospérité : j'ai nommé les grandes portes de l'Orient *portes du soleil et d'Ao*.

« Bel-Dagon pose les fondations de ma ville [2] ; Mylitta-Taauth triture dans son sein la pierre du fard [3] : j'ai donné aux grandes portes du Midi les noms de *Portes de Bel-Dagon et de Mylitta-Taauth*.

« Oannès active les œuvres de ma main, Istar conduit au combat les hommes : j'ai appelé les

---

[1] Ces mots : *huit grandes portes*, sont en contradiction avec ce que nous avons dit plus haut. Si l'on se souvient en effet, nous avons dit que l'on n'avait retrouvé que sept entrées, et en effet on n'a retrouvé que sept entrées donnant sur la campagne ; plus loin nous indiquerons la place de la huitième.

[2] *Bel* avait un temple à Ellassar ; Teglath-Phalasar Ier le restaura vers 1130. Il avait encore un temple à Chalah.

[3] *Mylitta-Taauth* ou *Bettis*, l'épouse de Bel, « la grandemère, » — il faut la distinguer de la Mylitta, qui, unie à Nisroch, prend le nom de Mylitta-Zarpani, — avait un temple à Ninive ; Assourbanipal, vers 640, le restaura. Elle avait encore un second temple à Ellassar et un troisième à Chalah.

grandes portes de l'Occident *portes d'Oannès et d'Istar*.

« Nisroch-Salman dirige les mariages, la souveraine des dieux préside aux enfantements : j'ai consacré les grandes portes du Nord à *Nisroch-Salman et à Mylitta*.

« Assour perpétue les victoires des rois qu'il a institués, protège les armées de l'enceinte de la ville ; Ninip, qui pose la pierre angulaire, en fortifie, jusqu'aux jours reculés, le boulevard.

« Les sujets des quatre langues, les hommes exempts de toutes impositions jusque-là, habitant les montagnes et les plaines brûlées par le Soleil, le chef des dieux, maître des sphères, je les y ai amenés dans le souvenir d'Assour, mon Dieu, dans l'exercice de la justice, je les y ai fait demeurer séparément et je les y ai installés.

« Les fils d'Assyrie *mudut ini kalama,* je les fis instruire par des sages et des savants, dans mon palais, dans l'art de prendre le butin et dans la crainte du dieu et du roi.

« Les dieux qui habitent cette ville m'ont béni et m'ont accordé pour un temps perpétuel la construction de la ville et de ce qu'elle contient !

« Mais celui qui attaque les œuvres de ma main, qui efface mes sculptures, qui enlève les vases qui contiennent mes richesses, qui dépouille mon trésor, qu'Assour, Samas, Ao et les dieux qui habitent cette ville exterminent son nom et sa semence dans ce pays, qu'ils le fassent pour toujours esclave de ses ennemis [1]. »

---

[1] M. Oppert, *Exp. sc. en Mésop.*, t. I, pp. 354 et seqq. — Le texte de cette inscription avec transcription et traduction latine interlinéaires, ainsi que le commentaire, ont été publiés par MM. Ménant et Oppert, dans le *Journal Asiatique*, (Janvier 1863).

CHAPITRE IV.

Le Palais (Hekal-Sarkin).

I. Situation des palais. — II. Terrasses. — III. Mur de soutènement. — IV. Moyens d'accès à la plate-forme des monticules. — V. Procédé de construction des édifices. — VI.
Différence sous ce rapport entre les constructions ninivites
et babyloniennes. — VII. Influence de la matière sur les
dispositions de l'architecture. — VIII. Epaisseur des murailles. — IX. Appareil décoratif des murs à l'extérieur. —
X. Grandes entrées du Palais. — XI. Plan général; Grandes
divisions de l'habitation. — XII. Le Sérail. — XIII. Les
Dépendances. — XIV. Le Harem. — XV. Toiture. — XVI.
Eclairage. — XVII. Bas-reliefs et sculpture. — XVIII.
Temple ou Salle du Trône. — XIX. Temple-Observatoire. —
XX. Inscription des *Fastes*.

I. — Les palais assyriens, dit M. G. Rawlinson,
ont toujours été situés à la lisière des villes, pour
réunir les avantages résultant d'une vue étendue et
d'un air frais[1]. — Mais, une cause plus sérieuse, le

[1] « ... *And the palace was always placed at the edge of a town
for the double advantage, probably, of a clear view and of
fresh air...* » G. Rawlinson, *op. cit.*, tome I, p. 350.

besoin de la défense, avait commandé cette position. Une place de guerre, comme Nimroud, comme Hisr-Sarkin, ou Ninive, n'eût point été complète sans une citadelle, un arsenal; les palais en tenaient lieu. D'un autre côté, pour qu'ils pussent efficacement, en cas d'attaque, prendre part à la défense, il fallait qu'ils fussent en rapport direct avec les hautes et larges murailles de la ville ; éloignés d'elles, leur rôle eût été nul. Aussi, nous le verrons, toutes les dispositions avaient-elles été prises pour que le système de défense se trouvât relié en un seul et même ensemble [1] , pour que, de sa demeure, en temps de siége devenue place d'armes, le roi pût rapidement lancer ses réserves vers les points attaqués, en leur faisant suivre la ligne continue des remparts [2]. Le prince étant l'âme

---

[1] Nous avons dit déjà qu'aux points où la muraille d'enceinte rencontrait le monticule du palais de Sarkin, elle se détournait pour se fondre avec le mur de soutènement, de telle sorte que l'enceinte, dans tout son développement, présentait le même système de tours ou contre-forts.

[2] Nous avons vu en effet qu'à Hisr-Sarkin, les portes ornées elles-mêmes ne venaient point rompre la ligne des murailles, et plus loin nous verrons qu'un passage de ceinture, enveloppant les constructions du palais, reliait les deux côtés de la muraille sur laquelle il était à cheval.

qui dirigeait les bataillons, son palais devait être le
centre, le foyer de toutes leurs opérations. Il con-
venait bien du reste à ces rois guerriers d'Assyrie
d'avoir une citadelle pour séjour.

Telle est, croyons-nous, la principale raison qui
peut expliquer la situation des palais assyriens ; tel
est par conséquent le motif qui a dicté la place de
celui de Hisr-Sarkin, à cheval, comme nous l'avons
dit déjà [1], sur le rempart N.-O.

II. — Au lieu d'enfouir les fondations de leurs
édifices jusqu'au terrain solide, les Assyriens leur
donnaient la forme de terrasses s'élevant à plusieurs
mètres, — huit, dix, quelquefois plus, — au-dessus
du sol ; et c'était sur la plate-forme que reposait le
pied des murailles du monument [2].

Ces terrasses étaient-elles une barrière contre
les inondations ? Jusqu'à un certain point cette hypothèse serait admissible dans les environs du
Tigre et de l'Euphrate ; mais à Khorsabad, par

[1] Voyez page 104 et 115, note 2.
[2] Même disposition qu'en Chaldée. Les grands édifices de
Babylone s'élevaient aussi sur de semblables terrasses.

exemple, l'éloignement du fleuve lui ôte toute vraisemblance. — Avec plus de raison peut-être, on
pourrait attribuer la cause d'une semblable disposition à l'orgueil oriental. Les bas-reliefs nous montrent
toujours les rois doués d'une stature et d'une vigueur bien supérieures à celles des personnages
qui les accompagnent ; dans les reproductions de
batailles, les vainqueurs ont presque constamment
une taille plus forte que les vaincus. On sait encore
« qu'avoir à sa maison une terrasse plus élevée,
être assis plus haut, se voir monté sur un animal
de plus haute taille, a constitué de tout temps, en
Orient, les signes extérieurs les plus caractéristiques de la puissance [1]. » Et, en ce qui concerne le
sujet dont nous parlons, il est probable que l'on
a obéi à cet ordre d'idées. — Mais le véritable
motif qui a présidé à l'élévation des monticules
fut le désir de garantir la sécurité du palais. La
hauteur des terres accumulées, les tours ou contre-
forts et les revêtements de pierres monstrueuses
qui en soutenaient la masse, faisaient de ces ter-

---

[1] M. Place, *op. cit.*, tome I, p. 24.

rasses de véritables redoutes, au milieu desquelles
les palais étaient capables de soutenir de longs siéges.
S'il l'avait voulu, Sarkin aurait pu construire sa demeure sur le sommet d'une des collines voisines ; il
ne l'a pas fait, parce qu'il a craint sans doute que la
pente naturelle du terrain n'en rendît l'accès pra-
ticable ; elle était bien plus en sûreté, placée sur
une terrasse dont il était impossible de gravir les
flancs taillés à pic.

Les sculptures et les fouilles nous ont appris
comment on procédait à l'élévation de ces monticules. Des hommes chargés de hottes ou de paniers
apportaient les terres ; jamais, sur les bas-reliefs,
nous ne voyons de bêtes de somme ni de chariots
employés à ce service. Avant la mise en œuvre,
l'argile recevait une préparation soignée, elle devait
être malaxée, corroyée comme la terre à briques,
car partout où des fouilles ont été faites on a retrouvé sa pâte uniforme et pure de tout mélange
de pierres ou de sable ; puis mêlée intimement à la
paille hachée à l'aide du piétinement des hommes et
des animaux. Enfin, les terres n'étaient point jetées
en désordre, mais formées en morceaux réguliers de

0^{m}39 à 0^{m}40 centimètres de côté et de 0^{m}12 d'é-
paisseur, comparables à des briques et disposés
par couches; on se servait de ces briques quand
elles étaient molles encore; elles se collaient les
unes aux autres et formaient de la sorte une masse
compacte[1].

Ces plates-formes semblent généralement avoir
affecté la figure de rectangles; on est loin cependant de retrouver exactement cette disposition dans
toutes celles que l'on a reconnues. Quelquefois, les
lignes ont été brisées par des angles rentrants ou
sortants; d'autres fois, pour satisfaire à leurs besoins
ou à leurs caprices, les rois, aux constructions primitives ayant ajouté des constructions nouvelles,
ont rendu les terrasses tout irrégulières. Nimroud,
Koyoundjick sont dans ce cas, et à Nebbi-Younas
même, la forme première a complétement disparu.

Pour les raisons que nous avons données, il n'en
a pas été ainsi à Khorsabad[2]. Les terrasses ont

---

[1] Pour des murs de petite épaisseur on s'explique l'emploi
de ces morceaux de terre molle, mais de quel procédé se ser-
vait-on pour les ranger dans un espace tel que celui que nous
offrent les gros murs, — 8^m parfois, — et surtout les terrasses.

[2] Voyez, pages 104 et *seqq.*

encore aujourd'hui les figures qu'elles ont affectées
dès le principe.

Les deux monticules artificiels sur lesquels était
construit le palais de Sarkin, avaient l'aspect de
deux parallélogrammes rectangulaires , d'inégale
grandeur, unis sur un de leurs côtés. « Le monticule de Khorsabad...., dit M. G. Rawlinson, ressemble à un T gigantesque [1]. »

Le plus petit de ces parallélogrammes était situé
tout à fait en dehors de la ville, le plus grand s'a-
vançait dans l'intérieur, et le mur d'enceinte de la
cité venait se rattacher au monticule aux angles
formés par leur rencontre. M. Place les a mesurés ;
l'un avait en superficie $60,916^m$; l'autre $35,550^m$.
La hauteur de 14^m était obligatoire, car pour que le
palais, bastion principal des fortifications de la ville,
pût participer, et, qui plus est, ne fît point obstacle à
la défense, il fallait que la circulation fût commode,
que l'on pût facilement passer du terre-plein du
rempart sur la plate-forme du palais et réciproque-
ment ; et cette facilité n'eût pas existé si la terrasse

---

[1] « *The mound of Khorsabad. . resembles a gigantic* T »
G. Rawlinson, *op. cit.*, tome I, p. 351.

ou l'enceinte avaient été plus élevées l'une que l'autre.

Les chiffres que nous venons de citer ont permis d'évaluer la masse d'argile rapportée pour l'élévation de ces seuls monticules au total effrayant de 1,350,524^m cubes.

III. — Un mur de soutènement les enveloppait. « Cette muraille, dit M. Botta, était construite en blocs de pierre calcaire très-dure, venant des montagnes voisines [1]. » De toute la maçonnerie que l'on a reconnue en Assyrie, celle de ce mur est la plus soignée.

Les Assyriens ont fait un usage tellement constant de l'argile dans leurs constructions que l'on pouvait à bon droit se demander si l'ignorance de la taille et de l'emploi de la pierre ne leur avait pas imposé cette coutume ; nous avons dit déjà qu'il n'en était rien, et comme preuve, nous avons donné les taureaux monolithes que l'on a retrouvés à profusion dans tous les édifices ; mais c'est surtout en examinant la confection du mur de soutènement

[1] M. Botta, *Monument de Ninive*, t. V, p. 31.

des terrasses de Khorsabad que l'on reconnaîtra
toute la science de ses constructeurs, que l'on verra
qu'ils ont su obtenir à la fois l'élégance et la force,
tout en veillant à l'économie des matériaux.

Le mur de soutènement avait été construit en
talus pour offrir une plus grande résistance à la
poussée du cube énorme des terres rapportées ;
mais toutefois, cette disposition ne produisait qu'un
angle à peine sensible, et par conséquent, une très-
légère différence entre la largeur de la terrasse à
la base et sa largeur au sommet ; de puissants
contreforts, servant à la fois d'éperons et de moyens
de défense, venaient encore assurer sa force de résistance. « Le premier lit du mur, dit M. Place, en
commençant à un de ses angles, se composait d'a-
bord de trois pierres posées en boutisse, et ayant
par conséquent leur plus petit côté à l'extérieur du
mur et leur plus long côté engagé dans l'intérieur
du massif. Deux de ces pierres sont juxtaposées dans
le sens de leur longueur, la troisième s'applique à
leur extrémité. Les trois pierres ainsi réunies engen-
drent un angle d'autant plus solide que la pose des
pierres est très-ingénieuse et que par leur masse,

elles offrent une résistance invincible [1]. » Elles ont, en effet, 3^m de long sur 1^m de large et 2^m de haut. « A la suite de ces trois boutisses vient, de chaque côté, un parpaing formant, à la base, un bloc de 2^{m}70 de longueur et de 2^m sur les deux autres faces. [2] » Cette pierre présentant au dehors son plus long côté s'enfonce dès lors d'un mètre de moins que les boutisses dans le massif terreux. « Après chaque parpaing viennent encore deux boutisses, puis un second parpaing, enfin une seule boutisse. La même disposition se continue de la sorte par une succession de parpaings séparant alternativement une ou deux pierres formant boutisse, jusqu'à la rencontre de l'angle opposé et se répète régulièrement à chaque assise [3]. » Mais les architectes tout en donnant à la muraille, par suite de cette disposition que Vitruve

[1] M. Place, op. cit,, t. I, p. 31.

[2] M. Place, op. cit., t. I, p. 32.

[3] M. Place, op. cit., t. I, p. 32. — « Ce mode de construction, consistant en pierres établies successivement de champ et de face, se continue dans toute l'étendue du mur et se répète régulièrement à chaque assise : il offre une grande ressemblance avec la disposition des pierres d'attente en saillie sur les côtés des maisons neuves, destinées à les relier avec les bâtisses mitoyennes. » M. Place, op. cit., loc. cit.

appela plus tard *en dents de scie,* une force de résistance considérable [1], avaient compris qu'il n'était
pas utile de conserver au sommet la même largeur
qu'à la base; aussi, au fur et à mesure de l'érection
de la bâtisse, avaient-ils rendu les matériaux progressivement moins forts l'échantillon [2], cette di-
minution que présentait chaque assise produisait
ainsi cette sorte de talus que nous avons indiqué,
mais toutefois, comme nous l'avons dit, avec un
angle à peine sensible, car le mur dont la hauteur
totale était de 18 ^{m}, — 2 ^{m} 50 pour les fondations,
14 ^{m} pour le revêtement du massif, et 1 ^{m} 50 pour
le parapet, — n'offrait qu'une différence d'épaisseur

---

[1] Et Vitruve la signale comme ayant le grand avantage de
diviser la terre au point même où elle pèse sur le mur et d'a-
mortir l'énergie de la poussée contre le revêtement. Un semblable agencement « avait pour but, dit M. Botta, *op. cit.,* t.
V, p. 31, de lier solidement l'amas terreux intérieur au revêtement extérieur. » — « Depuis lors, dit M. Place, *op. cit.,*
t. I, p. 32, personne n'a inventé aucune combinaison supérieure à celle-ci, dans le but d'obtenir le double résultat de la
force associée à l'économie. »

[2] Sur une de leurs dimensions seulement, les autres sont
restées les mêmes. Ainsi les boutisses qui, à la base, ont
3 mètres de long, n'ont plus que 2 mètres au sommet; les
parpaings qui avaient 2 mètres d'épaisseur n'ont plus que
1 mètre.

de 1ᵐ entre les assises supérieure et inférieure[1].

M. Place a reconnu que les parpaings de la base cubaient 10ᵐ 50 et les boutisses 6ᵐ ; que la pierre dont on s'est servi pouvant être rangée dans la catégorie de celle dite *de roche*, dont le mètre cube pèse 2,190 kilogrammes, les parpaings atteignaient le poids de 23,652 kilogs, et les boutisses celui de 13,140 ; que les pierres des parties hautes avaient encore un cubage moyen de 4ᵐ 50 et de 8ᵐ ; que si le côté des pierres en contact avec le massif terreux n'était que dégrossi, les autres côtés étaient parfaitement layés sur les parements[2] ; que toutes les assises étaient horizontales ; que les joints étaient toujours croisés ; que les matériaux enfin étaient

---

[1] Le fruit total du mur n'était donc que de 1 mètre. « Cette différence est donc le produit d'un amaigrissement presque insensible sur toute la hauteur du mur et révèle chez ceux qui ont exécuté ce travail un véritable talent pour la taille des pierres. » M. Place, *op. cit.*, t. I, p. 32. — « *The platform rose perpendicularly or nearly so, and generally a water protection, a river, a moat, or a broad lake lay at its base, thus rendering attack, except on the city side, almost impossible.* » G. Rawlinson, *op. cit.*, tome I, p. 350.

[2] « Aussi, lorsque le mur de soutènement se présentait autrefois dans toute sa surface, il offrait au regard l'aspect d'une immense bâtisse où tout est régulier. » M. Place, *op. cit.*, t. I, p. 32.

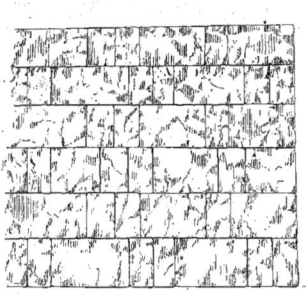

Créneaux des murailles.
V. page 205 et *passim.*

Mur de soutènement du monticule du palais.
V. page 140 et *seqq.*

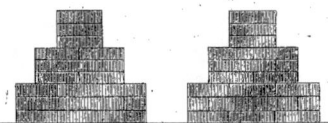

Créneaux de la tour à étages.
V. page 246.

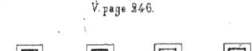

Parapet, (Restauration).
V. pages 115, 205 et *passim.*

appareillés par simple juxtaposition ; « les architectes ont compté, dit-il, sur le volume même des
pierres et sur la perfection de la taille, pour donner
à la construction toute la solidité et l'aplomb nécessaires [1]. »

La hauteur des pierres étant de deux mètres
aussi bien à la base qu'au sommet de la muraille ;
l'élévation de cette dernière étant de dix-huit
mètres, les lits étaient au nombre de neuf ; à cette
première donnée s'étant jointe celle qui pouvait
résulter de l'appareil parfaitement réglé de la pose
des matériaux, M. Place a pu presque mathématiquement compter le nombre de pierres employées
dans les treize cent seize mètres de développement
du mur ; et c'est par centaines de milliers de mètres
cubes que cette accumulation se calcule. « On se
demande avec raison quels étaient les procédés
mécaniques usités chez un peuple qui, pour soutenir une simple terrasse, prodiguait par centaines

---

[1] « C'était un travail en pierres sèches analogue à celui des
murailles cyclopéennes, avec cette différence qu'ici les matériaux sont d'une régularité mathématique. M. Place, *op. cit.*,
t. I, p. 33.

et par milliers des blocs pesant jusqu'à vingt-trois
tonnes et les guindait à des hauteurs de dix-huit
mètres [1]. »

La parfaite exécution de ce grand travail dé-
montre donc surabondamment que si, dans des
cas nombreux, les Assyriens ont préféré d'autres
matériaux à la pierre, ce n'était pas faute de savoir
l'extraire, la tailler et la mettre en place avec autant d'art que d'habileté [2].

Le mur de soutènement décoré à son sommet
d'une frise de rosaces peintes s'élevait de 1m 50 au-
dessus de la plate-forme des terrasses pour former
parapet [3] et en cas d'attaque protéger les défenseurs.
Il présentait à son sommet des découpures en

---

[1] M. Place, *op. cit.*, t. I, p. 33.

[2] « Si les Assyriens n'avaient pas su manœuvrer facilement
les grands matériaux, ils auraient pu obtenir les mêmes
épaisseurs de murailles avec un blocage de moëllons, mais ils
ont préféré ces énormes pierres rendues plus durables par
leur masse même, et ils n'ont pas reculé devant le travail
qu'exigeait leur érection à des hauteurs considérables.
M. Place, *op. cit.*, t. I, p. 33.

[3] « Quand tu bâtiras une maison neuve, tu feras des défenses tout autour de ton toit, de peur que tu ne rendes ta
maison responsable de sang si quelqu'un tombait de là. »
Deutéronome, ch. 22, ȳ. 8.

forme de créneaux en gradins [1] ; et un passage libre,
parfois de 8 mètres, parfois de 18, et même de
plus grande largeur encore quand il se confondait
avec des esplanades, le séparait des murailles du
palais, permettant ainsi, non-seulement de circuler
librement autour des constructions et de ne les point
traverser quand on voulait se rendre d'un point à
un autre, mais encore de communiquer d'une portion du rempart à l'autre, de masser sur le vaste
espace qu'il laissait libre un nombre considérable
de défenseurs et d'opérer toutes les manœuvres
nécessaires en cas d'attaque.

IV. — On pouvait, de la ville, accéder sur la
plate-forme des terrasses par les points où le monticule se confondait avec le rempart, et la largeur
de ce dernier permettait même aux voitures d'y
circuler librement [2]. Mais n'y avait-il pas d'autre
communication plus directe entre le palais et la
cité ? — On n'en a point reconnu.

[1] Voyez plus loin. Cette disposition a été reconnue par
M. Place.

[2] Qu'on se rappelle : une épaisseur de 24 mètres

Cependant, tout nous indique cette troisième voie, les constructions à coup sûr, peut-être aussi les inscriptions elles-mêmes, et c'est avec la plus grande certitude qu'on la peut reconstituer. Aux façades S.-O., N.-O. et N.-E. du palais, on ne trouve qu'une seule grande porte, elle est établie sur la façade N.-E., donne accès au palais proprement dit, et, en suivant le rempart de la ville, on y arrive en ligne droite ; du côté S.-E. au contraire, la façade du palais est percée non-seulement d'une porte colossale, mais encore, de chaque côté de cette dernière, de deux portes plus simples, et ces trois entrées ont eu une importance considérable, comme le plan de l'habitation l'a pu faire remarquer [1]. Or, de quelle utilité eussent été ces portes si elles n'avaient eu devant elles que le seul parapet du mur de soutènement ? Une rampe, un escalier, une entrée quelconque a donc dû nécessairement, en face de ces grandes portes, au milieu de la terrasse S.-E., couper la ligne de la muraille de revêtement.

---

[1] Elles ouvraient en effet, nous le verrons, sur la grande cour des dépendances, « passage général, dit M. Place, destiné à tout le mouvement du palais. »

Ne saurions-nous du reste l'inférer de l'*Inscription des barils* que nous avons citée[1]. — On se rappelle que l'enceinte de la ville offrait, sur trois de
ses côtés, deux portes, l'une ornée ne servant
qu'aux piétons, l'autre simple pouvant livrer
passage aux chars, aux cavaliers ; que si, sur
trois des côtés de l'enceinte, — N.-E., S.-E.
et S.-O., — deux portes étaient possibles, une
seule, la porte simple, pouvait exister du côté
N.-O.[2] Et en effet, lors des fouilles, on n'a reconnu
que sept monticules désignant l'emplacement de
sept portes. Dans une inscription cependant, nous
avons vu le roi nous citer huit entrées, et même
nous en donner les noms. Serait-ce donc trop
avancer de dire que : du moment où une porte
ornée donnant sur la campagne a été impossible
du côté N.-O. ; du moment où Sarkin a cité
huit entrées bien qu'en réalité on n'en ait retrouvé que sept, la rampe ou l'escalier qui donnait
accès sur la terrasse du palais, du côté S.-E.,
a dû être comprise par le roi dans l'énumération

[1] Voyez pages 125 et *seqq.*
[2] Voyez page 115.

qu'il nous a laissée des portes de sa ville ? Et si nous ne craignions de nous livrer à une conjecture hasardée, suivant les indications de l'inscription, et nous souvenant en outre de toute la vénération que les Sargonides ont eu pour le dieu-aigle, nous dirions que cette entrée si importante, est celle dont Sarkin nous parle comme ayant été placée par lui sous la protection du dieu Nisroch-Salman.

On s'est demandé si cette voie de communication directe entre la ville et le palais, offrait, comme les portes ornées de la cité, des rangées d'escaliers permettant le passage aux piétons, mais l'interdisant aux cavaliers, aux chars, aux bêtes de somme. — M. Place nous semble l'avoir établi, cependant aucune preuve matérielle ne venant à l'appui de son dire, nous devons laisser de côté cette difficulté [1].

---

[1] « Est-il admissible, dit M. Place, *op. cit.*, t. II, p. 30, qu'on eût donné accès au mouvement de la domesticité et des bêtes de somme par les entrées les plus richement décorées de tout l'édifice? L'encombrement, le passage répété de tant de gens et d'animaux auraient exposé les belles sculptures des portes à une prompte dégradation.» La disposition qui, pour un mo if semblable, avait été affectée aux portes de la ville, a dû

V. — Le procédé que nous avons indiqué pour l'élévation des monticules servait à la construction des édifices. « L'appareil assyrien qui a engendré

sans doute être adoptée ici encore, et l escalier, comme les trois grandes portes, ont été réservés aux piétons. « Cet escalier avait, il est vrai, continue M. Place, complétement disparu, mais cette disparition n'a rien de surprenant. Etabli en dehors de la colline, assez loin des bâtisses, il n'a pu être promptement recouvert par les éboulements des murs et caché aux déprédateurs. Les matériaux solides qui entraient dans sa construction étaient une proie d'autant plus facile à enlever que les marches formaient des morceaux séparés, et puisque les pillards ont emporté plusieurs pièces de l'escalier du temple, qu'ils ont même arraché une notable partie des lourdes pierres du mur de soutènement, il est naturel de croire qu'un escalier si bien à leur portée aura été moins respecté encore. » Mais alors, admettant ce système d'escalier, une autre montée dans un autre emplacement était indispensable pour permettre au service courant de s'effectuer. M. Place propose alors de reconnaître l'existence d'une rampe qui aurait longé toute la façade N.-E. de la grande terrasse, — la seule place qu'elle pût occuper, — serait venue se réunir au rempart de la ville à son point de jonction avec le monticule, et aurait permis, en suivant le chemin de ronde, aux cavaliers, etc., de se rendre dans toutes les parties du palais. Une preuve vient peut-être à l'appui de ce dire, c'est la mention d'une rampe faite par Sarkin dans plusieurs inscriptions où il décrit son habitation. — Ces rampes, qui reliaient les monticules au niveau de la plaine, et dont on a retrouvé des traces à Koyoundjick et à Nimroud, étaient du reste toujours placées du côté où le palais touchait à la ville afin qu'elles fussent protégées par les murs de celle-ci. Elles n'existaient jamais, cela se conçoit, du côté de la campagne, c'eût été mettre la place à la discrétion de l'ennemi.

des monuments si vastes est cependant des plus simples en même temps que des mieux entendus, il ne dispose que de briques, toutes de mêmes dimensions, assemblées par croisement des joints... Chaque brique entière porte sur la moitié de deux autres briques ; les joints des unes correspondent au centre des autres ; tous les murs droits, y compris les parapets, ont été montés d'après cette méthode depuis la base jusqu'au sommet [1]. »

Et, comme nous l'avons exposé pour la formation des terrasses, toutes ces briques ne sont que des morceaux de terre molle, encore lors de son emploi, et qui n'ont été unis que par le limon seul qui a servi à les fabriquer ; mais, unis de telle sorte que maintenant encore l'on ne distingue les assises des couches du sol que par leurs lignes régulières et les couleurs de l'argile dont on aperçoit les différentes teintes sur les parois des tranchées ouvertes [2].

VI.—L'Assyrie, dans ses constructions, différait

---

[1] M. Place, *op. cit.*, tome II, p. 53.
[2] Cf. M. Botta, *op. cit.* — M. Place, *op. cit.* — Sous l'action de l'air cès signes disparaissent rapidement.

en cela essentiellement de la Chaldée et de Babylone. A Babylone, quand il s'agissait de construire une
muraille de quelque épaisseur, des briques séchées
au soleil formaient l'intérieur qui était encaissé dans
un revêtement de belles et bonnes briques cuites, et
le tout était cimenté soit à l'aide de bitume, d'un
mortier calcaire ou de terre glaise. On ne retrouve
point non plus en Assyrie ces roseaux entrelacés ou
ces couches de briques cuites dont nous avons parlé
en traitant de la Chaldée.

« On a représenté les ruines de Ninive, dit
M. Botta, comme une mine journellement exploitée
de briques et de pierres utilisées dans la construction des maisons de Mossoul, et on les a ainsi assimilées aux ruines de Babylone qui ont fourni pendant plusieurs siècles et fournissent encore les matériaux nécessaires à la bâtisse des villes environnantes. Mais il n'en a jamais pu être ainsi à Ninive,
et bien certainement il n'en est point ainsi aujour-
d'hui. La raison en est évidente ; la masse des
ruines de l'ancienne ville, tout ce qui en subsiste
encore, murailles d'enceinte et monticules, étant formés de briques crues et réduites par l'action du

temps à un état terreux, celles-ci ne sont pas propres à servir de nouveau. Sans doute, dans les constructions, on a dû employer quelquefois des matériaux plus solides tels que pierres et briques cuites au four, et c'est ainsi que, par hasard, on a pu en découvrir, mais on ne les a employés que comme accessoires, la masse des murailles étant formée de briques crues. Il n'y a donc, sous ce rapport, aucune similitude entre Ninive et Babylone ; les ruines de cette dernière ville offrant des amas énormes de briques excellentes, ont pu être employées comme des carrières, tandis que les masses de terre, seuls restes de Ninive, ne pouvaient être utilisées de la même manière [1]. »

VII. — Aussi l'emploi exclusif du pisé exerçat-il une influence décisive sur les dispositions de l'architecture. De là l'énorme épaisseur des murailles [2] ; de là, des édifices qui n'ont dû présenter qu'un seul étage, peut-être deux, mais deux au plus, et encore pour des constructions de dimensions res-

[1] M. Botta, *op. cit.*, tome V
[2] Voyez plus loin.

treintes et dans des cas excessivement rares [1] ; de
là, la disposition des salles, très-étroites et très-
basses pour leur longueur, car une voûte en pisé,
— M. Place a reconnu que tel était le mode de toiture usité, — ne pouvait avoir qu'une faible por-

---

[1] MM. Layard et Fergusson soutiennent que les palais
assyriens ont eu plusieurs étages; et M. Layard, dans son
Nineveh and Babylon, p. 650, va même jusqu'à dire que « ce
fait est un de ceux dont on ne peut douter. » Il appuie sa
théorie sur deux raisons: 1° plusieurs inscriptions font mention de « chambres, d'en haut, supérieures, *upper chambers;* »
2° il a découvert dans le palais de Sennachérib à Koyoundjick
une rampe qui semble avoir été un chemin incliné conduisant à un étage élevé. — Le premier argument ne peut être
que très-incertain, car le déchiffrement des termes d'architecture donne lieu aux plus grands doutes. Le second n'a pas
beaucoup plus de valeur; car, pourquoi une rampe, quand un
escalier eût suffi, et les Assyriens savaient parfaitement les con-
fectionner; et de plus, pourquoi cette rampe aurait-elle conduit plutôt à un étage qu'à une terrasse, une plate-forme, etc.?
— M. Fergusson, dans son *Palaces of Nineveh,* p. 275, s'appuie sur un autre motif. « Les palais, dit-il, entourés de l'é-
norme parapet des terrasses, auraient perdu tous les
avantages, belle vue, air frais, etc., que leur donnaient l'élévation des terrasses, s'ils n'avaient eu des étages supérieurs.»
— Nous avons vu qu'en édifiant leurs palais, les rois son-
geaient d'abord à en faire d'imprenables citadelles et qu'ils
se préoccupaient peu de ces avantages ; nous pourrons le remarquer encore quand nous parlerons du mode d'éclairage.
— A Khorsabad, le palais n'avait qu'un seul étage, comme
l'ont clairement démontré les fouilles de MM. Botta et
Place.

tée [1] ; de là des couvertures qui ont dû être surchar-
gées d'une masse de terre extrêmement épaisse, afin
que la pluie ne la traversât pas et qu'elle ne pût pas
se fendre dans toute son épaisseur sous l'action des-
séchante des rayons du soleil ; « de là enfin, comme
le dit M. F. Lenormand, le caractère essentiel et
l'aspect général de l'architecture assyrienne qui a
pour sa hauteur un développement à la base encore
bien plus considérable que celle de l'Egypte [2]. »

VIII. — « Les murs du palais de Khorsabad, dit
M. Place, étaient littéralement implantés en haut
du monticule dont ils formaient la continuation,...
la première brique des murailles s'appliquait sur la
dernière brique de la colline, sans interposition de
mortier. » Mais à ce fait surprenant pour nous s'en
ajoute un autre qui l'est bien plus encore, et dont
les explorateurs eux-mêmes ne se rendirent compte
que bien longtemps après qu'ils l'eurent découvert ;
nous voulons dire, l'énorme épaisseur qui a été donnée
à ces murailles. On a déjà pu, à bon droit, s'étonner

---

[1] Même disposition qu'en Chaldée.
[2] M. F. Lenormand, op. cit. tome I, p. 525.

des 24 mètres de largeur du rempart de la ville qui
présentait ainsi une épaisseur plus grande que sa
hauteur ; une disposition analogue se retrouve au
palais. La moindre largeur de ses murailles, murs
de refend, simples cloisons, est de 3 mètres ; des
épaisseurs de 4 et 5 mètres sont fréquentes, et on
en a trouvé qui mesuraient jusqu'à 8 mètres.

Quelle était donc la hauteur de ces murailles ?
Pouvait-elle en justifier la masse ? — On n'a pu
l'évaluer d'une façon exacte, mais comme le dit
M. Place, ce n'est pas trop que d'assigner aux murs
des chambres secondaires une élévation de 10 à 12
mètres et aux murs principaux, de 14 à 16. La hauteur ne pouvait donc en rien justifier l'épaisseur,
car si la proportion de 1/8 entre l'épaisseur d'une
muraille et sa hauteur engendre la plus grande stabilité, on peut sans crainte atteindre jusqu'à la proportion de 1/12 ; et à Khorsabad, le rapport est à
peine de 1/4 à 1/2. — Doit-on voir dans cet agencement une influence climatérique ? Mais sous quelque climat que ce soit, un mètre eût largement suffi
pour préserver de la trop grande chaleur ou du trop
grand froid.

Cependant on s'étonnera moins quand on saura que le palais de Sarkin n'avait, ainsi que les fouilles l'ont démontré, qu'un seul étage, que par conséquent c'était d'un seul jet que les murs, — et des murs qui n'étaient composés que de matériaux de qualité tout à fait inférieure, — montaient à la hauteur de 16 mètres ; mais si, à leur sommet, on adapte le mode de toiture usité, la voûte, et au-dessus d'elle cette masse de terre qui la protége, on verra que ces épaisseurs étaient non-seulement obligées, mais que les contre-forts qui venaient encore soutenir les murailles étaient indispensables, bien qu'ils ne mesurassent pas moins, les uns $1^m 50$ de saillie sur 4 mètres de large ; d'autres $2^m 50$ sur $6^m 50$ et $7^m 50$; d'autres enfin, 8 et 9 mètres de large sur 2 de saillie.

IX. — « L'argile n'admettait qu'un système particulier de constructions pleines, massives, où les grandes surfaces, les lignes verticales et horizontales se coupant à angle droit jouaient un rôle prépondérant [1]. » Pour rompre la monotonie des fa-

[1] M. Place, *op. cit.*, tome II, p. 44.

çades, pour briser la sécheresse des longues lignes
d'équerre, l'architecte n'avait donc pu songer, un
seul instant, aux fenêtres, aux colonnes, aux por-
tiques ouverts, aux péristyles ; mais il avait pensé
aux contreforts dont il avait fait un si grand emploi. Comme aux éperons de l'enceinte de la ville, il
leur avait donné l'aspect de tours couronnées à leur
sommet d'un feston de créneaux en gradins ; de telle
sorte qu'utiles déjà à la consolidation de l'édifice,
ils étaient devenus encore un moyen de défense
pour la citadelle, et en même temps un ornement
approprié au caractère des constructions [1]. Enfin,
pour remédier au triste aspect qu'auraient offert les

[1] « Sur la muraille de la ville particulièrement, les tours,
considérées comme décoration, réalisaient une combinaison
architecturale d'un grand style... Leur élévation, l'uniformité de leurs dimensions et de leurs espacements, leurs couronnements agencés avec celui de la courtine, formaient un
ensemble, dont les lignes, se profilant à l'horizon, arri-
vaient à une expression de grandeur calme et majestueuse
tout à fait en rapport avec l'idée que nous nous formons de la
race qui les a érigées. Ces hauts et nombreux contre-forts
paraissent être, en effet, ce qui a le plus frappé l'imagination
des peuples de cette époque ; aussi, dans la description de
Ninive, les historiens anciens, énumérant le nombre prodigieux de ses tours, en font comme l'emblème, le signe sensible de la domination que cette cité guerrière exerçait sur
l'Asie. » M. Place, *op. cit.*, tome II, p. 48.

larges surfaces qui s'étendaient entre ces contre-forts et celles des contre-forts eux-mêmes, il avait trouvé un système consistant en cylindres ou colonnes accolées, engagées dans la muraille par plus de la moitié de leur diamètre, montant verticalement et se rejoignant à leur sommet au moyen d'autres cylindres horizontaux [1] ; ces colonnes sont toujours en nombre impair, un, trois, cinq, sept, en d'autres cas, neuf, onze et treize, et forment ainsi des faisceaux qu'encadrent deux plates-bandes, restant dans l'alignement des cylindres ; la première entoure le faisceau de droite, la seconde celui de gauche ; un plan coupé les isole des colonnes, et un autre, en forme de redan, les sépare entre elles. Cette décoration qui nous est offerte par nombre de bas-reliefs, a été reconnue dans presque toutes les constructions assyriennes, et à Hirs-Sarkin entre autres, son emploi a été presque jusqu'à la profusion [2].

[1] D'après les indications des bas-reliefs, car on n'a pas retrouvé ces colonnes dans tout leur développement, bien qu'on ait pu les constater jusqu'à une hauteur de 7 mètres.

[2] Comparer avec les saillies semi-circulaires dont nous avons déjà parlé, page 76. — M. Place, *op. cit.*, tome II, p. 51,

X. — Deux passages principaux, s'ouvrant entre deux môles ayant l'aspect de tours, et dont les voûtes semblables à celles des portes de la ville étaient décorées à l'extérieur d'une archivolte de briques émaillées, donnaient, de la terrasse, accès dans le palais

attribue cette disposition à une tradition de la race et à l'imitation d'un objet naturel. « On sait, dit-il, que les Ninivites, issus de la Babylonie, en apportèrent une civilisation toute faite, dont ils ne furent que les continuateurs. Or, il est évident que dans la Chaldée, couverte de dattiers, les maisons de bois, comme dans tous les pays riches en forêts, précédèrent les habitations en matériaux plus solides. Dans ce cas, les demeures chaldéennes auraient été construites au moyen de troncs de palmiers non équarris, inégaux en grandeur, comme il arrive dans la nature, enfoncés en terre, étroitement serrés, reliés aux extrémités supérieures par d'autres troncs posés horizontalement, d'une tête à l'autre, avec ajustage taillé en biseau. Cette construction, où les palmiers ne laissaient visible que la moitié de leur diamètre, aurait précisément offert au dehors un aspect identique avec celui des colonnes engagées. De plus, dans le pays où ce genre de construction est pratiqué, on associe souvent au bois des matériaux plus consistants, tels que l'argile ou la brique, formant d'espace en espace des piliers, des points d'appui ; les pilastres ou plates-bandes qui séparent les faisceaux de deux colonnes seraient alors une représentation assez fidèle de ce procédé. » — Et ici, par Chaldée, M. Place n'entend pas, nous le pensons, la partie méridionale de la Mésopotamie. Les Chaldéens qui, à l'époque de la domination touranienne, s'imposèrent à Babylone par voie de conquête et y restèrent depuis ce temps à l'état de caste supérieure réunissant à la fois le sacerdoce et la suprématie guerrière, n'appartenaient ni à la race de Sem, ni à celle de Cham, ils venaient des monta-

11

d'Hisr-Sarkin. Le premier se trouvait au milieu de la façade S.-E. ; le second, sur la face N.-E[1].

Les grandes entrées des villes et des palais assyriens offrent toutes les mêmes sculptures décoratives. Des représentations d'hommes-taureaux ou d'hommes-lions ailés, forment les montants des portes ; l'animal se présente de face campé sur ses pieds de devant, et son corps de profil[2] engagé dans le passage, en occupe parfois toute la longueur, d'autres fois laisse place à un groupe de sculptures colossales, exécutées en haut-relief sur des plaques de gypse, et comprenant trois figures allégoriques :

gnes situées au N.-E. de la Mésopotamie, où les géographes classiques signalent des populations du nom de *Carduchi*, *Gorduæi*, et où vivent encore les tribus Kurdes ; et cette origine est d'autant plus probable que la Bible place au pied des montagnes que nous venons de désigner la limite de la race d'Arphaxad, dont le nom signifie en Hébreu, « limite du chaldéen. » C'est donc de cette région dont il est question ici. Les Chaldéens arrivés en Mésopotamie où, par suite de la nature du sol, les constructions en bois n'étaient plus possibles, auront reproduit avec l'argile, l'aspect de leurs demeures premières, et par suite l'auront léguée à la race au milieu de laquelle ils étaient venus s'implanter.

[1] Nous avons déjà parlé de ces deux entrées, page 148.

[2] L'animal vu de profil présente quatre pieds ; celui de devant est doublé, de telle sorte que, vue de face ou de profil, la représentation est complète.

deux taureaux ailés, à face humaine, marchant en sens inverse et séparés par l'étouffeur de lion. Ce groupe semble, aux grandes entrées, avoir été le complément nécessaire des taureaux qui formaient les montants, car lorsqu'il ne peut trouver place dans la longueur du passage, on le remarque, de chaque côté, à l'extérieur. Ces représentations étaient toujours disposées de façon à les amener à regarder le spectateur en face, et le soin qu'on avait pris de peindre le blanc et le noir des yeux et des sourcils devait donner une étrange fixité à leurs regards, en rendre l'expression plus saisissante et commander la crainte et le respect[1].

Ces sculptures n'étaient point là, du reste, pour l'ornementation seule ; aux images qu'elles reproduisaient, s'attachait encore une idée religieuse. L'Homme-Taureau, que M. Rawlinson assimile au dieu Nin, l'Hercule assyrien, et l'Homme-Lion qui est « le symbole du dieu Nergal, le Dieu de batailles, » étaient des gardiens, des protec-

---

[1] Quelquefois l'Homme-Taureau ou le Lion-Taureau est remplacé par un lion debout, dans l'attitude d'un gardien vigilant et terrible.

teurs, des garants de bonheur et de sécurité[1]. Les
inscriptions nous en donnent la preuve. Dans celles
de Khorsabad, on lit en effet cette prière de Sarkin :
« Puisse Assour, le père des dieux, bénir ces palais
en donnant à ses images un éclat spontané ! Que
jusqu'aux jours les plus reculés il veille sur les issues ! Que devant sa face suprême demeure le taureau sculpté, le protecteur et le dieu qui porte le
parfait bonheur et la béatitude, et qu'il les fasse rester dans cette maison jusqu'à ce que ces taureaux
se meuvent de ce seuil [2]. »

C'était la même pensée, mettre la demeure sous
la protection de la divinité et en écarter tout malheur, qui a dicté, sous le seuil des portes, l'enfouissement de ces petites statuettes de divinités, et de
ces barils de terre cuite ou de ces plaques de

---

[1] « Nin's emblem in Assyria is the Man-Bull; the imperso-
nation of strengh and power, he guards the palaces of the As-
syran Kings, who reckon him their tutelary god... » M. G.
Rawlinson, op. cit. tome I, p. 168. « It is probable that Nergal's symbol was the Man-Lion.... Again, if Nergal is the Man-
Lion, his association in the buildings with the Man-Bull,
would be exactly parallel with the conjonction, which we so
constantly find between him and Nin in the inscriptions. »
M. G. Rawlinson, op. cit., tome I, p. 174.

[2] Fastes de Sargon.

métal sur lesquels on lit des prières aux dieux.

Enfin, les seuils, ou plutôt les matériaux résistants qui étaient placés dans la longueur des portes
à hommes-taureaux, présentaient sur toute leur surface des lignes d'inscription redisant les titres, les
hauts-faits, les entreprises du roi qui avait élevé la
construction [1].

Les grandes entrées des palais avaient non-seulement une disposition, mais encore une destination
analogue à celles des villes. C'était là qu'attendaient
les solliciteurs ; nous n'en citerons que quelques
preuves : Mardochée se tenait à la porte du palais
quand il apprit la conspiration que l'on tramait
contre Assuérus [2] ; c'est là que s'asseoit le grec Sy-
loson quand il vient réclamer à Darius le prix du
service qu'il lui a rendu en Égypte, alors qu'il n'était
que simple capitaine des gardes [3] ; c'est là que vient
pleurer la femme d'Intaphernès quand elle apprend
la condamnation de son mari [4].

[1] Voyez: *Inscriptions des pavés et des portes de Khorsabad.*

[2] *Le Livre d'Esther*, ch. 2, ỳ. 21.

[3] Hérodote, III, 140.

[4] Hérodote, III, 119.

XI. — Le plan des palais assyriens est toujours le même. Il se compose de cours rectangulaires, plus ou moins nombreuses, de plus ou moins grandes dimensions suivant le développement donné à l'édifice, autour desquelles se groupent des salles disposées en enfilade [1].

D'autrefois ces cours viennent se placer entre l'édifice et la muraille qui borde extérieurement le monticule sur lequel il est bâti [2], et forment alors de grandes esplanades permettant aux troupes de se déployer et d'opérer toutes les manœuvres nécessaires en cas d'attaque.

Les habitations des rois se divisaient en trois

---

[1] Dans le palais N.-O. de Nimroud, le plus ancien des édifices jusqu'alors explorés, on n'a retrouvé qu'une cour, elle a 120 pieds anglais de long sur 90 de large. Le palais de Sennachérib à Koyoundjick nous offre trois cours, ayant 93 pieds anglais de long sur 84, 124 sur 90, 154 sur 125. Le palais d'Assarhaddon à Nimroud avait une cour de 220 pieds anglais de long sur 100 de large. A Khorsabad, M. Place a mesuré des cours ayant en superficie 2,640, 4,104, 6,710, 9,373 mètres; d'autres n'ayant plus que 80, 60 et 48 mètres. — De petits obélisques, des stèles ou des colonnes isolées, ont été sans doute placées au milieu de ces cours pour en rompre la monotonie.

[2] « *Sometimes the courts were surrounded with buildings, sometimes they abutted upon the edge of the platform.* » M. G. Rawlinson, *op. cit.*, tome I, p. 353.

quartiers bien distincts : le *Sérail*, le *Harem* et les *Dépendances*. « Ces bâtiments, dit M. F. Lenormand, correspondent précisément aux trois divisions que présente encore aujourd'hui toute habitation luxueuse et soignée de Bagdad et de Basscra. Le *Sérail* ou palais proprement dit qu'habitent les hommes et où se trouvent les appartements de réception ou *Sélamlik ;* le *Harem*, et le *Khan*, c'est-à-dire, les dépendances de service, ce que dans nos châteaux français on appelle les *communs*. L'analogie est si absolue que dans l'ignorance où l'on est des appellations assyriennes de chacune d'elles, il est impossible de ne pas appliquer aux diverses parties du palais de Khorsabad et des autres palais assyriens les noms actuellement en usage dans la contrée pour désigner les grandes divisions de l'habitation [1]. »

XII. — Le Sérail était la partie la plus riche, la plus ornementée et en même temps la plus vaste du palais. Là était la résidence du monarque.

A Khorsabad, il occupait une portion du grand

[1] M. F. Lenormand, *op. cit.*, tome I, p. 529.

parallélogramme et la totalité du petit, sauf une
faible partie de l'extrémité N.-O. qui était tenue par
un Temple? Sa masse générale dessinait en plan une
forme carrée. Mesuré du S.-E. au N.-E., il avait
242 mètres de longueur sur une largeur maximum
de 165, soit en superficie, 39,930 mètres. On y
accédait par la grande porte N.-E. qui donnait sur
le terre-plein des remparts de la ville, et qui n'était
point au milieu de la façade.

Cette disposition n'a rien de surprenant, même
dans une construction d'aussi grande importance
qu'était l'habitation de Sarkin, car aucun peuple ne
s'est moins préoccupé que l'Assyrien de la régularité et du parallélisme dans son architecture. Désireux, avant tout, de créer des édifices bien distribués, l'architecte s'est toujours montré peu soucieux
de frapper les regards par des arrangements extérieurs plus ou moins harmonieux. Aussi, dans les
fouilles, remarque-t-on fréquemment que les deux
côtés d'un édifice ne sont point en rapport l'un avec
l'autre ; que les appartements ne répondent pas aux
appartements ; que les entrées sont rarement au
milieu des façades, et que dans les chambres per-

cées de plusieurs portes, celles-ci ne sont presque jamais en face l'une de l'autre ou dans des positions tout à fait correspondantes . — La commodité d'abord, l'harmonie ensuite.

Suivant cet ordre d'idées, l'entrée N.-E. n'était donc point au milieu de la façade du Sérail. Elle donnait accès dans une cour d'honneur de forme rectangulaire, entourée de bâtiments sur toutes ses faces. Sur trois de celles-ci, ils étaient peu développés et devaient servir au logement des gardes et des esclaves ; la façade du fond était celle du corps de logis principal du palais, elle était presque toute garnie de représentations de personnages de haute taille marchant processionnellement vers le roi ; et chose tout à fait insolite, elle était très-régulière ; sa grande entrée, avec ses deux portes adjacentes, splendidement ornée de bas-reliefs, de taureaux et de briques émaillées, était exactement placée au milieu.

---

¹ « The two sides of an edifice never correspond ; room never answers to room ; doorways are rarely in the middle of walls ; where a room has several doorways they are seldom opposite to one another, or in situations at all corresponding. » M. G. Rawlinson, op. cit., tome I, p. 356.

Lors des fouilles primitives, M. Botta n'avait reconnu que quatorze chambres et trois esplanades ; depuis, M. Place a mis au jour, dans [cette seule partie du palais, quatorze cours et quatre-vingt-sept pièces ou passages intimement reliés en un seul et même ensemble, au moyen de murs et de portes, et a pu y reconnaître deux habitations distinctes, bien que faisant partie du même plan.

La première, il l'a nommée *la partie sculpturale*. Elle comprenait les appartements de réception, c'était le sélamlik. C'est là qu'ont été retrouvées les salles les mieux décorées et en même temps les plus vastes de tout le palais. Partout, des bas-reliefs recouvrent les murailles jusqu'à une hauteur de 3 mètres, et au-dessus des briques émaillées montent jusqu'à la voûte. — Ces briques présentent à l'extérieur une de leurs tranches, et leur réunion forme soit des scènes semblables à celles des bas-reliefs, soit des dessins résultant de combinaisons géométriques[1]. Les couleurs affectées par l'émail

---

[1] Malgré la cuisson que ces briques ont subi, elles sont excessivement tendres et friables, tandis que les briques des pavages sont très-dures et très-résistantes.

le plus fréquemment sont : le bleu, le vert olive, le jaune sombre, le blanc, le brun et le noir ; le rouge est comparativement rare. On a remarqué que, dans ces sortes de décorations, les artistes avaient eu quelqu'égard à la couleur naturelle des objets qu'ils avaient à représenter. — Mais de même que les salles des édifices chaldéens, celles des palais assyriens nous apparaissent comme de véritables galeries, tant leur longueur est disproportionnée à leur largeur. Nous le montrerons par des chiffres. A Khorsabad, entr'autres, on a trouvé une salle de 116 pieds de long sur 33 de large ; dans le palais d'Assournasirpal, à Chalah, la plus grande avait 160 pieds sur 40 ; dans celui de Sennachérib, à Koyoundjick, on en a mesuré une de 180 pieds sur 40 [1].

Quand ces salles ne suffisaient pas pour les réunions officielles, elles étaient remplacées par les cours sur lesquelles on étendait de vastes velums ;

---

[1] Dans le palais d'Assarhaddor, on en a trouvé une de 165 pieds anglais sur 62 ; mais, au milieu, un mur venant soutenir la toiture, la coupait dans presque toute sa longueur, de telle sorte qu'elle se trouvait divisée en quatre petites parties.

les cours ornées elles-mêmes de gigantesques bas-
reliefs et de briques émaillées ; entourées de por-
tiques soutenus par de minces colonnes, quelquefois
en pierre, le plus souvent en bois cerclé de métaux
précieux offrant la représentation de palmiers ou de
platanes, d'autres fois peintes de vives couleurs et
terminées seulement par des chapiteaux à volutes[1]
ou par des figures de métal, images d'animaux réels
ou fabuleux.

M. Place nous apprend que les planchers des
salles étaient d'argile battue. Une si grande pauvreté dans des appartements si soigneusement décorés a lieu de nous surprendre. Et cependant les
fouilles ont prouvé que l'on ne saurait attribuer
l'état actuel au fait de déprédations. Il est certain que
sur ces planchers d'argile on étendait des tapis précieux, comme c'est encore la coutume aujourd'hui
dans les riches habitations de ces contrées.

Quant aux cours, quelle que fût la section du
palais à laquelle elles aient appartenu, elles étaient
pavées soit de briques cuites, soit de dalles. A

[1] Origine de l'ordre ionique.

Khorsabad, on les a retrouvées dans leur état primitif, et leur mode de pavage a pu être étudié d'une
façon certaine. — Quand elles devaient être pavées
de briques, on étendait d'abord sur la terre du monticule un lit de bitume sur lequel reposait une première
mière couche de briques ; celles-ci s'enfonçant dans
le bain de bitume le faisaient remonter dans les
joints ; on répandait ensuite sur ces briques une
couche de sable, épaisse de près de $0^m 20^c$, destinée à absorber les eaux de pluie : enfin sur cette
couche régnait un second lit de briques simplement
juxtaposées. Dans le palais de Sarkin, elles portent
le plus souvent cette inscription sur leur face extérieure : « Palais de Sarkin qui est Belpatisassour,
le roi puissant, roi du monde, roi d'Assyrie. » C'é-
tait avec une matrice de métal ou de bois gravée en
relief que l'on imprimait, pour ainsi dire, cette inscription sur l'argile molle encore. Ces briques sont
très-dures et résistantes, régulières, aux quatre côtés parallèles ; elles mesurent, en moyenne, dans
le lit inférieur, $0^m 32^c$ de côté sur $0^m 10^c$ de large ;
dans le lit supérieur, $0^m 40^c$ de côté sur $0^m 05^c$
d'épaisseur. Dans ces deux lits, les joints ne cor-

respondent pas, ils sont posés l'un par rapport à l'autre conformément au mode d'assemblage dit *en épis*. On calculait d'avance la surface de l'emplacement à couvrir de briques, de telle sorte que pas une de ces dernières n'était de dimension inférieure à une autre. — Quand la cour devait être dallée, on prenait des blocs de calcaire compacte, on les taillait en forme de cône qui s'enfonçait dans le massif terreux. Les dalles retrouvées à Khorsabad ont souvent plus de 1 mètre de côté et de $0^m 70^c$ à $0^m 80^c$ d'épaisseur ; elles ne sont qu'assemblées les unes à côté des autres sans qu'aucun ciment ou bitume vienne les relier ; mais s'enfonçant dans l'argile, leur masse étant énorme, étant de plus parfaitement ajustées, le pavage n'en est pas moins très-résistant.

Les matériaux qui garnissaient l'aire des portes[1] qui s'ouvraient sur les cours variaient suivant le mode de pavage adopté pour celles-ci. Quand les

---

[1] Par suite de l'épaisseur des murailles, ces portes étaient de vrais passages ; elles avaient de plus de grandes largeurs; — variant entre $2^m 1/2$ et 5^m, — plus loin nous verrons pour quelle cause.

cours étaient dallées, l'aire des portes était revêtue de briques, et inversement quand elles étaient pavées de briques, une large dalle se posait à plat entre les parois des passages. Dans quelques palais assyriens, sur ces dalles, étaient sculptées des représentations de personnages ou d'animaux ; plus pratiques, les constructeurs de Hisr-Sarkin n'ont pas adopté de si riches dessins, il ont laissé le ciseau les couvrir seulement d'inscriptions gravées en creux, ou de fleurs, d'entrelacs, de combinaisons géométriques[1]. La porte était encadrée de plaques de gypse sculptées ou de décorations de briques émaillées. On a pu reconnaître, grâce aux crapaudines, aux pivots, aux gonds de bronze retrouvés, qu'un certain nombre de portes étaient à deux battants, à demeure, et qu'elles s'ouvraient en dedans[2]. D'autres entrées

[1] Ces plaques offrent généralement le dessin des nattes bordées de fleurs de lotus où les boutons alternent avec les corolles ; entre la natte et cette bordure court une suite d'étoiles ou plutôt de marguerites disposées en cordon.

[2] Elles se fermaient sans doute au moyen de ces énormes serrures en bois dont l'usage est répandu aujourd'hui dans ces contrées, ou au moyen de cachets, véritables scellés, que l'on apposait sur les joints des portes pour s'assurer si elles restaient fermées.

n'ont révélé que l'existence d'un seul battant ; d'autres enfin n'ont dû être fermées que par des rideaux, des nattes ou des filets [1].

Par la richesse de leurs décorations, la partie sculpturale du Sérail de Khorsabad et les parties analogues des autres palais assyriens étaient certainement des sections d'apparat destinées à tout le déploiement de la pompe royale. M. Place le reconnut bientôt, mais par leur magnificence même, dit-il, ces pièces « n'étaient pas logeables ». Ni d'un côté, ni d'un autre, il n'était possible de placer des tentures, un lit, un siége, tous meubles enfin dont le service est d'un usage journalier. « Et d'ailleurs, un roi, fût-il roi de Ninive, ne pouvait vivre toujours en représentation solennelle telle que la lui imposait sa présence dans cette somptueuse partie du palais. Il y a des moments où le souverain redevenu homme a besoin de se recueillir, il lui faut alors des endroits restreints, solitaires, où il puisse goûter le repos, et dans ces pièces immenses, le roi d'Hisr-Sarkin n'aurait pu en jouir [2]. »

---

[1] Comme cela a lieu maintenant encore.
[2] M. Place, *op. cit.*, tome I, p. 72.

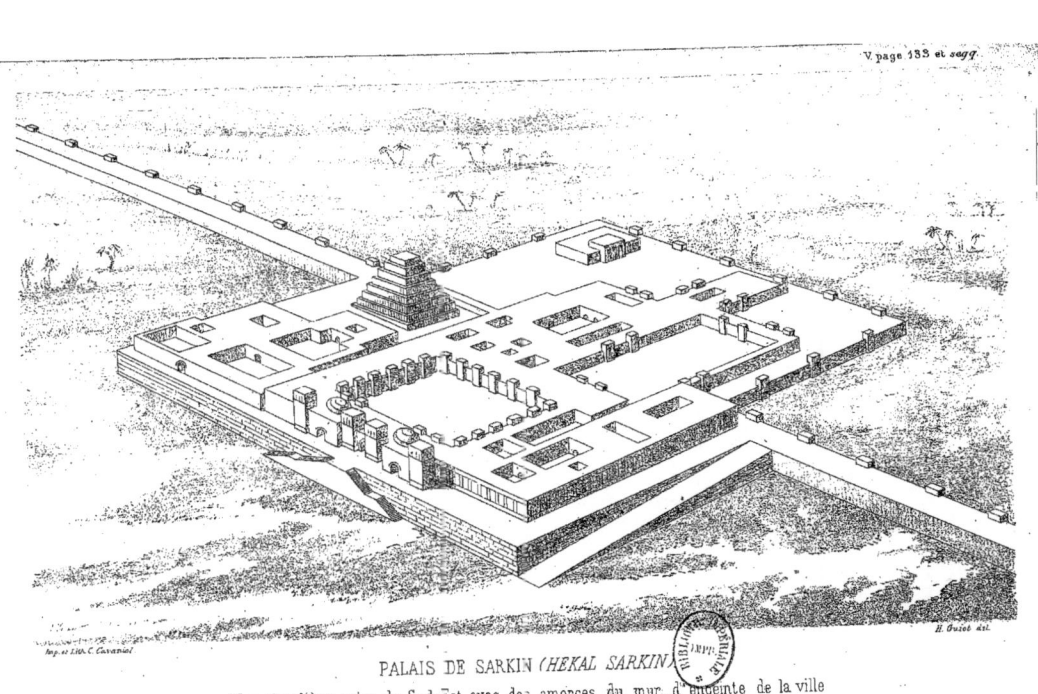

PALAIS DE SARKIN *(HEKAL SARKIN)*

Vue cavalière prise du Sud-Est avec des amorces du mur d'enceinte de la ville

D'après l'essai de restauration de M. F. Thomas. *(Ninive et l'Assyrie* par V. Place).

C'est pourquoi, à côté des appartements somptueux, faisant cependant partie du même tout,
M. Place l'a reconnu , s'étendait une série de
chambres moins vastes, moins ornées et qui pouvaient répondre à ces besoins.

Dans *la partie simple du Sérail*, les sculptures ne
se présentent plus que par hasard, les murs sont
seulement revêtus d'un enduit en stuc coloré, quelquefois décorés de peintures à fresque ; les pièces
plus petites, — quelques-unes toutefois mesurent
encore de grandes longueurs, 90 pieds sur 17, 85
sur 16, 80 sur 15, — les pièces plus petites, en
plus grand nombre, ne couvrent qu'une superficie
de 5,332 mètres qui se répartit en six cours et qua-
rante-neuf chambres. Ces dernières se rangent autour des cours dont chacune prise à part « forme
avec les appartements rayonnant autour d'elles un
ensemble distinct et ne communiquant avec un autre
ensemble que par un seul côté, souvent même par
une seule entrée [1]. » Chaque ensemble devait être
affecté au logement du personnel de l'un des divers

---

[1] M. Place, *op. cit.*, tome I, p. 57.

services établis près du monarque ; et cette disposition était même exigée par la profusion de serviteurs, d'officiers de tous rangs qui, directement, étaient attachés à la personne du roi. Et sans nous arrêter aux dires de Ctésias [1], nous pouvons encore juger de ce que pouvait être le personnel employé au Sérail d'un roi d'Assyrie, par celui qui encombre les Sérails modernes des sultans ottomans, des schahs de Perse et des rois de l'Inde [2].

XIII. — Sur la plate-forme du grand parallélogramme se dressaient, outre quelques chambres du Sérail, les Dépendances, le Harem ; et en arrière de ce dernier, une Tour à étages.

---

[1] Ctésias porte à 15,000 le nombre d'officiers de tout rang, nourris et logés dans le palais du roi de Perse.

[2] Cette profusion de serviteurs est tellement dans les mœurs que les souverains ne se donnent pas seuls le luxe d'un personnel considérable, ils sont imités en ce point par les princes, les hauts fonctionnaires et même par les gens riches. Ecrivains, eunuques, trésoriers, gardiens des portes et tant d'autres, dont l'énumération serait fastidieuse, sont constamment attachés à leurs pas; trente et quarante domestiques outre les gardes et les officiers forment, aujourd'hui même que ce luxe a tant diminué, le cortége ordinaire d'un simple gouverneur de province. » M. Place, op. cit., tome I, p. 75.

Longue de presque 300 mètres, la façade S.-E.
du palais qui regardait la ville, était divisée en
trois grandes sections indiquées à l'extérieur par sa
ligne deux fois brisée par deux angles rentrants.
Partant du sud pour arriver à l'est, la première
section, longue de 92 mètres, appartenait à un
mur de clôture du Harem ; en retraite de 3 mètres
sur elle, la seconde, longue de 122 mètres, fermait
le Khan proprement dit, c'est-à-dire, la grande
cour des Dépendances ; cette seconde section
était en avant de 11 mètres sur la troisième, longue
de 80 mètres et formée par un bâtiment des Dépendances. La section centrale était percée de trois
portes [1]. L'une, située tout-à-fait en face de la
rampe ou escalier, qui, de la ville, permettait d'atteindre à la plate-forme des terrasses, était la principale entrée du palais et vraisemblablement l'entrée
réservée au roi ; deux autres, placées à droite et à
gauche, moins ornées, de dimensions plus restreintes,
étaient destinées au mouvement du service. Ces trois
portes donnaient dans des salles spacieuses, sortes

---

[1] Déjà citées, pages 148, 161 et *seqq*.

de vestibules, qui, à leur tour, ouvraient sur le Khan.

La grande cour des Dépendances était pavée de briques cuites, avait en longueur 103 mètres, et en largeur 91, d'où la superficie de 9,373 mètres. Son importance était considérable, car non-seulement, comme nous venons de le voir, elle reliait le palais à la ville, mais encore, elle mettait en rapport direct les trois principales divisions de l'habitation ; en effet, une entrée, côté ouest, conduisait au Harem ; quatre portes, côté est, à la portion active des Dépendances; et quatre passages, dont l'un richement décoré, donnant sur son côté nord, l'unissaient au Sérail. « Cette cour, dit M. Place, était une sorte de rendez-vous, de passage général destiné à tout le mouvement du palais ; même pour se rendre de son Sérail à son Harem, le roi était obligé de la traverser [1]. »

Elle était entourée de bâtiments sur ses quatre faces ; la façade nord était occupée par quelques chambres du Sérail ; la façade sud, par les trois en-

[1] M. Place, *op. cit.*

trées, et quelques chambres ; sur la face orientale
régnait la portion active des Dépendances, reliées à
l'habitation du roi par de nombreuses portes de
communication, et dont les constructions comprenant plusieurs cours et de nombreuses pièces renfermaient les cuisines ; les boulangeries [1] ; les celliers [2] ; les remises ; les écuries pour les chevaux,
les chameaux, les dromadaires [3] ; et les logements
des gens préposés à ces services ; enfin le long de
la face occidentale s'étendait une ligne de magasins,—

[1] De grands vases en argile à demi remplis de cendres ont
indiqué à M. Place les pièces qui avaient renfermé les cuisines et les boulangeries. On se sert encore de vases semblables dans toute cette partie de l'Orient pour la cuisson des
aliments et des galettes qui tiennent lieu de pain.

[2] M. Place y a retrouvé des jarres dont le fond, terminé en
pointe aiguë, se fixait au moyen de ciment dans un marchepied de $0^m 24$ de haut. Dans plusieurs de ces jarres on trouva
une pâte ou mastic noirâtre qui, sous l'action de l'eau, donnait une couleur lie de vin. — D'autres jarres plus petites ont
dû contenir de l'huile, de la farine. Des vases semblables sont
encore affectés au même service dans la contrée.

[3] Des anneaux de bronze, au moyen desquels on attachait
par le pied les chevaux, chameaux, dromadaires, en ont fait
reconnaître la place. Par là même que les chevaux, chameaux,
dromadaires, en Orient, vivent en plein air, on ne leur présente pas la nourriture dans des râteliers ou mangeoires ; on
n'a donc point retrouvé d'objet semblable.

magasins des jarres[1], des fers[2], des briques émaillées[3], des cuivres[4], — où étaient rangés les approvisionnements, les ustensiles destinés à l'usage de la
maison royale, et les richesses que Sarkin avait
conquises sur les peuples vaincus et qu'il nous dit
« avoir entassées dans sa demeure[5]. » Les fouilles de
M. Place dans cette portion du palais sont venues
pleinement confirmer les inscriptions qui, nous révé-

---

[1] Ces jarres étaient en argile cuite, sans ornement, et con-
tenues les unes dans les autres.

[2] On y trouva un amas considérable de grapins, crochets,
chaînes, pics, pioches, marteaux, instruments de toute sorte,
rangés comme ils le seraient chez nos marchands de fer. Cet
amas formait un cube de 18^m 51, le fer forgé pesant 7,884 k.
le mètre cube, il représentait un poids de 145,932 k. Et
avec les instruments retrouvés à Khorsabad, et qui n'étaient
pas compris dans ce tas, un poids total de près de 160,000 k.
— Ces instruments étaient encore dans un état parfait de conservation, M. Place s'en est servi pour les fouilles et, dans
aucun cas, ce fer vieux de vingt siècles ne s'est montré de
qualité inférieure au fer neuf employé concurremment.

[3] Ces briques étaient entassées les unes sur les autres.

[4] On n'a retrouvé que quelques fragments de cuivre; plus
précieux que le fer il aura été emporté lors du pillage du palais.

[5] Ces magasins ne communiquaient pas ensemble et n'a-
vaient qu'un dégagement sur la cour ; à côté de chacun
d'eux, il y avait une chambre donnant dans le magasin même
destinée sans doute au logement d'un gardien.

lant l'existence de ces Dépendances, nous en avaient déjà fait connaître l'utilité. Sennachérib avait dit : «Les rois mes pères et prédécesseurs avaient construit la cour des Dépendances pour y déposer les bagages, pour y exercer les chevaux, pour la remplir d'ustensiles. » Et Assarhaddon : « La partie bâtie par les rois mes prédécesseurs pour contenir les bagages, surveiller les bêtes de course, les chameaux, les chars, les dromadaires... »

XIV. — Enfin, derrière les magasins d'approvisionnement régnait le Harem ou habitation des femmes. Il se composait de deux corps de bâtiment. Le premier avait la forme d'un parallélogramme équilatéral et était renfermé sur deux de ses côtés entre le gros mur des Dépendances et le mur de soutènement du monticule ; le troisième côté, au sud, faisait suite à la façade générale du palais donnant sur la ville, et la ligne du quatrième côté, vis-à-vis de l'Observatoire, était coupée par un deuxième corps de logis également rectangulaire qui se rattachait au corps de logis principal par une seule de ses façades et faisait saillie au dehors de l'alignement général du palais. Le premier corps de bâtiment mesurait 86 mètres en longueur et en largeur, soit en superficie 7,396 ^{m} ; le second 39 mètres de long. sur 37 de large, soit 1,443 ^{m} en superficie ; d'où un total de 8,839 mètres [1]. On sait que de tout temps l'Orient a séquestré les femmes, aussi la clôture de cette partie du palais était-elle des plus rigoureuses. Sur tout le développement de ses murs extérieurs, il n'existait que deux entrées. La première était située sur la façade générale S.-E., du côté de la ville ; elle servait à faciliter, aux personnes qui pouvaient sortir du Harem, les communications avec le dehors ; mais cette issue n'était qu'un véritable couloir, gardé de plus par un poste d'eunuques, et, avant d'atteindre à la fin de son parcours, s'infléchissant à angle droit, de telle sorte que, de l'extérieur, les portes mêmes étant ouvertes, on n'avait aucune vue sur l'intérieur de l'habitation. La seconde entrée, comme la première, se présentait sous la forme d'un passage très-resserré ; au milieu de son parcours, ce passage se divisait en deux

---

[1] M. Place, *op. cit.*, tome I, p. 109.

branches, l'une allait rejoindre les Dépendances,
l'autre donnait sur les esplanades, près des murs
extérieurs de la partie simple du Sérail ; c'étaient
là les deux seules voies par où le service se pouvait effectuer et par où le roi pouvait accéder à son
Harem ; encore fallait-il, avant d'y arriver, traverser
trois portes, deux antichambres gardées par des
postes d'eunuques, et n'aboutissait-on, après cela,
qu'à une avant-cour précédant le véritable corps
d'habitation où se trouvaient les femmes.

Le Harem comprenait plusieurs cours autour desquelles se rangeaient de nombreuses chambres et
quelques longues galeries destinées sans doute à
des fêtes et des festins. La surface des murs des
appartements n'était dans aucun endroit tapissée de
bas-reliefs, les parois n'étaient enduites que d'un
simple stucage de couleur blanche avec une plinthe
noire de 0 m 80 de hauteur ; partout les planchers
étaient pavés de briques [1] ou de dalles, à la différence du Sérail où on n'a retrouvé que l'argile bat-

---

[1] Le pavage en briques des chambres du Harem, était le
même que celui que nous avons indiqué déjà pour les cours ;
la couche de sable seulement était moins épaisse.

tue, et où les cours seules et les esplanades étaient
en briques.

Une de ces cours était ornée de statues et de
représentations de palmiers à écailles d'or [1], ses
murailles étaient presque totalement couvertes
d'une riche décoration de briques émaillées, et son
aire pavée de briques était traversée par deux lignes
de dalles, se croisant au milieu, et quelque peu en
saillie au-dessus des briques. Ces sortes de trottoirs
conduisaient à trois chambres à coucher, séparées
l'une de l'autre par toute la largeur de la cour dont
elles occupaient chacune un angle opposé. Ces salles
étaient spacieuses, plus longues que larges, et aux
deux tiers de la longueur un escalier en briques,
composé de cinq marches [2], haut de $0^m 60^c$,
s'étendait d'un mur à l'autre et se terminait par une

---

[1] Les palmiers, on le sait, étaient en grande vénération.
Voyez Hérodote, VII, 27, et VII, 31. Etc.

[1] Partout où l'on a retrouvé des escaliers dans le palais de
Khorsabad, on a compté le même nombre de marches. Ce
nombre était-il exigé par des motifs religieux ? Était-ce, comme
le disait Virgile, *Eglogue* VIII, vers 75, parce que :

..... *Numero Deus impare gaudet ;*

ou comme dit Vitruve III, 3, parce que : « Quand on monte à un
temple comme on commence du pied droit, les marches doi-

plate-forme de 3 mètres de large. Au milieu du mur
du fond était une alcôve destinée à recevoir un lit[1] ;
elle était élevée de 1 m 30 au-dessus de la plate-
forme de l'escalier et on atteignait le lit au moyen
d'un tabouret ou escabeau[2] ; cette alcôve était à fond
noir, décorée de demi-colonnes, et surmontée d'un
arc en briques émaillées. De la constatation de
trois corps de logis principaux entourant les trois
cours intérieures du Harem et offrant, quant
aux communications, le même agencement qu'à la
partie simple du sérail, de la disposition de ces
trois chambres à coucher, de la présence des
alcôves qui n'auraient pas existé dans des pièces destinées à des personnes de conditions inférieures, —
l'habitude en Orient ayant toujours été de faire cou-

vent être impaires sur la façade afin qu'on entre dans l'édifice également du pied droit. » Il est plus naturel de penser que
si, partout à Khorsabad, on retrouve ce nombre de marches,
c'est pour la raison bien simple que seules elles ont été faites
de matériaux résistants, briques ou dalles ; tandis que les
autres, en bois, auront été détruites, et ce qui vient à l'appui de ce dire c'est qu'on a pu, en maints endroits, reconnaître qu'elles n'avaient pas dû exister seules.

[1] Les dimensions de cette alcôve sont de 2 m 70 de long sur
1 m de large, grandeur bien suffisante pour un lit spacieux.

[2] C'est ainsi que nous l'indiquent les bas-relifs.

cher les serviteurs sur des tapis ou des nattes, —
M. Place a pu suppposer avec quelque certitude
que Sarkin avait trois reines. Sur la pierre qui
formait le seuil de l'une des chambres était gravée
du reste une inscription dans laquelle le roi invo-
quait le dieu qui appelle la fécondité sur les mariages : « Nisroch, seigneur des mystères qui perces
l'hymen, augmente la famille de Sargon, roi du
monde, roi d'Assyrie, vicaire de Babylone, roi des
Sumir et des Akkad ; qui as construit ce bâtiment
nuptial, rends facile la fiancée, féconde les embras-
sements qui font présager leurs conséquences heureuses par les taches de fard bleu et blanc. Eblouis
les yeux du roi, abasourdis son oreille, ô dieu qui
excite ses sens. Ecoute la voix de l'épouse.
Aide ses œuvres ; que des enfants lui soient
accordés [1]. » Les reines ne venaient occuper ces
chambres que quand elles y étaient appelées par
le roi ; en dehors de ce cas, elles restaient enfermées
dans les corps de logis qui leur étaient assignés [2].
« Toutes ces pièces à alcôve, dit M. Place, n'ont

[1] M. Oppert, *Exp. sc. en Mésop.*, tome II, p. 342.
[2] Voyez *le livre d'Esther*.

qu'un dégagement sur la cour, elles n'offrent aucune communication avec d'autres pièces, on ne pouvait y entrer ou en sortir que par une seule et unique porte ; une seule d'entre elles semble faire exception, mais le cabinet voisin n'a pas d'issue et peut à bon droit être regardé comme un boudoir dépendant de la pièce principale. » Chambres isolées, corps de logis distants les uns des autres, communications difficiles, telles étaient les dispositions qui avaient été prises pour la demeure des femmes ; tels se présentent encore les intérieurs des Harems de Mossoul, toutes les précautions qui ont été prises pour la clôture exacte et la surveillance active du Harem de Sarkin étant encore aujourd'hui commandées par la jalousie orientale toujours vivante en ces pays, et par la nécessité de prévenir la discorde et les haines qui devaient fatalement s'élever entre des femmes réunies en grand nombre[1].

---

[1] « Il faut entendre raconter les crimes dont leurs habitantes sont capables pour s'expliquer l'utilité de ces moyens défensifs. » M. Place, *op. cit*, tome I, p. 129. — Voyez l'épisode d'Amestris dans Hérodote, IX, 108 à 113 ; et que de crimes semblables, conséquences de haines, de jalousies violentes, l'Asie n'a-t-elle pas eu à enregistrer ?

XV. — « Dès les premiers jours de la découverte de Ninive, la question de la couverture des monuments assyriens a préoccupé les savants. Les bases des édifices, seules portions retrouvées pendant assez longtemps, révélaient, dans les parties inférieures, un système de construction essentiellement distinct de toutes les autres architectures, et l'on se demandait avec raison si les toitures se feraient aussi remarquer par leur caractère d'originalité[1]. »

Toutefois, jusqu'à l'époque des recherches de M. Place on avait trouvé si peu d'indications dans les bas-reliefs, les fouilles avaient donné de si minimes résultats, que cette question prêtait à la plus grande incertitude. Aussi ne s'était-on point fait faute de parcourir le champ des hypothèses ; mais aucune solution n'avait pu réunir tous les suffrages, et, comme il arrive souvent en pareil cas, personne n'avait songé à la seule combinaison possible, l'existence de voûtes et de terrasses en argile. « Ce système de terrasses et de voûtes était pourtant la suite naturelle ou pour mieux dire, la conséquence forcée des

[2] M. Place, op. cit., tome I, page 248.

éléments déjà connus de l'architecture assyrienne ;
des briques crues aux fondations et aux murs semblaient appeler et certainement n'excluaient pas des
couronnements en briques crues. Mais la voûte, la
plus hardie des combinaisons architectoniques, était
regardée comme une invention relativement récente ;
on n'en connaissait pas encore d'exemples dans les
constructions antiques de l'Orient, et aucun prati-
cien n'aurait en principe admis des voûtes établies
sans matériaux résistants [1]. »

La première conjecture posée au sujet du mode
de toiture usité émana de M. Flandin. Il pensa que
les salles, — les grandes salles du sérail de Khorsabad, puisque ce sont pour ainsi dire les seules que
M. Botta ait mis au jour,—avaient été recouvertes
d'une voûte en briques cuites, et il crut en trouver
la preuve dans les débris qu'il rencontra dans les
appartements. — M. Botta réfuta bientôt cette
opinion. En admettant même, dit-il, l'hypothèse de
M. Flandin, la toiture eût été faite de matériaux
plus solides que ne l'est la brique crue, en pierres

---

[1] M. Place, *op. cit.*, tome I, page 249.

ou en briques cuites ; par conséquent, on devrait retrouver des débris beaucoup plus considérables que ceux dont parle M. Flandin ; de plus, outre que les briques, éparses dans les décombres, ont une de leurs tranches plaquées d'une couche d'émail, elles n'apparaissent jamais au milieu des salles, mais sur les côtés, ce qui constitue une double preuve tendant à démontrer qu'elles ne sont point tombées d'une voûte, mais qu'elles ont fait partie de ces décorations qui avaient régné au-dessus des plaques sculptées [1].

M. Place vint apporter un nouvel argument contre le système de M. Flandin. Il a retrouvé des canaux voûtés avec des briques cuites, et partout il a constaté que, dans ce cas, l'agencement ninivite consistait à poser ces matériaux à plat au lieu de les poser sur la tranche, de telle sorte que « pour engendrer une courbe, il a été nécessaire de donner aux voussoirs la forme d'un quadrilatère irrégulier, plus étroit à l'un de ses côtés et plus large à l'autre. Il y a là un signe caractéristique d'une valeur déci-

---

[1] M. Botta, *op. cit.*, tome V, pages 66 et 67.

sive, et si des voûtes en briques cuites avaient surmonté les salles, tous les claveaux, c'est-à-dire des
millions de briques, auraient forcément affecté une
forme trapézoïdale. Or, pas une brique semblable
n'a été retrouvée dans les terres d'enfouissement [1]. »

A son tour, M. Botta exposa une nouvelle théorie d'après laquelle l'édifice dont il explorait les
ruines à Khorsabad aurait été à toiture plate en
charpente, « disposition qui est encore, dit-il, la
coutume de la contrée, » et qu'il crut pouvoir inférer des traces de poutres brûlées qu'il pensa avoir
reconnues [2].

Les Assyriens, il est vrai, avaient à leur disposition des bois de charpente ; ils en rapportaient
encore de leurs expéditions, et on ne saurait com-
battre l'opinion de M. Botta par la seule objection
que l'Assyrie se trouvait en cela dans les mêmes
conditions que la Chaldée. Cependant, pas plus que
l'hypothèse de M. Flandin, celle de M. Botta n'est
admissible.

La principale raison apportée à l'appui de la

[1] M. Place, *op. cit.*, tome I, page 250.
[2] M. Botta, *op. cit.*, tome V, page 69.

13

théorie des toitures plates se fondait sur la découverte de cendres et charbons trouvés dans quelques
tranchées ouvertes dans le monticule de Khorsabad, et on expliqua leur présence en disant qu'un
vaste incendie avait détruit le palais de Sarkin.
Mais l'action du feu n'a pas été générale, tant s'en
faut, et les observations de M. Place ont suffisamment démontré qu'au cas où il y aurait eu incendie,
les dégâts qu'il a occasionnés n'ont été qu'excessivement restreints. Au reste, tout l'argument de
M. Botta tombe devant l'apparition de fragments
de bois dans les débris ; cette matière, si elle
n'était pas restée toujours incorruptible comme le
cèdre de certaines représentations de palmiers
dorés retrouvés dans le Harem, était du moins
partout reconnaissable. « En effet, quand la décomposition avait fortement agi, le bois se pulvérisait,
les fragments s'en extrayaient avec bien plus de
facilité que l'argile tenace des remblais, et alors
les poutres restaient moulées dans l'épaisseur des
décombres [1]. » Ainsi donc, si une toiture en char-

[1] M. Place, *op. cit.*, tome I, page 252.

pente avait existé, on en aurait certainement retrouvé les éléments. Et le motif qui exclut la
présence de voûtes en briques cuites exclut de
même l'hypothèse de M. Botta.

Mais, à cette raison, d'autres viennent s'ajouter.
En Orient, comme l'a remarqué M. Fergusson, là
où dominent les toitures plates, la portée des poutres ne dépasse pas 25 pieds[1]. Or, dans les palais
Assyriens, on a retrouvé des salles mesurant 30 et
jusqu'à 40 pieds de largeur : comment donc admettre, — dans les grandes salles du moins, — l'agencement de poutres s'appuyant sur les murs, des
deux côtés, sans des supports qui les soutiennent
ou les relient. M. Botta lui-même, en exposant sa
théorie, s'était vu contraint d'admettre cette disposition, et M. Fergusson avait même été, dans ses
reconstitutions, jusqu'à assigner la place que ces
rangées de piliers ou supports avaient dû occuper[2].
Malheureusement, on n'a retrouvé non-seulement
aucune trace de ces appuis, mais pas même leur

[1] M. Fergusson, *Palaces of Nineveh*, page 276.

[2] M. Fergusson, *Palaces of Nineveh*, p. 262 ; — *Handbook of Architecture*, p. 171.

emplacement aussi bien sur les parquets en briques ou en dalles que sur ceux en argile. M. Botta qui, pour appuyer sa théorie, avait fait des recherches sur l'aire d'une des grandes salles de Khorsabad, fut forcé d'avouer lui-même qu'il n'avait rencontré aucun indice [1].

Enfin, quand, dans les inscriptions, les rois, parmi tous les matériaux qu'ils citent, font l'énumération des bois employés à la construction des palais ou des temples, toutes les essences dont ils parlent sont des essences rares, précieuses et qui n'ont dû servir qu'à l'ornementation [2].

Au surplus, M. Place est venu élucider totalement la question.

Depuis les découvertes faites en Chaldée et en Assyrie, il a fallu reculer l'invention de la voûte jusqu'à une époque si lointaine que l'on peut l'apprécier à peine. Nous avons vu déjà la Chaldée,

[1] M. Botta, *op. cit.*, tome V, page 70.

[2] Voyez plus loin l'inscription de Sarkin. Il n'a jamais put être non plus question, en Assyrie, de toitures à double pente cette disposition, qui a engendré le fronton, était totalemen, inconnue des Ninivites, elle ne nous est offerte par aucun bas-relief.

forcée par la nature de son sol, à l'invention des
bâtisses curvilignes ; et à Khorsabad, à Nimroud,
on a pu reconnaître que les Assyriens n'avaient
rien perdu des traditions que leur avaient léguées
leurs ancêtres [1].

Les aqueducs, les égouts qui régnaient sous le
plus ancien des palais de Nimroud et sous celui
de Khorsabad, ont tous présenté la voûte. « Et
à considérer même toute la variété qu'ils ont
donnée à la forme des arcs, on serait tenté de
dire que les Assyriens ont cherché à réunir, à
marier ensemble toutes les courbes connues pour
la satisfaction de se créer des difficultés et de les
vaincre. Cintre surbaissé, voûte en anse de panier,
plein cintre, ellipse, ogive évasée, ogive étroite,
tiers-point, angle aigu, pieds droits posés en
décharge, toutes les combinaisons sont réalisées.
Ce qui ajoute à ces singularités, c'est que les courbes les plus différentes se trouvent rassemblées
dans la même bâtisse ; les formes se succèdent, se

---

[1] Et il est plus que probable que si les Etrusques ont légué
la connaissance de la voûte aux Romains, c'est qu'ils la tenaient des Phéniciens qui l'avaient prise à l'Assyrie.

fondent les unes dans les autres par d'insensibles
dégradations et avec un art consommé [1]. »

C'est encore la voûte que nous allons retrouver
dans la toiture des édifices. Mais elle ne sera plus,
comme dans les canaux, faite de briques cuites, elle
sera d'argile. « C'est encore l'argile que nous allons
revoir en œuvre, dit M. Place, et cette fois, non
plus sous la forme de massif terreux ou de murs
droits, mais bien sous la forme de bâtisses curvilignes, de véritables voûtes. Toujours fidèles à leurs
principes et à leurs traditions, les Assyriens n'ont
pas voulu changer de matériaux, même en exécu-
tant la partie la plus difficile de la construction [2]. »

Maintes fois, dans les fouilles, au milieu des
chambres ou sur leurs côtés, M. Place avait rencontré des blocs d'argile de forme cintrée, tapissés
de stucages blanchâtres et même de fresques à leur
face inférieure ; en certains endroits, ces portions
d'arcs avaient plusieurs mètres de longueur, un ou
deux mètres d'ouverture et près d'un mètre à la
clef. De prime abord on croyait à l'existence d'un

[1] M. Place, *op. cit.*, tome I, pages 275 et *seqq.*
[2] M. Place, *op. cit.*, tome I, page 253.

caveau, mais soudain, sans cause appréciable, ce
prétendu caveau s'interrompait et l'on restait à se
demander quel pouvait être l'intérêt de ces blocs
curvilignes. Dans l'intervalle arriva la découverte
des portes de la ville et des voûtes en berceau qui
surmontaient le passage central. M. Place se mit
à les étudier attentivement. « Les matériaux, dit-
il, étant des briques sorties du même moule, il n'y
avait pas lieu de les soumettre aux opérations de
la taille, c'est le moulage qui leur donnait le trait
nécessaire à l'assemblage. Le système d'appareil
est conséquemment des plus simples ; les sommiers
ou coussinets s'appuient sur les pieds droits sans
aucun encorbellement, la voûte prend naissance en
haut même des murs verticaux dont elle est la
continuation harmonieuse, et la ligne droite se
transforme en ligne courbe sans heurtement, sans
effort, sans brusquerie. Tous les voussoirs posés
à plat s'élèvent insensiblement jusqu'à la clef et
composent un intrados parfaitement régulier. Je
n'ai pas besoin d'indiquer que les claveaux sont
en nombre impair tant ce principe est élemen-
taire dans la construction des voûtes, et certaine-

ment il n'aurait pas été violé par les Assyriens, si
habiles en tout ce qui constitue la solidité et la régularité des assemblages [1]..... Il est un autre point
essentiel à rappeler : c'est la nature, la composition même des claveaux. La terre dont ils sont formés n'est plus à l'état de mollesse, de ductilité propre
à l'argile des murs droits et du monticle ; elle n'est
plus liante et savonneuse au toucher ; elle a, au
contraire, quelque chose de sensiblement âpre et
rugueux. On en pourrait conclure qu'après être
sorties du moule les briques ont passé par une assez
longue dessication, car elles étaient faciles à rompre
et avaient certaines ressemblances avec les briques
crues mentionnées par Vitruve. En cet état, elles
ne pouvaient pas adhérer les unes aux autres [2]. »
Aussi, M. Place a-t-il trouvé dans cette bâtisse de
véritables joints dus a l'introduction d'une argile
plus molle entre les faces portantes des claveaux ;
limon qui , resté ductile, remplissait le rôle de

[1] Trois rangs de voussoirs superposés dont les joints ten-
dent régulièrement au centre de la ligne génératrice, telle
était la composition du corps des voûtes.

[2] M. Place, *op. cit.*, tome I, page 256.

ciment et imprimait en même temps à la construction la courbe directrice de la voûte. Un stucage
blanc était étendu sur toute la surface de l'intrados.
Au-dessus des trois rangs de voussoirs se continuait
la muraille d'enceinte présentant encore 16 mètres
de hauteur, de telle sorte qu'au premier coup d'œil,
on eût dit plutôt un tunnel creusé dans un bloc
énorme d'argile qu'une voûte appareillée en matériaux réguliers. Cette découverte et l'étude qui en
fut la suite amena bientôt la reconnaissance de bâtisses semblables aux principales entrées du palais ;
puis aux entrées de moindre importance ; enfin,
tout tendit à prouver, — et leur disposition semblable à celle des voûtes des portes, et leur analogie avec elles, jusqu'à la couche de stucage blan-
châtre étendue sur toute la surface de l'intrados et
des unes et des autres, — que les blocs curvilignes
retrouvés tant au milieu que sur les côtés des
chambres, n'étaient que des fragments de voûtes
en berceau tombés sur les planchers avec le temps
et la ruine de l'édifice.

Immédiatement une objection vient se poser.
Comment des murailles en argile ont-elles été ca-

pables de supporter et de résister à la poussée d'une
voûte telle qu'on la conçoit d'après M. Place? —
M. Place, lui-même, répond à cette objection. «C'est
ici que nous avons l'explication catégorique de ces
étranges épaisseurs » données à tous les murs sans
exception, même aux simples murs de refend, aux
cloisons. « Le plus grand danger auquel la stabilité
d'une voûte soit exposée venant de l'écartement
des supports, cette difficulté aura naturellement
préoccupé avant toute autre les architectes assyriens, et ils ont dû s'efforcer de donner aux points
d'appui une force de résistance suffisante pour
maintenir la toiture en équilibre. Or, l'argile avec
ses qualités médiocres ne pouvait offrir d'autre résistance efficace que sa masse opposée à la poussée
des voûtes surmontées elles-mêmes de lourdes terrasses [1]. »

On a allégué une seconde objection contre l'existence des toitures voûtées. Il est de toute improba-
bilité, a-t-on dit, que les Assyriens aient été assez
avancés dans l'art de bâtir pour avoir été capables

[1] M. Place, *op. cit.*, tome I, page 262.

de constuire une voûte qui pût recouvrir quelques-
unes de leurs grandes salles. Il est vrai qu'ils connaissaient cette disposition de longue date, mais on
n'a aucune preuve qu'ils l'aient appliquée sur une
large échelle. Les plus grandes voûtes rencontrées
en Assyrie sont celles des portes d'Hisr-Sarkin,
mais elles n'ont pas recouvert un espace de plus de
14 ou 15 pieds, et quelques-unes des grandes salles
des palais mesurent jusqu'à 40 pieds de largeur[1].

La forme même des salles combat cet argument.
Comment, si la force des choses ne les y avait
contraints, les Assyriens, si grands amateurs des
carrés parfaits puisqu'ils les ont adoptés partout où
ils l'ont pu, villes, cours, terrasses, auraient-ils été
construire des salles, quatre, cinc, six, même sept

---

[1] « *The principle of the arch was indeed well known to
the Assyrians ; but hitherto we possess no proof that they were
capable of applying it on a large scale. The widest arch which
has been found in any of the buildings is that of the Khorsabad town-gate uncovered by M. Place, which spans a space of
(at most) fourteen or fifteen feet. But the great halls of the Assyrian palaces have a width of twenty five, thirty and even
forty feet. It is at any rate uncertain whether the constructive
skill of their architects could have grappled successfully with
the difficulty of throwing a vault over so wide an interval as
even the least of these.* » — M. G. Rawlinson, *op. cit.*, tome I,
p. 378.

fois plus longues que largesº? N'ont-ils pas dû avoir
de sérieux motifs pour astreindre ces dernières à la
forme de parallélogrammes allongés. « Des chambres
ainsi faites devaient présenter une suite successive
de hautes nefs et de longs corridors peu favorables
à l'habitation et surtout au développement de la
pompe asiatique. Un cortége royal se déploie mieux
dans des salles spacieuses que dans des couloirs res-
serrés, et la suite nombreuse qui accompagnait les
monarques ninivites devait éprouver une gêne réelle
dans ces étroites galeries. Pour s'être privés systé-
matiquement de beaux effets architectoniques et
pour avoir soumis les habitants du palais à ce genre
de contrainte, il faut certainement que les édifica-
teurs aient obéi aux exigences impérieuses de la nature des matériaux. La voûte en argile crue ne pouvant recevoir qu'une portée limitée, les dimensions
des salles ont dû être conçues de manière à ne pas
engendrer un trop grand écartement[2]. »

D'épaisses terrasses venaient protéger ces voûtes. Leur existence a été prouvée non-seulement

[1] Voyez ce que nous avons dit à ce sujet page 171 et note [1].
[2] M. Place, *op. cit.*, tome I, page 263.

par les bas-reliefs, mais encore par les fouilles, car
la masse de terre, au milieu de laquelle les murs
des édifices étaient emboîtés jusqu'à des hauteurs
de 4, 5, 6 et 7 mètres, était trop considérable
pour ne provenir que des débris des voûtes et du
sommet des murs. Elles étaient bordées d'un parapet découpé en forme de créneaux, s'avançant en
encorbellement sur la muraille. D'après les sculptures, les créneaux connus des architectes assyriens étaient de deux sortes : « Les uns, dit
M. Place, se composent de merlons triangulaires,
dont la base repose sur le parapet, ils affectent la
disposition *en dents de scie*, et ressemblent aux
sommets découpés des palissades en bois. Les
autres présentent une succession de merlons et
d'embrasures de forme rectangulaire ; le merlon
est fait de deux rectangles inégaux et superposés ;
le plus grand à la base, le plus petit par-dessus ;
l'embrasure renverse la figure et donne un grand
parallélogramme en haut et un plus petit en bas [1]. »
Ces derniers ont été observés par M. Layard dans

---

[1] M. Place, *op. cit.*, tome II, page 53.

les constructions de Khalah-Scherghat[1]. Ils avaient
été aussi adoptés à Hirs-Sarkin où M. Place en a
retrouvé des spécimens[2].

Enfin, d'indications fournies par les bas-reliefs,
il résulte, d'une façon tout à fait positive, que quelques salles de forme carrée[3] ont été recouvertes de
coupoles hémisphériques moulées en pisé d'un seul
bloc qui faisaient saillie au-dessus de la ligne des
terrasses[4].

Si donc, retenus par la nature de leurs matériaux,
les Assyriens, dans la construction des voûtes, n'ont
pas été aussi loin que l'on a fait après eux, il n'en
est pas moins vrai, comme le dit M. Place, que l'on
est autorisé à voir dans la variété et la perfection de

---

[1] M. Layard, *Nineveh and its remains*, tome II, page 61 :
« *The battlement, still existing on the top of this wall, are cut
into gradines ressembling in this respect the battlements of
castles and towers as frequently represented in the Nimroud
sculptures.* »

[2] M. Place a retrouvé cette disposition appliquée au parapet du monticule et de la tour à étages de Khorsabad, ce
qui lui a permis, dans ses reconstitutions, de la rétablir partout où des parapets avaient existé.

[3] Cette forme même rendait la voûte en berceau imprati-
cable.

[4] Voyez à ce sujet M. Place, *op. cit.*, tom. I, pp. 265 et *seqq.*

leurs bâtisses curvilignes le germe des grands monuments de Rome et des temps modernes ; il n'en
est pas moins vrai que l'existence, dans les canaux
de Khorsabad, de la voûte appareillée en petits
matériaux, nous révèle chez les Assyriens l'existence
d'une civilisation parvenue déjà à un haut degré
d'avancement [1].

XVI. — Le mode d'éclairage usité pour les édifices était aussi incertain que le mode de toiture
avant les découvertes de M. Place. A Khorsabad,
à Koyoundjick, les murailles qui, malgré leur
état de ruine, avaient cependant conservé des élé-

---

[1] « La voûte en petits matériaux appareillés, régardée à
bon droit comme le dernier mot de l'art de bâtir, exige une
science si profonde dans le calcul des forces et des résis-
tances, une expérience si consommée dans la taille et l'assemblage des matériaux, que personne ne s'attendait à la rencontrer parmi des bâtisses tellement anciennes et à la voir exécutée seulement avec des substances de qualité si inférieure...
Il y a là toute une révélation sur l'état de la vieille société
assyrienne, car les expériences, les calculs nécessaires au
bon établissement, à la stabilité, à la durée des constructions
voûtées, démontrent l'existence d'une civilisation parvenue à
un haut degré d'avancement. » — Voyez au sujet des *Canaux
et Conduites* de Khorsabad, M. Place, *op. cit.*, tome I, pages
269 et *seqq.*

vations de trois mètres au moins et parfois de cinq et sept mètres, n'avaient en effet présenté aucune trace d'ouvertures destinées au passage de l'air et de la lumière. Dans les seules constructions de Nimroud, ou mieux, dans une seule salle d'un des palais de Nimroud, M. Layard avait eu des exemples de baies ménagées à hauteur d'homme et créées lors de la construction, car la pierre des bas-reliefs qui servaient de chambranles avait été découpée de façon à laisser place à la fenêtre sans interrompre la scène sculptée sur la plaque. Mais ce fait unique ne pouvait constituer qu'une exception. On ne devait point s'étonner du reste de l'absence de fenêtres, comme nous les comprenons, dans les édifices assyriens. L'Egypte, la Grèce, Rome n'ont jamais sacrifié, comme nous le faisons aujourd'hui, les détails les plus essentiels de la distribution intérieure des édifices au coup d'œil produit par le percement des façades. Et bien certainement, l'Assyrie avait dû les précéder dans cet ordre d'idées, l'Assyrie pour laquelle la vie intérieure, la vie du foyer, l'existence domestique était plus réservée, plus cachée qu'elle ne l'a jamais été chez aucun de ces peuples, qui entourait ses Harems de précautions bien plus exagérées encore que ne le faisaient la Grèce et Rome pour leurs gynécées.

Et de plus, la grande lumière n'est-elle pas inséparable de la chaleur ? Nous l'observons, sous notre ciel tempéré, lors des périodes d'été ; combien à plus forte raison devait-on s'en garder sous le ciel brûlant de l'Orient. — Percée de baies nombreuses, à leur base, les murailles eussent-elles conservé assez de solidité pour résister à la poussée des voûtes, au poids énorme des terrasses ? — Qu'eussent été enfin ces ouvertures dans des épaisseurs de neuf et même de vingt-quatre pieds ? Des embrasures, à peine.

Enfin, l'Orient, si tenace dans ses coutumes, n'agit point autrement maintenant encore. « Les voyageurs qui ont habité ou parcouru les villes d'Orient, ont vu, dit M. Place, ce système de constructions où pas une fenêtre ne vient égayer l'aspect des rues. Les sentiments de la jalousie d'ailleurs ne sont pas la seule cause de ces dispositions. Indépendamment de sa propension instinctive à la défiance, le caractère oriental tourné plus volontiers à la contemplation qu'à l'étude n'éprouve pas la nécessité d'une grande lumière. Même dans les plus vastes bâtiments de Mossoul, de Bagdad et des autres villes de ces contrées, on compte à peine une ou deux pièces suffisamment éclairées, parce qu'elles sont destinées à recevoir les visiteurs. Les autres sont réellement obscures et conviennent à des hommes pour qui la maison est une retraite, un lieu de repos absolu où ils ne se livrent à aucune lecture, à aucun travail[1]. »

Aussi, dès le principe, laissant de côté tout rapprochement avec nos usages, les explorateurs recherchèrent-ils un système d'éclairage et d'aération dans la toiture même des édifices, et par conséquent, chacune des théories proposées pour la couverture eut nécessairement, comme corollaire, son système d'éclairage.

MM. Botta et Fergusson, tout en admettant le même principe de couverture, avaient toutefois deux théories différentes pour expliquer l'éclairage. Le système adopté par M. Botta est celui qui est encore, dit-il, en usage en Arménie : « Quatre grandes

[1] Voyez M. Place, *op. cit.*, tome I, page 316.

poutres souvent à peine dégrossies se croisent au milieu de la maison, d'autres solives sont ensuite placées diagonalement sur les angles du carré formé par le croisement des maîtresses poutres, puis d'autres successivement sur les angles des carrés qui deviennent de plus en plus petits. Il en résulte un petit dôme ouvert au sommet et par lequel pénètre la lumière et s'échappe la fumée [1]. » — M. Fergusson, d'autre part, introduisait la lumière par les côtés des salles, supposant que le toit ne posait pas directement sur les murs, mais sur des rangées de piliers [2]. Un bas-relief trouvé à Koyouncjick et représentant une ville d'Arménie, semble en effet reproduire cet arrangement, mais on peut aussi bien n'y voir qu'une simple ornementation, et du reste de son existence en Arménie, on ne saurait rien conclure à l'égard de l'Assyrie.

Enfin ces questions, éclairage, toiture, présentaient tant de difficultés, qu'on imagina, procédé bien plus simple, de dire que le système adopté dans les grandes salles était celui que les Grecs avaient

[1] M. Botta, *op. cit.*, tome V, page 73.
[2] M. Fergusson, *Palaces of Nineveh.*

nommé, ὑπαίθρον, hypèthre, c'est-à-dire que les grandes salles étaient restées découvertes, comme on l'avait remarqué pour certains temples de l'Egypte et de la Grèce. M. Layard le premier établit cette théorie ; un rebord en saillie, dit-il, suffisamment large pour donner un abri et de l'ombre, s'étendait sur les quatre côtés de l'appartement, le centre restait à découvert[1].

Mais il est évident que les Assyriens n'avaient pu songer un seul instant à une pareille disposition. Que d'incommodités dans la saison chaude ! Quelles plus grandes incommodités dans la saison des pluies, si abondantes alors[2] !

C'est encore à M. Place que l'on doit d'être fixé sur le mode d'éclairage des chambres assyriennes.

Il était évident d'abord, et d'après l'exemple que

---

[1] Layard, *Nineveh and its remains*, tome I, p. 259 ; — Cf. *Nineveh and Babylon*, p. 647 ; — Voyez encore *Monuments of Nineveh*, 1st series, pl. 2, la restauration d'un intérieur assyrien.

[2] Que l'on se souvienne que les planchers de ces salles étaient d'argile battue. « *The pavement of the halls, being mere sun-dried brick, would, under such circumstances, have been turned into mud.* » M. Fergusson, *Palaces of Nineveh,* p. 270.

M. Layard avait eu sous les yeux à Nimroud, et d'a-
près les bas-reliefs qui nous montrent fréquemment
les constructions percées de fenêtres plus ou moins
nombreuses, que les Assyriens n'avaient pas craint
de ménager dans les murailles des ouvertures qui
contribuaient à introduire l'air et la lumière dans
les chambres, mais à des hauteurs et dans des endroits où elles ne pouvaient en rien nuire à la solidité des constructions ; aussi M. Place, utilisant ce
fait acquis, a-t-il pu déjà, dans ses essais de restauration du palais de Khorsabad, assigner, hypothéti-
quement il est vrai, mais avec les plus grandes pro-
babilités, la place de quelques baies semblables.
Mais forcément étroites et restreintes en nombre,
ces baies ne pouvaient suffire à l'éclairage et à l'aération de tout l'édifice.

Un second moyen avait donc été commandé.
« Un coup d'œil jeté sur les plans généraux et
particuliers du palais de Khorsabad, dit M. Place[1],
nous fait voir une véritable profusion d'entrées, de
dégagements, qui mettent les chambres en commu-

[1] M. Place, *op. cit.*, tome I, page 312.

nication soit entre elles, soit avec les cours. » D'un autre côté, la plus petite de ces portes n'a pas moins de deux mètres d'ouverture ; le plus souvent on trouve des entrées de trois mètres, parfois cette argeur est encore dépassée ; et on peut, sans exagération, leur assigner une hauteur voisine de cinq mètres. « De pareilles dimensions constituaient des baies exceptionnellement vastes, surtout quand la majeure partie de ces baies a pour objet de desservir non pas des salles d'apparat, mais des pièces destinées aux services les plus ordinaires..... Et puisque des architectes assez préoccupés de la solidité de leurs murs pour en écarter si soigneusement les fenêtres, n'ont pas craint de pratiquer tant de vastes portes, il n'est pas douteux que ces portes, tout en servant d'abord à la circulation, ne dussent encore contribuer pour beaucoup à l'éclairage et à l'aérage des appartements [1]. » Ce procédé, au reste, est encore en usage dans toute cette partie de l'Orient, et, par leurs dimensions, les portes de Khorsabad étaient bien plus propres à cette destination

[1] M. Place, *op. cit.*, tome I, page 313.

que ne sont celles des maisons de Mossoul par
exemple.

Mais, tout en comprenant un semblable agencement pour les salles qui donnaient sur les cours,
on pouvait avec raison se demander s'il en ré-
sultait un éclairage suffisant encore pour les
grandes salles, les longs couloirs. Il y avait au
surplus dans le palais de Sarkin des chambres
sans communication directe avec le dehors, entourées d'autres chambres de tous côtés, et qui,
dès lors, avaient nécessité un tout autre procédé que
ceux que nous venons d'indiquer. Après quelques recherches, M. Place fut assez heureux pour
rencontrer tous les éléments nécessaires à sa reconstitution. Il a retrouvé dans certaines chambres,
des manchons en terre cuite de 0^m 34 de diamètre et 0^m 20 de hauteur, un peu déprimés au
milieu, s'élargissant à leurs ouvertures terminées
en bourrelet et pouvant ainsi être superposés les
uns aux autres. Ces manchons avaient certainement
été engagés dans les voûtes des appartements, et
de la sorte, apportaient du dehors l'air et la lumière.
Certaines habitations d'Arménie et les étuves voû-

tées des bains turcs sont encore éclairées de cette manière[1]. Pour éviter que, par ces ouvertures, la pluie ne tombât dans les salles ou que la grande chaleur n'y pénétrât, on les fermait au besoin, probablement avec ces peaux de veaux-marins dont nous parlent les inscriptions et auxquelles la superstition donnait la vertu de préserver de la foudre.

XVII.— La sculpture a tellement fait partie intégrante de la construction assyrienne que l'on ne saurait parler de l'une sans en même temps jeter un coup d'œil sur l'autre.

L'argile crue dont se composaient les murailles étant de sa nature friable et peu résistante, avait contraint l'architecte à chercher quelques expédients qui, venant remédier à la qualité inférieure de la matière, protégeassent les surfaces des murs. Dans la plupart des cas, il les avait revêtus d'un simple stucage ; plus rarement, il avait utilisé la brique émaillée, et dans les endroits enfin, où, par suite d'un passage incessant, cette dernière n'eût pas suffi

---

[1] Voyez M. Place, *op. cit.*, tome I, page 315.

pour empêcher les dégradations, comme aux portes des villes, aux grandes entrées des palais, aux Sélamliks dans lesquels les réunions étaient fréquentes et nombreuses, il avait appliqué contre la ligne des murailles un revêtement de plaques d'albâtre gypseux qui montait jusqu'à une hauteur variant entre 1ᵐ et 3ᵐ, 3ᵐ 65 au plus. Ces plaques avaient à peu près 0ᵐ 20ᶜ d'épaisseur et de 2 à 4 mètres de largeur ; elles s'enfonçaient de quelques centimètres dans le sol, leur face en contact avec le mur était rugueuse et profondément incisée afin qu'elle pût adhérer à l'argile, et enfin, pour ajouter encore à la solidité des crampons, *(dovetails)*, de plomb ou de bronze, à double queue d'aronde, s'encastrant dans les panneaux adjacents les reliaient les uns aux autres [1]. Utilisé par des hommes de goût, ce système de revêtement ne pouvait manquer de prendre de l'extension. L'architecte le livra au sculpteur. Les pierres d'abord frustes, se dégrossirent sous le ciseau, et finirent par acqué-

[1] A Nimroud, M. Layard put encore constater les marques ou taches laissées sur les plaques par ces crampons de métal. — M. Place en reconnut aussi l'existence à Khorsabad. Voyez M. Place, *op. cit.*, tome II, p. 69.

rir une si grande valeur décorative que si on ne les
retrouvait simplement ébousinées dans les endroits
où l'ornement n'était d'aucune nécessité, on pourrait
se demander aujourd'hui si leur rôle primitif, au
lieu d'être purement architectural, n'a pas été plutôt
purement décoratif; si ces plaques, au lieu d'être
destinées au seul revêtement de la muraille, n'ont
pas été dressées au contraire dans le but unique
d'être couvertes de bas-reliefs[1].

D'un autre côté, sans la description des sculptures qui ont orné les demeures des rois, ou si l'on
veut qui ont été la conséquence d'une certaine disposition architecturale, la description d'un palais
assyrien serait incomplète. Ce ne sont pas en effet
quelques bas-reliefs épars que l'on y rencontre, ce
sont des lignes sans fin ; les grandes entrées en sont
garnies, les murs des Sélamliks en sont couverts ;
et pour ne citer qu'un exemple, à Khorsabad, ils

---

[1] Les Assyriens sculptaient ces plaques après et non avant
la mise en place, car fréquemment, les sujets des représentations sont divisés, partie sur une plaque, partie sur la suivante. Le plus souvent, avant d'appliquer ces panneaux sur
les murs, on gravait des inscriptions sur la face qui devait
être cachée ; ces inscriptions contenaient le nom, le titre, la
généalogie du prince qui avait fait construire le monument.

ont offert un développement, pour vingt-trois
chambres, de 1368 mètres, pour sept cours, en
comptant les montants de quarante-deux portes de
628 m, ce qui nous donne un total de près de
2 kilomètres de sculptures. Comme, enfin, leur hauteur moyenne est de 3 mètres, nous avons de superficie générale 6000 mètres, et dans ce chiffre
ne sont point compris encore quelques bas-reliefs
colossaux qui ornaient des entrées principales, et
vingt-quatre paires de taureaux[1]. Tels sont les motifs qui nous conduisent à présenter un aperçu de
l'art sculptural en Assyrie.

C'est surtout, nous pourrions dire seulement, par
l'étude des bas-reliefs que l'on peut juger de la
sculpture assyrienne, car ce n'est que très-rarement
que des statues ont été retrouvées dans les ruines,
et encore quelques-unes parmi le peu que nous
possédons ont-elles beaucoup souffert des injures
du temps et de la main des hommes[2]. Quelles cau-

---

[1] Ces chiffres nous sont donnés par M. Place, op. cit.,
tome I, p. 69.

[2] Nous citerons : Une statue découverte par M. Layard à
Kalah-Scherghat ; elle est en basalte noir et représentait
probablement un roi assis sur un bloc carré couvert sur

ses se sont opposées au développement de la statuaire ? Le gypse a-t-il semblé trop fragile à l'artiste pour qu'il lui permît de détacher les membres ? Le basalte lui a-t-il paru trop dûr pour qu'il pût arriver à le manier habilement[1] ? Des coutumes, des conventions, des traditions l'ont-elles arrêté ? On ne sait. Quoi qu'il en soit, les statues conçues avec une incroyable maladresse, absolument plates et ne pouvant par conséquent être vues que de face, sont de toutes les productions assyriennes les plus défectueuses et les plus grossières.

trois côtés d'inscriptions cunéiformes ; la tête a disparu, une partie de la barbe se voit encore ; les avant-bras sont cassés, mais les mains paraissent avoir été posées sur les genoux ; une longue robe à franges tombait jusqu'aux malléoles. Voyez Layard, *Nineveh and its remains*, vol. II, pp. 51 et 52. Cette statue est maintenant au Musée Britannique. — La statue d'Assournasirpal trouvée à Nimroud. Nous en avons déjà parlé, page 44. Voyez Layard, *Nineveh and Babylon*, vol. II, p. 361. Cette statue est au Musée Britannique. — Dans le même Musée, sont encore deux statues du dieu Nebo trouvées à Nimroud. — Une statue d'Ishtar a été déterrée à Koyoundjick. — Une statue de Sargon a été trouvée à Idalie dans l'île de Chypre ; on la voit au Musée de Berlin. — Plusieurs enfin ont été rencontrées dans le Harem de Khorsabad par M. Place. Voyez M. Place, *op. cit.*, tome I, pp. 122 et *seqq.* ; et tome II, pp. 70 et 71.

[1] Même dans les bas-reliefs, quand le ciseau assyrien avait à faire au basalte ou aux pierres dures, son œuvre était grossière. Il ne réussissait qu'avec l'albâtre.

La sculpture s'est montrée tout autre dans les bas-reliefs.

Les représentations que ces derniers nous offrent peuvent se diviser en cinq grandes classes : scènes de guerre ; scènes religieuses ; cortéges, marches royales; chasses, courses ; scènes de la vie privée. Ici nous assistons au transport d'un de ces colosses qui va former un montant d'une des grandes entrées d'un palais ou d'une ville ; nous pénétrons dans l'intérieur d'une habitation; dans un jardin. Là, ce sont des chasses aux oiseaux, aux bêtes fauves, au lion, au taureau sauvage ; tantôt c'est le roi lui-même qui leur décoche des traits; tantôt, assis sur son char, au milieu de ses musiciens, il reçoit l'offrande des victimes qui lui est faite par des chasseurs armés de flèches. Plus loin, nous reconnaissons le défilé de ces marches royales, rentrées triomphales dont nous avions lu la description dans l'historien grec Xénophon[1] ;

---

[1] Les données de Xénophon, *Cyrop.* VIII, 3, sont tellement exactes, que l'on pourrait croire qu'il a copié les dessins des monuments de Khorsabad, Koyoundjick ou Nimroud. — Les Perses, « les plus curieux des usages étrangers, » dit Hérodote, avaient adopté la plupart des coutumes assyriennes.

Plus loin encore nous voyons le roi célébrer des cérémonies religieuses, ordonner des sacrifices ; une figure ailée plane au-dessus de lui, c'est la représentation du dieu qui le protège, du dieu qui donne la victoire à ses armées, d'Assour qui porte dans une main l'anneau de la domination universelle. Enfin, ce sont des scènes de guerre ; — des batailles navales : des eaux sans perspective, à travers lesquelles nagent des poissons, supportent des barques superposées dont les proues sont en forme de têtes de chevaux et que conduisent des rameurs ; — le siége d'une ville : la cité est figurée par une forteresse environnée d'eau, les assiégeants se servent de tours roulantes, de béliers, les assiégés lancent des feux sur l'ennemi ; — la prise de cette ville : des femmes fuient sur des chariots traînés par de jeunes bœufs, des hommes passent l'eau portés sur des outres gonflées, les vainqueurs emportent les dépouilles et des eunuques grammates, debout près des portes, comptent à mesure qu'ils défilent les moutons, les bœufs et autres bestiaux, en inscrivent le nombre avec des roseaux sur des rouleaux de papyrus. Sur d'autres

panneaux, on voit le monarque, portant son sceptre
d'une main, un fouet de l'autre, coiffé de la tiare
droite entourée de diadèmes, vêtu d'une robe blanche
bordée d'une large frange et couverte de broderies,
accompagné de trois eunuques dont l'un tient un
chasse-mouche, les autres, ses armes, présider à
un passage de troupes dans les montagnes, recevoir
des ambassadeurs, ou considérer de longues chaînes
de vaincus qui passent un à un devant lui, la tête
baissée, nue ou ceinte seulement d'un bandeau, les
mains attachées derrière le dos. Toutes ces représentations étaient peintes de vives couleurs. On
peut encore en observer la trace sur les bas-reliefs;
la Bible du reste nous l'avait appris; Ezéchiel,
comparant l'apostasie de Jérusalem aux débauches
d'une prostituée, avait dit : « Et encore a-t-elle
augmenté ses prostitutions quand elle a vu des
hommes peints sur les murs, savoir les images des
Chaldéens peintes de vermillon, ceints de baudriers
sur leurs reins et ayant sur leur tête des coiffures
flottantes et teintes, des tiares de diverses couleurs [1]. » De longues lignes d'écriture cunéiforme,

[1] Ezéchiel, ch. 23, ẏẏ. 15 et 16.

surperposées, gravées en creux, placées soit au-dessus des groupes, soit dans les espaces intermé-
diaires, entre deux zônes de figures, soit en es
pèces de cartouches sur le fond, soit enfin gravées
par dessus les bas-reliefs mêmes, nous expliquent
les représentations ; elles en sont le complément
graphique, une sorte de commentaire ; elles nous
redisent les hauts faits des rois et nous apprennent tous leurs titres à l'affection de leurs sujets. C'est l'histoire, la vie, la religion de la nation
assyrienne tout entière qui se déroulent devant nos
yeux.

« L'art assyrien, dit M. Botta, paraît tout à fait
distinct de celui des autres peuples contemporains,
quoiqu'on puisse cependant trouver quelques rapports entre les premiers essais de toutes les nations. L'homme est partout le même, et partout il
a dû suivre une marche à peu près identique lorsqu'il a cherché à représenter par des images peintes
ou sculptées les objets qu'il voyait ou les faits importants dont il voulait perpétuer le souvenir. Dans
ces âges de simplicité et d'ignorance, d'ailleurs, les
instincts superstitieux dominaient sans partage et

laissaient aux institutions théocratiques toute leur
influence. Il ne faut donc pas s'étonner si, par
quelques caractères, la sculpture de Ninive rappelle
celle de l'Egypte ou celle des premiers âges de la
Grèce[1] ; la première n'en semble pas moins tout
à fait originale.

« Dès leur début, les sculpteurs grecs ont su
apprécier et rendre la beauté physique ; les règles
conventionnelles ne les ont pas arrêtés sur la route
qu'ils étaient appelés à suivre, ils se sont promptement dégagés des entraves qui les retenaient et
n'ont gardé des formes conventionnelles que ce qui
pouvait ajouter à la perfection de la nature qu'ils se
contentaient d'idéaliser dans une juste mesure. Les
Egyptiens, au contraire, enchaînés par un système
théocratique qui réglait toutes les actions de leur
vie n'ont jamais pu s'écarter des prescriptions qui
leur étaient imposées ; leur sculpture en a toujours

---

[1] « Entre les œuvres du ciseau des artistes ninivites, dit
M. F. Lenormand, *op. cit.*, t. I, p. 535, et celles des Hellènes,
de l'époque archaïque, jusqu'aux Eginètes, on observe une
étonnante parenté; le célèbre bas-relief d'Athènes, connu
sous le nom de *Guerrier de Marathon*, semble détaché des parois de Khorsabad ou de Koyoundjick. »

15

subi l'influence, et leurs productions, au temps des Romains mêmes, ne sont que d'imparfaites copies des œuvres exécutées sous les plus anciens pharaons. C'est ainsi que, de nos jours, les peintres qui décorent les églises grecques ou arméniennes obéissent à des régles ou à des usages consacrés et se contentent de calquer et de reproduire les anciens types byzantins dans toute leur raideur et leur naïve simplicité..... L'art assyrien est précisément intermédiaire entre les arts grec et égyptien ; il a plus que le premier conservé les formes conventionnelles et hiératiques, sans en subir le joug autant que le second qu'il surpasse beaucoup par une étude plus recherchée de la nature...

" Les Egyptiens, comme tous les peuples dans l'enfance, n'ont attaché d'importance qu'à la ligne extérieure, à la silhouette des objets qu'ils voulaient représenter ; en peignant ou en sculptant, ils faisaient de simples traits d'une hardiesse et d'une netteté étonnantes, et dans lesquels les proportions et le mouvement étaient rendus avec une grande perfection. Mais là s'arrêtait leur science, et dans les derniers temps comme à l'époque la plus recu-

lée, ils n'ont jamais songé à compléter ces sil-
houettes par la représentation exacte des détails
anatomiques. Leurs plus belles statues mêmes, sont,
sous ce rapport, aussi défectueuses que leurs bas-
reliefs et leurs peintures [1]. Voulant d'ailleurs, dans
leur naïveté, d'abord primitive puis ensuite conve-
nue, faire paraître tout ce qui leur semblait essentiel pour rendre une figure reconnaissable, ils
n'ont jamais manqué de représenter de profil certaines parties des objets et surtout des animaux,
qui auraient dû, d'après leur position, se présenter
de face ou *vice versâ*. Ainsi, les corps humains, vus
de profil, leur auraient paru incomplets, et ils les
ont toujours placés de face, faisant le contraire
pour les pieds dont le profil était plus facile à comprendre; de même, en dessinant une vache, ils la
montraient toujours de côté, mais ne manquaient
cependant pas de dessiner les deux cornes, quoique
dans cette position exacte, l'une dût cacher l'autre.

---

[1] Le jugement de M. Botta semblera bien sévère, si l'on
considère au Louvre, les admirables statues de la IVe dynastie. Voyez entre autres, la statue si connue du *Scribe
accroupi*.

M. Place, après examen des preuves données à l'appui, ne laisse pas que de nous séduire.

M. Botta se fondant sur quelques bas-reliefs offrant la représentation de scènes religieuses, avait cru, avons-nous dit, reconnaître un Temple dans cette ruine. « Mais, dit M. Place, les scènes sculptées trouvées après M. Botta, dans le même endroit, scènes de chasse, vaincus venant apporter le tribut, rendent moins rigoureuse la déduction de mon devancier... [1] » D'autre part, « si l'on tient compte des usages dont les Orientaux ne se sont départis à aucune époque, c'est toujours de la même manière que les Salles du trône, Divans ou Kiosques ont été établis dans le plan des habitations royales. Il suffit pour s'en convaincre de se rappeler les palais dont les descriptions nous ont été rapportées par les voyageurs, et l'on reconnaît que partout où un souverain de l'Asie a eu à recevoir des hauts personnages de son empire ou des ambassadeurs étrangers, la salle d'audience, le Salamlick est constamment détaché de la demeure

[1] M. Place, *op. cit.*, tome II, page 38.

elle-même. Souvent, comme à Constantinople, cette
salle est située assez loin, dans une cour isolée et
presque sans communication avec le reste du palais. Nous avons pu constater l'usage de dispositions analogues, soit dans les palais du premier
vice-roi d'Egypte au Caire, soit dans les habitations des rajahs de l'Inde. Il en est de même en
Perse[1]... »

De plus, M. Place a retrouvé un bas relief qui
nous montre un roi d'Assyrie assis sur son trône et
donnant audience à diverses personnes. La scène
semble se passer en plein air, mais, en arrière du
monarque, est tracée l'esquisse au trait d'une bâtisse. Il est évident que, de la sorte, le sculpteur a
entendu rendre l'idée d'une audience qui se rendait
à l'intérieur de la construction. « L'artiste ne sachant pas reproduire la scène à l'intérieur de l'édifice a préféré la sculpter extérieurement, mais afin
de faire comprendre dans quel endroit elle s'ac-
complissait en réalité, il a dessiné auprès des personnages, un croquis du monument au dedans du-

---

[1] M. Place, *op. cit.*, tome II, page 41.

les os de ces taureaux symboliques sont admirable-
ment modelés quoiqu'un peu exagérés sans doute ;
et quant à la petite statue de lion, les Grecs et les
Romains en ont fait qui ne la valent certainement
pas...

« C'est donc en définitive par une étude plus
exacte de la nature, par une appréciation plus
juste de la vérité des formes que l'art assyrien me
paraît surpasser l'art égyptien, dont, sous d'autres
rapports il n'atteint pas la perfection. C'est par les
mêmes qualités qu'il se rapproche de l'art grec, en
sorte qu'on peut voir dans les bas-reliefs de Ninive
les premiers essais en quelque sorte du système qui
perfectionné par une nature intelligente et passion-
née pour la beauté physique a produit les chefs-
d'œuvres que nous a légués l'antiquité hellénique.
Il y a cependant entre les deux écoles toute la distance qui sépare les résultats obtenus par de pre-

puis un pied de long jusqu'à un pouce de large. Sur leur dos
était fixé un anneau leur donnant l'apparence de poids,
« giving them the appearance of weights.» — D'autres pensent
que ces lions ont dû être fixés au sol et destinés à tendre les
tapisseries dont les cordons se nouaient dans l'anneau. —
M. Botta parle d'un lion semblable.

miers et timides efforts, de la perfection à laquelle
a pu atteindre le génie favorisé par les circonstances les plus heureuses[1]. »

Tel est le tableau que M. Botta nous a laissé de
la sculpture assyrienne, et, formulant son jugement
d'après les bas-reliefs de Khorsabad, il s'est trouvé
qu'il a pris l'art assyrien presque à l'époque où il
atteignait son plus haut développement. Aux données que nous venons de reproduire nous n'avons
donc que peu de choses à ajouter, faits nouveaux
dus aux fouilles qui ont suivi celles dont l'auteur
du *Monument de Ninive* avait été l'habile et savant
directeur.

Les découvertes faites à Khorsabad, à Nimroud
et à Koyoundjick ont permis d'assigner trois époques principales à l'art assyrien ; elles correspondent à trois systèmes bien tranchés dans la composition des bas-reliefs.

Dans la première période on peut ranger les

[1] M. Botta, *op. cit.*, tome V.

sculptures provenant des deux plus anciens palais de Nimroud auxquels se rattachent les noms de Salmanasar III (1060), Assournasirpal (923-899), et Salmanasar V (889-870). L'art assyrien y est empreint « des caractères incontestables du plus complet archaïsme, rempli d'une rudesse et d'une grandeur sauvage[1]; » les figures dont les mouvements sont sobres et contenus mais pleins de vérité et de convenance se groupent dans des compositions fort rudimentaires, mais qui, pour cette raison même, sont bien supérieures aux représentations, — batailles siéges de villes, — dans lesquelles le sujet se complique, et qui deviennent alors embrouillées et confuses par l'absence complète de toute préoccupation des lois de la perspective. Parmi toutes les scènes que nous offrent les bas-reliefs de cette période,[2] une chasse au lion est la plus remarquable tant par la composition du groupe que par la correction du dessin et la parfaite conservation[3] ; M. Layard qui

[1] M. F. Lenormand, *op. cit.*, tome I, page 534.

[2] Des bas-reliefs de cette époque sont au Musée Britannique. — On peut voir des reproductions dans M. Layard, *Monuments of Nineveh*, 1st series.

[3] Est au Musée Britannique.

l'a reproduite dans ses *Monuments of Nineveh*[1], dit
que c'est là probablement le plus beau spécimen
existant de l'art assyrien [2].

La seconde période commence vers l'an 720 et se
continue jusqu'en 667 ; elle embrasse les trois règnes
de Sargon, de Sennachérib et d'Assarhaddon [3]. Elle
se caractérise par une étude plus approfondie de
la nature ; il y a plus de variété, plus de vie, plus
de mouvement dans l'attitude des personnages ; les
compositions sont aussi plus compliquées, plus am-
bitieuses, les scènes de chasse, de guerre nous offrent toutes un fond de paysage dans lequel les artistes se sont efforcés de déterminer par quelques
représentations caractéristiques la nature du lieu
où la scène se passe, mais avec les plus grandes er-
reurs dans les proportions réciproques des choses,
et toujours sans aucun égard aux lois de la perspective ; il n'y a donc pas, quant à la composition, de

---

[1] *Monuments of Nineveh*, 1st series, pl. 10.

[2] « *It is probably one of the finest specimens hitherto discove-
red of Assyrian sculpture.* »

[3] Ces rois sont, on le sait, les constructeurs des palais explorés à Khorsabad, Koyoundjick et Nimroud (S. O).

grands progrès accomplis sur l'époque précédente ;
le désir de varier les scènes, de leur faire dire davantage, a peut-être même fait perdre quelque peu
du caractère grandiose ; mais quand le sculpteur
s'en est tenu aux représentations colossales, il a ex-
cellé, car la main d'œuvre est devenue décidément
supérieure, le relief est mieux accusé, le trait est
plus sûr, il y a plus de délicatesse, plus de fini
dans le dessin [1].

Enfin, dans la troisième période, sous Assourbanipal, le grandiose des deux âges précédents a disparu, mais en revanche on trouve une finesse, un
correct dans le dessin qu'on n'avait pas connu jusqu'alors ; la composition est devenue plus savante,
plus animée ; voyant qu'ils ne pouvaient arriver à
reproduire simultanément des scènes disposées sur
plusieurs plans différents, les artistes ont cherché
à éviter les fautes de perspective et se sont conten-

[1] Des monuments de cette époque sont au Musée du Louvre, envoyés par M. Botta, et au Musée Britannique donnés
par M. Layard et quelques-uns par M. Loftus. On trouvera
des reproductions dans MM. Botta et Flandin, *Monuments de
Ninive* ; M. Layard, *Monuments...* ; M. Place, *op. cit.*, — Un
vol. de dessins de M. W. Boutcher n'est pas publié, ces dessins
sont au Musée Britannique.

tés d'indiquer le lieu où la scène se passe par quelques arbres frappants de naturel et quelques constructions sobrement esquissées [1].

Et si maintenant, nous souvenant de la rapidité avec laquelle se sont élevées les constructions de Khorsabad, nous nous représentons des sculpteurs couvrant, de bas-reliefs d'une exécution relativement remarquable, en cinq ou six ans, une superficie de 6,000 mètres ; tout en reconnaissant que, grâce à l'uniformité de dessin, d'attitudes et d'ornements, le travail, dans certaines parties, a pu être simplifié ; saisis d'un étonnement légitime, nous ne pourrons que confesser, lors même que nous n'aurions aucune partialité pour l'œuvre assyrienne, qu'il a fallu pour

[1] A Londres, une série de plaques données par MM. Loftus et Layard ; des dessins de M. Boutcher. — Voyez aussi Layard, *Monuments...*, 2d series. — M. Layard y donne la reproduction d'un bas-relief remarquable, conservé du reste au Musée Britannique ; il représente une lionne qui, la colonne vertébrale brisée par une flèche, ayant déjà les parties postérieures privées de mouvement, se redresse encore avec peine sur les pattes de devant pour rugir contre les chasseurs et les menacer de sa gueule béante.— Assourbanipal, comme Houlikhous III, Sennachérib et Assurhaddon, a dû aussi élever des constructions à Nebbi-Younas ; on y a trouvé en effet des plaques où son nom était inscrit et où le roi rendait compte de ses expéditions.

atteindre à un tel résultat, dans un si court laps
de temps, que les ressources artistiques de la société ninivite aient été considérables. « L'esprit d'u-
nité est frappant dans toutes les sculptures et ac-
cuse la même direction, dit M. Place. Il a donc
fallu pour accomplir cette œuvre colossale réunir
un très-grand nombre de sculpteurs formés à la
même école. Une société en mesure de fournir sur
un même point tant d'artistes capables, et qui, pour
se former à leur art, ont eu besoin d'une longue série d'études, devait être dans un état bien avancé.
Avec la puissance formidable dont disposaient les
rois d'Assyrie, ils pouvaient à un moment donné
jeter sur une entreprise d'innombrables travailleurs
pour accumuler les briques, élever les murs et les
terrasses, mais aucune puissance n'improvise des
architectes , des sculpteurs et des peintres , il
faut une organisation sociale où les arts aient une
place marquée et préparée de longue main ; ce fait
suffirait à nous donner une haute idée de la civilisation assyrienne et à la faire remonter à une époque très-reculée [1]. »

[1] M. Place, *op. cit.*, tome I, p 70.

XVIII. — Derrière le Sérail, à l'angle occidental de la petite terrasse du palais, un tertre d'argile, détaché de toutes les autres constructions, affectant encore la forme de deux parallélogrammes rectangulaires d'inégale grandeur unis sur un de leurs côtés, soutenu par un mur de revêtement et dominant de deux mètres le niveau des esplanades voisines, supportait : « *Un Temple*, » dit M. Botta [1] et selon M. Place : « *un Divan, un Pavillon ou Salle du Trône* dans laquelle le roi donnait ses audiences aux envoyés des peuples amis ou tributaires. [2] »

L'état de ruine de cet édifice était tel [3] que l'on n'a pu tenter une reconstitution certaine. Toutefois, M. Place, y voyant un mélange des architectures égyptienne et assyrienne en a donné une restauration [4], mais elle est forcément des plus hypothétique, et le plus grand doute plane sur la destination de l'édicule.

Nous devons dire cependant que l'opinion de

[1] M. Botta, *op. cit.*, tome V.
[2] M. Place, *op. cit.*, tome II, page 38.
[3] Voyez M. Place, *op. cit.*, tome I, page 149.
[4] Voyez M. Place, *op. cit.*, tome II, pages 37 et *seqq.*

M. Place, après examen des preuves données à l'appui, ne laisse pas que de nous séduire.

M. Botta se fondant sur quelques bas-reliefs offrant la représentation de scènes religieuses, avait cru, avons-nous dit, reconnaître un Temple dans cette ruine. « Mais, dit M. Place, les scènes sculptées trouvées après M. Botta, dans le même endroit, scènes de chasse, vaincus venant apporter le tribut, rendent moins rigoureuse la déduction de mon devancier... [1] » D'autre part, « si l'on tient compte des usages dont les Orientaux ne se sont départis à aucune époque, c'est toujours de la même manière que les Salles du trône, Divans ou Kiosques ont été établis dans le plan des habitations royales. Il suffit pour s'en convaincre de se rappeler les palais dont les descriptions nous ont été rapportées par les voyageurs, et l'on reconnaît que partout où un souverain de l'Asie a eu à recevoir des hauts personnages de son empire ou des ambassadeurs étrangers, la salle d'audience, le Salamlick est constamment détaché de la demeure

[1] M. Place, *op. cit.*, tome II, page 38.

elle-même. Souvent, comme à Constantinople, cette
salle est située assez loin, dans une cour isolée et
presque sans communication avec le reste du palais. Nous avons pu constater l'usage de dispositions analogues, soit dans les palais du premier
vice-roi d'Egypte au Caire, soit dans les habitations des rajahs de l'Inde. Il en est de même en
Perse[1]... »

De plus, M. Place a retrouvé un bas relief qui
nous montre un roi d'Assyrie assis sur son trône et
donnant audience à diverses personnes. La scène
semble se passer en plein air, mais, en arrière du
monarque, est tracée l'esquisse au trait d'une bâtisse. Il est évident que, de la sorte, le sculpteur a
entendu rendre l'idée d'une audience qui se rendait
à l'intérieur de la construction. « L'artiste ne sachant pas reproduire la scène à l'intérieur de l'édifice a préféré la sculpter extérieurement, mais afin
de faire comprendre dans quel endroit elle s'ac-
complissait en réalité, il a dessiné auprès des personnages, un croquis du monument au dedans du-

---

[1] M. Place, *op. cit.*, tome II, page 41.

quel ils devaient être placés... L'expérience prouve que souvent sur les bas-reliefs où les artistes écrivaient l'histoire à grands traits, ils ont négligé les détails accessoires pour ne s'attacher qu'au rendu de l'idée[1]. » Et M. Place trouve des rapprochements qui tendraient à prouver que le petit monument sculpté sur le bas-relief assyrien a été dessiné d'après le portique central de la Salle du Trône de Khorsabad même [2].

Parmi les constructions qui ont été exhumées à Chalah par M. Layard, deux ont été désignées sous le nom de *Temples* par l'explorateur anglais. « A côté de la pyramide, dit M. J. Oppert, qui visitait les ruines de Nimroud quelque temps après les découvertes de M. Layard, sur le bord nord de la plate-forme se trouvent deux temples séparés par une rampe, aujourd'hui indiquée par un ravin. Le plus grand, rapproché de la pyramide contient sept chambres [3]. » On y accédait par deux entrées

---

[1] M. Place, *op. cit.*, tome II, page 41.

[2] M. Place, *op. cit.*, tome II, page 42.

[3] « Dans l'une des sept chambres, les ouvriers de M. Layard trouvèrent une poutre de cèdre. En général, il est très-rare

V. pages 257 et *seqq.*

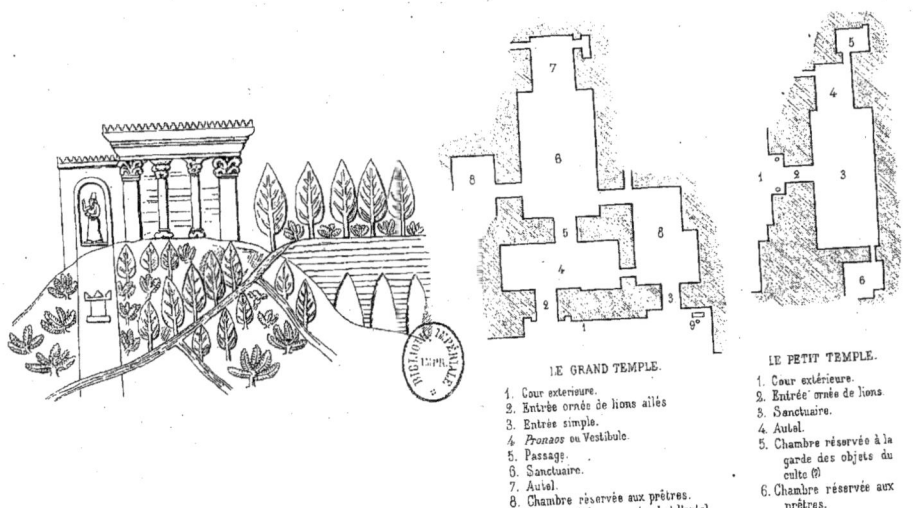

LE GRAND TEMPLE.

1. Cour extérieure.
2. Entrée ornée de lions ailés.
3. Entrée simple.
4. *Pronaos* ou Vestibule.
5. Passage.
6. Sanctuaire.
7. Autel.
8. Chambre réservée aux prêtres.
9. La stèle d'Assournasirpal et l'autel.

LE PETIT TEMPLE.

1. Cour extérieure.
2. Entrée ornée de lions.
3. Sanctuaire.
4. Autel.
5. Chambre réservée à la garde des objets du culte (?)
6. Chambre réservée aux prêtres.

TEMPLE ASSYRIEN

D'après un bas relief du palais nord de Koyoundjink.

LES TEMPLES DE NIMROUD

D'après les plans de M. LAYARD.

principales tournées vers l'est. Non loin de ces entrées, vers le coin nord-est de la façade, on trouva
une stèle d'Assournasirpal, remplie d'inscriptions,
et un autel circulaire à base triangulaire, ressem-
blant beaucoup au trépied des Grecs [1]. « En traversant une chambre transversale, continue M. Oppert,
on arriva à une grande pièce de 14^m de profondeur sur 9^m 50 de largeur ; elle finit dans une espèce d'alcôve dont le sol est dallé par un énorme
monolithe de 6^m 20 de longueur, de 5^m 50 de largeur et de 0^m 34 d'épaisseur [2]. Cette énorme
pierre portait une inscription de Sardanapale, divisée en deux colonnes ; le côté caché donnait le
même texte, seulement encore plus complet, et di-
visé en trois colonnes [3]...

de trouver des matériaux végétaux. » M. Oppert, *Exp. sc.
en Mésop.*, tome I, pp. 310 et 311. — Cf. des dires de M. Place ;
voyez notre texte, p. 194.

[1] Ces objets sont au Musée britannique.

[2] *The single slab which filled the recess in the greater of
the two Nimrud temples, was 21 ft. long., 16 ft. 7 inches in
broad, and 1 ft. 1 in. thick. It contained thus 375 cubic feet
of stone, and must have weighed nearly if not quite, 30 tons.*
Voyez Layard, *Nineveh and Babylon*, p. 352.

[3] Cette inscription se terminait brusquement au milieu
d'une phrase. Elle a été publiée dans *West. Asia Inscr.* pl. 17

« L'autre Temple, plus petit, est ouvert par une entrée de 2^m50 de largeur, flanquée de deux lions sans têtes humaines, ni ailes ; leur hauteur est de 2^m50 et de 4^m de profondeur. L'entrée est couverte par une plaque de cette largeur et longueur et couverte d'inscriptions. Dans une grande chambre à côté, on trouva la statue du roi d'un mètre de hauteur [1]. »

Des bas-reliefs, — à Khorsabad sculptés sur le basalte, — et des briques émaillées ornaient les murailles. Le style de ces édifices devait répondre à celui des palais.

Si, comme il est généralement admis, on doit voir des temples dans ces constructions, leur agencement intérieur aurait été le suivant : dans le plus grand des temples de Chalah, une des entrées donnant accès dans un vestibule conduisait à la

à 26. M. Oppert dans son *Exp. sc. en Mésop.*, t. I, p. 311 à 331, en donne une traduction ; l'inscription y est complétée par la fin de celle qui couvrait une stèle qui est actuellement à Londres. Ce texte résume en lui tous ceux que l'on connaît d'Assournasirpal.

[1] M. Oppert, *op. cit.* page 311. — Nous avons déjà parlé de cette statue p. 44.

grande salle ou sanctuaire ; la seconde dans une
pièce latérale. Dans le deuxième la porte mettait directement le sanctuaire en communication
avec l'extérieur. Les petites pièces qui entouraient
les salles principales auraient été destinées au service du temple ou à la garde des objets du culte,
et la niche carrée ou légèrement oblongue qui se
trouvait en retraite sur un des côtés de la grande
chambre, élevée quelque peu au-dessus du niveau
de l'édicule et pavée d'une seule dalle, aurait contenu la statue du dieu ; cette statue étant placée de
telle sorte, qu'il était impossible de l'apercevoir du
dehors. Si ces édifices ont été consacrés au culte
des divinités, il est à remarquer que, comparés aux
palais, ils n'ont eu que des proportions excessivement restreintes, et que renfermés dans l'enceinte
de l'habitation royale, ils ne nous apparaissent que
comme des dépendances [1]. Mais bien qu'aucune dé-

---

[1] Ce qui a fait dire à M. Rawlinson, *op. cit.*, tome I, p. 238 :
« *Among the architectural works of the Assyrians, the first
place is challenged by their palaces. Less religious or more
servile, than the Egyptians and the Greeks, they make their
temples insignificant in comparison with the dwellings of
their kings, to which indeed the temple is most commonly a sort
of appendage.*

couverte ne soit venue l'affirmer jusqu'alors, il est
évident, d'après les inscriptions, qu'il a dû exister
des temples détachés des palais, et répondant à la
splendeur de ces derniers.

« En résumé, il est impossible, comme le dit
M. Place, de se former une idée bien nette d'un
Temple assyrien, car ni les constructions déblayées,
ni les sculptures n'ont encore rien affirmé de très-
positif à ce sujet [1]. »

XIX. — Enfin, un dernier édifice s'élevait sur
les terrasses de Khorsabad. C'était une haute Tour
ou Pyramide à sept étages [2]. Elle occupait, en arrière du Harem, l'angle rentrant que formait du
côté ouest la réunion des deux parallélogrammes.
Les sept étages de cette Pyramide, construits avec
des morceaux de terre molle semblables à ceux que
nous avons décrit plus haut, étaient inégaux en
surface, disposés en retraite les uns sur les autres,
et égaux en élévation; ils avaient 6 ^{m} 10 chacun. La

---

[1] M. Place, *op. cit.*, tome 11, p. 38.
[2] Semblable à la Tour à étages de Babylone.

hauteur totale, 42 m 70, était presque égale à l'un
des côtés de la base, 43 m 10 ; on pourrait même
dire égale, car les deux sommes que nous citons
sont tellement voisines, et la différence répartie
entre les divers étages, 0 m 04, est si minime qu'elle
peut parfaitement provenir de la seule difficulté de
mesurer mathématiquement un édifice en argile
assez ruiné.

Un escalier ou rampe à degrés, dont chaque marche avait 2 m de long sur 0 m 80 de giron et 0 m 05 de
hauteur, placé à l'extérieur, montait en spirale jusqu'au sommet. Pour atteindre la plate-forme supérieure il fallait donc suivre successivement les quatre
côtés de chaque étage. Le chemin à parcourir, autour du premier, était de 172 m avec une rampe de
0,04 par mètre ; au dernier étage la pente n'était
encore que de 0,07 ; la surface du sommet pouvait
mesurer 12 m de côté, soit une superficie de 144 à
150 mètres. Un parapet dans le style de ceux
du palais et de la ville ornementait l'édifice et
servait en même temps de garde-fou. Les créneaux
identiques comme combinaison à ceux que nous
avons indiqué présentaient seulement une légère

différence : les merlons étaient composés de trois
rectangles au lieu de deux. « Le rectangle inférieur,
large de trois briques, en supporte un second large
de deux briques, qui lui-même est surmonté d'un
troisième, large d'une seule brique. Chaque petit
étage étant d'ailleurs haut de trois assises, il n'y a
donc de changé au merlon ordinaire que le nombre
des rectangles...

« Si nous cherchons les causes de la différence
existant entre le crénelage de l'observatoire et celui
des autres parties du monument, peut-être en trou-
verons-nous deux assez plausibles. En premier lieu,
les créneaux de l'observatoire étaient destinés à
monter à une très-grande hauteur, puisque la base
de ce monument, élevé lui-même de 43^m, pose sur
le sommet de la colline artificielle. A cette hauteur
de 57 mètres, les créneaux ordinaires eussent été
à peine visibles, d'autant plus qu'à l'exception du
rang supérieur les autres rangs n'avaient pas l'horizon pour fond de perspective, et, par suite de
leurs trop petites dimensions ne se seraient pas détachés nettement sur les façades. En amplifiant la
grandeur du merlon et de l'embrasure, l'architecte

échappait à cet inconvénient. En second lieu, la su-
perposition des trois rectangles donne, à l'instant
même, une forme singulièrement pyramidale à des
créneaux qui devaient orner toutes les façades d'une
pyramide. Serions-nous donc mal fondé à supposer
que l'architecte ait voulu reproduire dans les détails
décoratifs, la figure générale de sa construction ?
Il en résulterait que, toujours fidèle à son système,
répétant presque à satiété la même figure à des
échelles variées, le constructeur aurait puisé, dans
la saine application d'un principe simple et vrai, le
moyen d'enfanter une des œuvres les plus originales
qu'aucune architecture ait produite [1]. »

Comme à la Pyramide de Babylone, comme aux
murailles d'Ecbatane, mais dans un ordre qui différait quelque peu, un enduit en stuc coloré couvrait
d'une teinte différente chacun des étages de la Tour.
Celle-ci présentait ainsi les couleurs consacrées aux
sept corps sidéraux en vénération. Le premier étage,
en partant de la base, était revêtu de blanc, (Vénus) ; le second, de noir, (Saturne) ; le troisième

[1] M. Place, *op. cit.*, tome II, page 61.

était orange, (Jupiter) ; le quatrième, bleu, (Mercure) ; le cinquième, écarlate, (Mars) ; le sixième
était garni d'une couche argentée, (Lune) ; le septième d'une couche d'or, (Soleil).

En outre, les façades étaient ornées d'une série
alternative de saillants et de rentrants. « Cette or-
donnance, dit M. Place, n'était pas le fruit d'une
pure fantaisie décorative, elle se rattachait aux précautions prises pour l'écoulement des eaux plu-
viales, qui, à une certaine époque de l'année, formaient en se précipitant du haut des sept étages de
la rampe, un véritable torrent[1]. Cette décoration
était donc, conformément aux vrais principes de
l'architecture, une conséquence des parties essen-
tielles de la construction.

[1] « Malgré la splendeur des nuits d'été si favorables aux
études astronomiques, il y a aussi, en Assyrie, une saison
d'hiver pendant laquelle les pluies sont singulièrement abondantes. L'eau reçue par une rampe découverte, large de 2ᵐ et
longue d'un millier de mètres, aurait dû se précipiter sur la
rampe et arriver au bas de la pyramide avec la rapidité d'une
cataracte. Il aurait même été possible qu'en certaines parties,
aux angles par exemple, le mur du parapet n'eût pu résister
au choc du torrent. Le système de pilastres et de redans, dé-
corant les parois des façades venait parer à ce danger ; les
enfoncements en forme de créneaux présentent entre les pilastres de véritables conduits très-rapprochés les uns des

« Et si l'on scrute attentivement le résultat des
découpures pratiquées par les redans, on reconnaît
que le plan, soit des évidements, soit des saillants,
reproduit à s'y méprendre la figure des créneaux
avec merlons et embrasure. Cette alternance de
saillants et rentrants par des jeux plus ou moins
intenses de lumière et d'ombre, contribuait à la valeur des tons, à l'éclat des couleurs étendues sur
les façades ; elle allégeait la physionomie architec-
tonique du monument et lui donnait une certaine
élégance que l'on ne retrouve sur aucune autre pyramide des temps anciens [1]. »

M. Place n'a trouvé dans aucun des quatre
étages qui subsistaient encore, trace de chambres
ou salles.

---

autres et servant à l'écoulement des eaux sur tout le parcours
de l'escalier. Nous sommes d'autant plus autorisés à le croire
que dans leur partie la plus creuse, ces enfoncements dépassaient extérieurement l'épaisseur du parapet et offraient sur
le développement de la rampe, une succession de petits ori-
fices béants. Enfin, au fond des redans, nous avons remarqué,
au lieu du simple stucage ordinaire, une double couche de
chaux et de plâtre, épaisse d'un doigt, très-consistante, et
parfaitement à sa place dans une conduite d'eau. » M. Place,
op, cit., tome I.

[1] M. Place, *op. cit.*, tome II, p. 60.

« On se demande comment les architectes ninivites avaient osé élever une masse d'argile aussi
lourde presqu'à la limite extrême de la colline artificielle, sans craindre qu'un pareil poids en entraînât
la chute. Une longue expérience leur avait sans
doute appris la force de résistance dont leurs matériaux étaient susceptibles; mais, je ne sais si de
nos jours aucun architecte se risquerait à faire porter une charge si écrasante sur le bord d'un monticule de terres rapportées, même avec l'appui d'un
mur de revêtement. A cet endroit, il est vrai, ce
mur présente la partie saillante de l'un de ses
angles à l'angle ouest de la pyramide, et cette disposition ingénieuse devait offrir une puissante résistance à la poussée. En tous cas, les calculs des
architectes assyriens se sont montrés fort exacts,
car les éboulements ont seulement affecté, comme
dans tout le palais, les parties supérieures de l'Observatoire ; le pied n'a cédé sur aucun point et la
base de la tour a été retrouvée dans son entier[1]. »

Comme à Hisr-Sarkin, une Pyramide carrée

---

[1] M. Place, *op. cit.*, tome I,

s'élevait à Chalah[1] : elle occupait le coin nord-ouest
de la plate-forme du palais. Elle offrait la plus
grande analogie avec la Tour à étages de Khorsabad[1] ; les fouilles cependant ont révélé une particularité qui l'en distingue. [2] A l'intérieur, M. Layard,
auquel on doit la découverte de ce monument, a
trouvé une sorte de chambre ou plutôt une longue
galerie voûtée, sans issue, ayant trente-cinq mètres
de longueur, douze pieds anglais d'élévation et six
pieds de large ; elle était exactement placée entre
les façades nord et sud de la tour, avec lesquelles
elle était parallèle, et le niveau de son plancher
était à la hauteur de celui de la plate-forme. Quelle
a pu être la destination de cette galerie ? Elle n'a
été révélée par aucune inscription, aucune sculpture. M. Layard s'appuyant sur quelques dires,
excessivement confus, d'auteurs anciens, Xéno-

---

[1] Sa découverte est un des plus beaux titres de M. Layard.
La description de ce monument a été donnée par l'explorateur
anglais dans son *Nineveh and Babylon*, p. 125.

[2] Nous devons dire plus exactement : deux particularités
l'en distinguent, car à celle que nous exposons dans notre
texte, une autre vient se joindre ; l'emploi de la pierre de
taille dans la pyramide de Chalah.

phon [1], Ctésias [2], Amyntas [3] et Ovide [4] , a pensé
que ce monument avait été le tombeau d'un roi et
que la galerie était la tombe où avait été déposé le
cadavre ; mais, nous le répétons, rien n'est venu
confirmer cette conjecture, pas même un de ces
menus objets que l'on a retrouvés auprès des corps,
dans les tombes chaldéennes ou assyriennes. Que
si cependant l'on voulait maintenir l'hypothèse de
M. Layard, il faudrait admettre qu'avant les recherches de cet explorateur, des pillards avaient enlevé
le contenu du tombeau, et que, — la Pyramide de
Chalah étant aussi bien que celle de Khorsabad un
Temple-Observatoire, — les croyances religieuses
des Assyriens avaient permis d'appliquer la maison
de leurs dieux « to so utilitarian purpose » dit M. G.
Rawlinson [5].

On a dit que les Tours à étages ne servaient plus
de temples en Assyrie, comme cela avait été en

---

[1] Xénophon, Anabas., III, ıv, 9.
[2] Ctésias, cité par Diodore, II, 7.
[3] Amyntas, cité par Athénée, Deipnos., XII, ıv, 11.
[4] Ovide, Métamorph., IV, 8.
[5] M. G. Rawlinson, op. cit., tome I, p. 399. — On a reconnu
encore, à Kalah-Sherghat, les vestiges d'une Tour à étages.

Chaldée et comme cela fut à Babylone jusqu'à la
ruine de cette ville. « Le sanctuaire qui couronnait
l'étage supérieur des pyramides chaldéennes avait
été supprimé, dit M. F. Lenormand. La *Zikurat*
assyrienne n'était plus qu'un simple observatoire
au sommet duquel les prêtres astrologues, élèves
des Chaldéens cherchaient à lire l'avenir dans les
étoiles [1]. »

Pour réfuter cette opinion, il n'est besoin que de
s'en tenir aux documents fournis par les fouilles ;
et nous verrons le bas-relief de Koyoundjick qui
nous offre la représentation d'une tour à étages,
nous indiquer clairement que des chambres ont été
creusées sinon dans toutes les pyramides du moins
dans celle qu'il reproduit ; et si enfin, le bas-relief
que nous venons de citer, ne nous apprend rien
touchant l'existence d'une cellule supérieure, sanctuaire de la divinité, — le haut de la tablette étant
brisé,— du moins la découverte de deux autels, dans
les décombres, à la base de la Tour de Khorsabad,
« autels qui n'ont pu, dit M. Place, être placés

[1] M. F. Lenormand, *op. cit.*, tome I, pp. 533 et *seq.*

qu'au sommet de la Tour, » ne laissera pas que de nous prouver suffisamment la destination religieuse de l'édifice.

C'est pourquoi nous avons conservé la dénomination de Temple - Observatoire, donnée par M. Place à la Tour à Etages de Khorsabad [1].

XX. — Tels apparaissaient les palais des rois d'Assyrie, tel a apparu le palais de Sarkin. « J'ai bâti dans la ville, avait dit ce roi, des palais couverts par des peaux de veaux-marins, en santal, ébène, lentisque, cèdre, cyprès, pistachier sauvage, un palais d'une incomparable splendeur pour le siége de ma royauté. J'ai disposé leur *dunu* sur des plaques en or, en argent, en cuivre et *tak-tilpi*, en pierres lisses, en couleurs faites avec de l'étain, du fer, de l'antimoine et des *hibisti* arrangés. J'ai écrit là-dessus la gloire des dieux. Au-dessus, j'ai bâti une charpente en poutres de cèdre. J'ai entouré avec des rosaces en briques vernissées les colonnes de pin et de lentisque et j'ai calculé leur distance.

---

[1] « *Temple-Tower*, » dit M. Layard.

J'ai fait un escalier en spirale, à l'égal de celui du grand temple de Syrie qu'on nomme, dans la langue de Phénicie, *Bethilanni*. Entre les portes, j'ai mis huit lions doubles dont le poids est de 6. . . . . 50 talents. . . . . vernissés furent fabriqués en l'honneur de Mylitta. . . . .

. . . .

et leurs 4 *kubur* en matériaux du mont Amanus, je les ai placés sur des *nirgalli*. J'ai sculpté avec art des pierres de la montagne.

« Pour décorer les portes j'ai fait des enjolivements dans les linteaux et les montants ; les traverses en pierres de gypse d'une grande dimension que j'avais enlevées de ma main, je les ai placées en dessus. J'ai muré leurs parois, et j'ai entraîné à l'admiration les grands du pays. Depuis le commencement jusqu'à la fin, j'ai marché dans l'adoration du dieu Assour, et, dans la règle des hommes sages, j'ai construit ces palais, j'ai amassé ces trésors.

« . . . . . Puisse Assour, le père des dieux, bénir ces palais, en donnant à ses images un éclat spontané ! Que jusqu'aux jours les plus reculés, il veille sur les issues ! Que devant sa face suprême demeure le taureau sculpté, le protecteur et le Dieu qui porte le parfait bonheur et la béatitude, et qu'il les fasse rester dans cette maison jusqu'à ce que ces taureaux se meuvent de ce seuil.

« Qu'avec l'aide d'Assour, le roi qui a bâti ces palais, se réjouisse de sa progéniture et qu'il multiplie sa race ! Que jusqu'aux jours reculés durent ces créneaux ! Que celui qui y demeure en sorte entouré de la plus haute splendeur ; qu'il se réjouisse, dans l'exaltation de son cœur, de pouvoir accomplir ses vœux, d'atteindre son but, et qu'il rende sa splendeur sept fois plus illustre ! [1] »

Et l'admiration de Sarkin pour son œuvre, nous l'avons vu, n'était que justice.

C'était là, ou dans des demeures semblables, que trônaient les rois d'Assyrie au milieu des prêtres de leurs dieux, des *nisiramki*, des *sarmahhi-sapar* qui « débattaient dans leurs discussions savantes sur la prééminence de leurs divinités et l'efficacité de leurs sacrifices ; » c'était là qu'ils « exerçaient leur juridiction, » au milieu des sages, (*akli*) ; des doc-

---

[1] *Fastes de Sargon*, trad. J. Oppert et J. Ménant.

V. pages 239 et *segg.* V. pages 244 et *segg.*

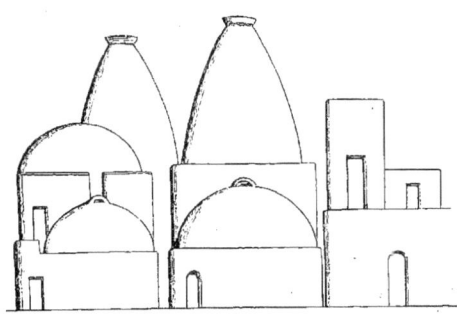

VILLAGE ASSYRIEN

D'après un bas relief de Koyoundjick.

TOUR A ÉTAGES

D'après un bas relief de Koyoundjick.

teurs, (*sapiri*) ; des magnats, (*rubi*) ; des lieutenants,
(*sapiti*) ; là, que de toutes les parties de leur immense empire se donnaient rendez-vous, pour leur
rendre hommage, les gouverneurs et les chefs de
province, (*makli*) ; les satrapes, (*pahati*), porteurs
des plus riches présents. C'était là, en un mot, la
résidence de ces maîtres de l'Orient, « en qui se ré-
sumaient les empires détruits et les monarchies
écroulées. »

CHAPITRE V

Demeures du peuple.

———

On ne possède que les données les plus vagues sur la disposition des demeures du peuple en Assyrie.

D'une part, les explorateurs se sont bornés jusqu'ici à fouiller les monticules les plus étendus, ceux qui semblaient devoir offrir le plus d'intérêt [1]; d'autre part, les bas-reliefs ne sont pas de nature à nous donner de sérieux renseignements, car les plaques sculptées nous représentent surtout des

[1] « Palaces, temples, and the great gates which gave entrance to towns, have in this way seen the light; but the humbler buildings, the ordinary dwellings of the people, remain buried beneath the soil, unexplored and even unsought for. » M. G. Rawlinson, op. cit., tome I, p. 402.

guerres, des expéditions dans des pays étrangers, des cérémonies religieuses, des chasses, toutes scènes qui se passent, le plus souvent, loin des habitations des hommes.

On croit cependant avoir trouvé, sur un bas-relief de Koyoundjick, l'indication d'un village, et c'est d'après ce seul type que l'on est obligé de se former une idée du caractère des maisons assyriennes [1].

Elles ne sont percées d'aucune fenêtre, et ont dû, dès lors, être éclairées par la toiture.

Les toits sont excessivement curieux, les uns sont plats, sortes de terrasses, les autres affectent la forme de dômes ou de cônes [2].

Les portes sont de deux espèces, carrées au sommet ou cintrées, et généralement placées près d'un angle de la maison.

---

[1] Ce bas-relief est reproduit dans M. Layard, *Monuments of Nineveh*, pl. 17. Nous le donnons plus loin : VILLAGE ASSYRIEN.

[2] M. Layard a remarqué des dispositions analogues dans certains villages du nord de la Syrie ; « *all the houses have conical roofs, built of mud, which present a very singular appearance.* » M. Layard, *Nineveh and Babylon*, p. 112.

Bien que très-rapprochées les unes des autres,
les maisons semblent avoir été séparées par un
léger intervalle; enfin, elles ont eu sans doute plusieurs étages [1].

---

[1] Semblables alors en cela aux maisons de Babylone. Hérodote, I, 180 : « La ville (Babylone) elle-même, remplie de maisons à trois ou quatre étages... »

CHAPITRE VI.

Consécration des édifices.

I. Inscriptions sur des plaques de métal. — II. Les pierres de fondation « *temen* » en Chaldée et à Babylone. — III. Cylindres, pierres, amulettes.

« Les Assyriens, dit M. Place, connaissaient l'usage des consécrations religieuses ou civiles lors de la fondation d'un monument... En vertu d'une sorte de conformité avec les cérémonies modernes, accompagnant la pose d'une première pierre, ils usaient de certains rites et employaient des moyens commémoratifs à un moment quelconque de la construction [1]. »

I. — C'étaient des barils de terre cuite inscrits, des inscriptions gravées sur des plaques de métal.

[1] M. Place, *op. cit.*, tome I.

« M. Place trouva, dit M. Oppert, pendant l'été de 1854, dans les fondations de Khorsabad, une caisse en pierre qui contenait cinq inscriptions sur différentes matières, or, argent, antimoine, cuivre et plomb. Sur ces cinq tablettes, il en a rapporté quatre. La table de plomb, trop lourde pour être transportée de suite, fut embarquée sur les radeaux qui devaient conduire à Bassora les produits des fouilles ; elle a partagé le sort de cette précieuse collection [1]. »

Le texte de l'inscription des quatre tablettes qui nous sont restées est, à peu de chose près, idntique ; le plus court est celui qui a été gravé sur le métal le plus précieux. M. Oppert en a donné la traduction suivante :

« Palais de Sargon qui est aussi Belpatisassour, le roi puissant, roi du monde, roi d'Assyrie, qui régna depuis le lever jusqu'au coucher des quatre régions célestes, il constitua des satrapes sur le pays.

---

[1] Nous avons dit déjà que ces radeaux avaient fait naufrage dans le Tigre. — M. J. Oppert. *Exp. sc. en Mésop.* tome II, p. 343.

« Puis, je bâtis, d'après mon bon plaisir, dans le pays qui avoisine les montagnes, près de Ninive, une ville. Je la nommai Hisr-Sargon, la demeure de Nisroch, Sin, Sol (*Samas*), Saturne, Hercule (*Ninip*), et je distribuai dans son intérieur les sculptures dédiées à leur grande divinité.

« Nisroch donne un fils ou une fille !

« Le peuple jeta ses amulettes.

« Je construisis une salle couverte de peau, avec du bois de santal (?), d'ébène (?), de lentisque, de cèdre, de cyprès, de cyprès *samal*, de pistachier. Je fis un escalier tournant dans l'intérieur des portes, et je posai dans sa partie supérieure des solives de cèdre et de cyprès.

« Sur des tables en or, en argent, en antimoine, en cuivre, en plomb, j'ai écrit la gloire de mon nom et je les ai mises dans les fondations.

« Celui qui infeste les œuvres de ma main, qui dépouille mon trésor, que Assur, le grand seigneur, détruise en ce pays son nom et sa race[2]. »

D'après le contenu de ces inscriptions, il est évi-

---

[2] M. J. Oppert, *Exp. sc. en Mésop.*, tome II, p. 343 à 351.

dent qu'elles ont été tracées après l'achèvement de l'édifice ou tout au moins lorsque la construction en était très-avancée. « Son œuvre achevée, dit M. Place, Sargon aura voulu y attacher une consécration particulière. Dans ce but, il a fait enfouir les barils inscrits et les pièces métalliques sous l'un des murs les plus épais de l'intérieur du palais. Ce dépôt aurait eu une destination assez analogue à celle des médailles placées dans les fondements de nos constructions modernes. »

II. — Le même usage avait été observé dans la Chaldée et l'était à Babylone. Il est peu de textes dans lesquels les rois, reconstructeurs d'anciens édifices, n'aient parlé de la « pierre de fondation, » *temen.* Une inscription, entre toutes, provenant de Nabouimtouk [1], gravée sur un baril trouvé par

---

[1] M. Rawlinson et presque tous les assyriologues soutiennent l'identité de Nabouimtouk avec Nabonahid (Nébo me protège). Le nom de ce roi, en assyrien, était *Nabonahid* ; à Babylone, *Nabouimtouk.* Du premier sont venus le *Nabonnedus* de Bérose, et le *Labynète* d'Hérodote ; du second ont été formés le *Nabannidochus* d'Abydène et le *Naboandelus* ou mieux *Noboandechus* de Josèphe. — M. J. Oppert n'admet pas cette identité.

M. Taylor à Mugheïr, nous a appris l'importance
que l'on attachait aux *temen*.

Il s'agit de la « pierre de fondation » du temple
d'*Ulbar* d'Agané (Sippara), *temen* d'autant plus précieux aux yeux des rois qu'il cachait les tables
sacrées que Xisuthr avait apportées de Larsam, « la
ville du soleil et de la lune. » Nabouimtouk raconte
ainsi les efforts dépensés vainement avant lui pour
le retrouver et ceux que lui-même a déployés, mais
avec plus de bonheur.

« Les tables de Larsam avaient été enfermées
dans la pierre de fondation du temple *Ulbar* d'A-
gané dans les temps anciens par Sagaraktiyas, roi
de Babylone, et Naramsin son fils, mes prédécesseurs, et n'avaient pas été vues jusqu'aux jours vic-
torieux de Nabouimtouk, roi de Babylone. Kourigalzou, roi de Babylone, mon prédécesseur, les
chercha ; mais il ne trouva pas le *temen* du temple
Ulbar. » Et alors il fit une inscription : « J'ai cherché
« la pierre de fondation et je ne l'ai pas trouvée. »

Assarhaddon tenta la même exploration sans plus
de succès ; Nabuchodonosor employa son armée à
la recherche de ce *temen* sans parvenir à le décou-

vrir. Enfin, « Moi, Nabouimtouk, roi de Babylone,
reconstructeur de la pyramide et de la tour, dans
mes années victorieuses, par la crainte d'Istar
d'Agané, ma souveraine, je fis un puits. Samas et
Ao m'excitèrent, et je me mis à chercher le *temen*
du temple *Ulbar*, en partie par mon bonheur, en
partie par ma constance, digne d'un roi. Je com-
mandai à mon armée la recherche de ce *temen*, et
trois périodes d'années[1] après les fouilles qu'avait
entreprises Nabuchodonosor, roi de Babylone. Et
ils l'explorèrent pendant longtemps, et j'ai cherché
et je n'ai pas trouvé. Et ainsi ils dirent : « Nous
avons cherché ce *temen*, et nous ne l'avons pas vu. »
Et l'orage des eaux avait tout inondé et avait fait
une ruine. »

L'inscription offre une grande lacune ; c'est là où
le roi devait rendre compte de sa réussite finale,
car un peu plus loin il s'écrie : « J'ai trouvé et j'ai
lu le nom de Sagaraktiyas. »

L'inscription de Sagaraktiyas, que Nabouimtouk
venait de trouver, avait la même destination que

---

[1] Trente-six ans apparemment.

celle de Sarkin citée plus haut. Nabouimtouk, du reste, a pris soin de la transcrire, de l'ajouter au texte qui fait mention de ses recherches, et voilà les lignes que le roi avait lues :

« Sagaraktiyas, pasteur véritable, seigneur auguste, roi de Babylone, moi. Je dis : Le soleil et la déesse Anounit m'ont appelé pour gouverner les pays et les peuples. Ils ont rempli ma main des tributs de tous les hommes. Je dis ceci : Ce temple du jour, temple du Soleil, mon maître, de Sippara, et la maison d'*Ulbar* d'Anounit, ma souveraine, à Sippara, furent renversés jusqu'à leurs substructions, par Zaboum, dans les temps antérieurs. J'ai déblayé leurs substructions, j'ai mis à nu leurs fondations, j'ai éloigné les amas de terre, j'ai délimité leurs parements, j'ai achevé leurs *usurat*, j'ai rempli leurs fondations, j'y ai apporté de la terre nouvelle. J'ai aplani les fondations et j'ai mis au-dessus le soubassement. A la gloire du soleil et d'Anounit, pour ma propre satisfaction, ils m'accordèrent la constance de leur affection. Qu'ils prolongent mes jours, qu'ils rétablissent ma première vie et qu'ils perpétuent dans cette maison les années de bonheur, qu'ils conservent l'écriture de ce document et qu'ils rehaussent la gloire de mon nom[1]. »

III. — « Le peuple jeta ses amulettes, » nous dit l'inscription de la tablette d'or de Khorsabad ; l'inscription des barils de Sarkin, nous l'avons vu, portait déjà : « J'ai jeté dans le sol des pierres magiques qui enlèvent une part des vices de la substruction. » N'avons-nous pas là, certainement encore, l'indication de quelque cérémonie, de quelque consécration. On ne saurait dire que les textes ont été mal traduits, les fouilles de M. Place ont amené l'évidence. On a trouvé en effet dans les fondations des murs de la ville, dans la couche de sable surtout qui s'étendait sous les taureaux sculptés, une foule de petits objets, tels que pierres, cylindres, amulettes. A la suite de quelle cérémonie ces objets avaient-ils été déposés là ? On ne sait. Quoi qu'il en soit, « la présence d'une population nombreuse et non pas seulement de quelques personnages importants au moment de l'accomplissement de cette

---

[1] Voyez M. J. Oppert. *Exp. sc. en Mésop.* tome I, p. 271 à 275.

cérémonie, résulte de la quantité et de la nature même des objets retrouvés. Si plusieurs ne manquent pas d'une certaine valeur, soit par le travail, soit par la matière, la majeure partie était de qualité très-ordinaire ; quelques-uns même n'étaient que des coquilles ou de simples cailloux percés d'un trou et n'avaient pu appartenir qu'aux classes les moins aisées de la société.

« La provenance des uns et des autres n'est également pas douteuse. Les trous qui les traversent, les traces d'usure qui se remarquent sur la plupart des objets, prouvent que tous avaient été portés avant leur dispersion sous les fondements. La représentation de ces boules, barillets, cylindres, pierres gravées et taillées, est fréquente dans les bas-reliefs aux vêtements des personnages ; on les distingue sur la poitrine, sur les baudriers et particulièrement aux franges des longues robes descendant jusqu'aux pieds. Un de ces bas-reliefs déposé au Louvre est des plus concluant à cet égard ; les ornements sculptés par l'artiste ont conservé la teinte rouge particulière au plus grand nombre de ces amulettes. Tous avaient donc été détachés des vêtements qu'ils ornaient pour être jetés dans la couche de sable [1]. »

M. Place pensait, parmi ces objets, retrouver des médailles, des pièces de monnaie, son attente a été trompée.

[1] M. Place, *op. cit.*, tome I.

QUATRIÈME PARTIE.

BABYLONE.

CHAPITRE PREMIER.

Les Ruines.

I. — L'expédition scientifique en Mésopotamie. — II. Les Monticules. — III. Causes qui viennent entraver les reconstitutions.

I. — Nous avons déjà cité les voyageurs qui, antérieurement à l'expédition dont M. J. Oppert a fait partie, avaient exploré les ruines de Babylone, et nous avons sommairement indiqué le peu de documents qu'avaient fourni leurs travaux[1]. C'était à M. Oppert et à ses collaborateurs qu'il était donné de reconstituer, presque en son entier, la topographie de l'antique reine de l'Asie[2].

Le 8 août 1851, M. Léon Faucher, alors ministre de l'Intérieur, proposa à la sanction de l'Assem-

[1] Voyez pages 13 et *seq.*

[2] Sir H. Rawlinson entreprit aussi des fouilles à Babylone.

blée nationale un projet de loi autorisant le gouvernement à envoyer en Mésopotamie une expédition
destinée à l'exploration de ces contrées lointaines.
La loi fut votée d'urgence et un crédit de 70,000 fr.
affecté aux besoins de la mission. Le 1ᵉʳ octobre de
la même année, l'expédition composée de MM. Ful-
gence Fresnel, ancien consul de France à Bassora;
Félix Thomas, grand prix de Rome pour l'architecture, et J. Oppert, savant allemand que la France
s'était acquis par la naturalisation, quittait Paris
et s'embarquait le 9 à Marseille.

Le 9 juillet 1852 elle arrivait à Hillah[1], après

---

[1] Hillah, en arabe *Hellath-el-feitha*, (Hellah la Vaste), fut
fondée par Seiffeddaulet, vers l'an 1100, à la place de « la
ville des Babyloniens, » ἡ Πόλις τῶν Βαβυλωνίων, » — qu'Arrien distingue soigneusement de la *forteresse* ou « cité
royale, » — de l'un et l'autre côté de l'Euphrate qui suit, à
peu de chose près, la même direction que du temps de Nabuchodonosor. Elle est une sous-division du pachalik de
Bagdad, mesure à peu près 5 kilom. carrés d'étendue et peut
compter de 15 à 18,000 hab. Suivant M. Oppert, *Hillah* ne
serait que le nom d'un ancien quartier de Babylone et ren-
fermerait celui de *Hallat* ou *Halalat* « la profane, » terme
désignant la partie de la ville où demeurait le peuple, la
population urbaine, ouvrière, industrielle. « Une étymologie
arabe a été proposée, dit M. Oppert, mais nous croyons que ce
nom comme celui des autres villes arabes est plus ancien et

un court séjour dans cette ville s'établissait près
des ruines, à Djumdjumah[1], et commençait les
fouilles.

II. — Les vestiges qui restent de Babylone con-
sistent, nous dit M. Rich, en des éminences de terre
formées par la décomposition des bâtiments, déchi-
rées, sillonnées par le temps, couvertes à la surface
de morceaux de briques, de bitume et de pots de
terre[2], de loin elles ne paraissent être autre chose
que des accidents naturels du terrain. « Pas un monument, pas une pierre sculptée, rien ; des mon-

---

qu'il pourrait même être babylonien. Un séjour très-long en
Asie m'a inspiré plus de respect pour la tradition populaire
qu'on ne lui en accorde généralement en Europe, et m'a démontré que la plupart des noms de lieux, quand ils ne sont
pas évidemment arabes, sont d'une antiquité incontestable. »
Exp. sc. en Mésop., tome I, p. 135.

[1] Djumdjumah (calvaire) est un petit village situé sur la
rive orientale de l'Euphrate, à 12 kilom. au nord de Hillah. Il
tire son nom d'une petite ruine voisine qui porte les marques
incontestables d'un oratoire mahométan.

[2] *Voyage de M. Rich aux ruines de Babylone;* traduit et
enrichi d'observations par M. Raimond, ancien consul de
Bassora ; Paris, 1818 ; pages 180 et *seqq.*

ceaux de briques au milieu d'un désert de sable coupé par des marais fétides[1]. »

A Djumdjumah, trois grandes collines, proches de la rive orientale de l'Euphrate, frappent les yeux. En allant du sud au nord, elles portent les noms de *Tell-Amran-ibn-Ali*, *el Kasr* et *Babil*.

Le tumulus d'*Amran*[2] a la forme d'un trapèze dont les deux côtés parallèles ont 500 et 300 mètres de longueur, tandis que la largeur mesure jusqu'à 400 mètres. Sa plus grande élévation est de 30 mètres. Sur tout le pourtour, de larges ravins l'entament; un, entre autres, le divise en deux parties.

A 700 mètres d'*Amran*, et séparé par une vallée profonde, se dresse *el Kasr*[3]. Cette ruine se

---

[1] M. J. Ménant, *Les Écritures cunéiformes*, page 177.

[2] Suivant la tradition, *Amran* serait le nom d'un fils d'Ali tué dans le lieu de la ruine avec sept de ses compagnons. Il existe là encore un sanctuaire ou *Koubbeh* qui est dédié à Amran; le tombeau du fils d'Ali est au-dessous dans un caveau. Suivant MM. Rich et Oppert, les hommes qui demandent l'accomplissement d'un désir attachent un ruban à la balustrade de l'intérieur de la coupole; quand ils ont atteint leur but, ils le détachent et se montrent reconnaissants envers le gardien du tombeau.

[3] *El Kasr* ou château. Les Arabes nomment encore ce tu-

compose d'un assemblage de cônes, — au moins
300, dit M. Oppert, — dont les bases forment, dans
leur ensemble, une figure presque carrée aux angles faisant face aux points cardinaux. Elle a
640 mètres de long sur 548 de large ; sa hauteur
peut être de 60 pieds.

Enfin, tout à fait au nord, c'est *Babil*[1]. « Qu'on
se figure une masse énorme de 180 mètres de longueur et de 40 de hauteur, tout accumulée par la
main de l'homme, dans un terrain parfaitement plat
et dont l'aspect fait ressortir encore davantage la
grandeur écrasante de cette ruine. Vers les côtés
nord et ouest *Babil* est endommagé. Il y manque
tout le coin du nord-ouest, de sorte que le plan actuel représente un trapézoïde assez informe. Dans
la partie septentrionale du côté ouest, une langue

mulus *Mudjelibeh*, mot qui provient, selon M. Fresnel, de la
prononciation babylonienne de *mukailibeh* diminutif de
makloubah, la ruine.

[1] La plupart des devanciers de M. Oppert, M. Layard ex-
cepté, avaient appelé cette ruine *Mudjelibeh*, mais son seul
nom est *Babil*. L'appellation de *mudjelibeh* « ruine, petite
ruine, » est donnée du reste par les indigènes à tous les
tumulus qui les frappent par leur construction particulière.

se détache du reste de la ruine ; elle est formée par une vaste incision (ou un golfe, si je puis dire ainsi,) qui, par la pente douce qu'elle offre, donne l'accès le plus facile à la plate-forme déchiquetée de ce monceau de briques... Une autre incision se trouve au sud de la première ; on peut également monter par là avec facilité. Arrivé en haut, on trouve un petit plateau accidenté ; la première chose qu'on aperçoit, c'est une sorte de plaine qui a près de 70 mètres de large et qui montre beaucoup de traces d'excavations de chercheurs de briques[1]. »

En dehors de ces grands groupes, en différents endroits, on peut encore remarquer des ruines plus ou moins considérables. La plus importante est : *el Homeira* « la petite rouge » située à 700 mètres à l'est du *Kasr*, composée de quatre tumulus parfaitement séparés et s'étendant dans un demi-cercle de 300 mètres environ.

Enfin, dans le lointain, au nord-est de Hillah, à 14 kilomètres de cette ville, on distingue une ligne de petites élévations répandues sur 3 kilomètres de

---

[1] M. J. Oppert, *Exp. sc. en Mésop.*, tome I, page 168.

distance ; les plus remarquables se nomment. *el*
Khazneh[1] et *Tell-Bender*[2].

De l'autre côté du fleuve, sur la rive arabe, à
12 kilomètres de Hillah, dans la direction ouest-
sud-sud-ouest se trouvent d'autres ruines encore ;
les plus imposantes sont celles de *Tell-Ibrahim-el-
Khalil*[3] et du *Birs-Nimroud*[4].

Tell-Ibrahim mesure de l'est à l'ouest, à la base,
plus de 500 mètres ; sa partie haute forme un plateau de 300 mètres de long sur 150 et 200 de large ;
il atteint en certaines parties plus de 20 mètres d'é-
lévation. Situé à côté du *Birs-Nimroud*, il est écrasé
par ce dernier dont la hauteur va jusqu'à 150 pieds.

---

[1] Le Trésor.

[2] Tumulus du port. — *El Khazneh*, *Tell-Bender* et les ruines environnantes indiquent, selon M. Oppert, la place où
s'éleva la ville de Cutha.

[3] La colline d'Abraham.

[4] Citadelle, château de Nemrod. — *Tell-Ibrahim* et le *Birs*
sont situés sur l'emplacement de Borsippa comme l'a prouvé
la découverte d'un tombeau babylonien, dans lequel, au dessus de la tête du défunt se trouvait un petit gâteau en brique
noire, de 5 centimètres de largeur et de longueur et daté de
Barsip, le trentième jour du sixième mois de la seizième année de Nabonid, roi de Babylone.

Le *Birs-Nimroud* est une colline oblongue dont la base peut avoir 2286 pieds. A son aspect, tous les explorateurs des contrées mésopotamiques se sont arrêtés surpris ; et, en effet, les débris dont il est jonché, sa forme pyramidale, les traces du feu du ciel qui, par places, l'ont vitrifié, les profonds ravins qui, comme autant de cicatrices, le sillonnent, la désolation que tout le pays environnant respire, rien ne lui manque pour fixer les regards.

Telles sont les traces dernières de « la Grande Ville » comme disait Strabon.

III. — Mais par quel concours fatal d'événements ne trouve-t-on plus qu'une immense solitude, de vastes champs semés de débris à la place de Babylone, la riche, la commerçante, l'industrieuse cité ; à la place de ces monuments qu'elle montrait avec orgueil et qui semblaient, si l'on en croit les anciens, destinés à braver les siècles ?

Parcourons les auteurs et nous pourrons assister, pour ainsi dire, à cette transformation.

Si l'on veut avoir la représentation exacte de la

vie des peuples, on n'a ɥu'à considérer la vie humaine. Sans parler des moments de crise, de lutte, de transition qui sont le fait de l'une comme de l'autre, la nation ainsi que l'homme a son enfance, sa jeunesse, les commencements ; elle a son âge mûr, l'apogée ; sa vieillesse, la décadence. Or, dès la fin du règne de Nabuchoɕonosor, il était manifeste que la puissance de Babylone touchait à sa fin. Le Grand-Roi lui-même, en mourant, avait prédit la chute de l'empire. Des bruits menaçants s'étaient répandus dans la ville ; on avait appris qu'un nouveau peuple dominateur se révélait, que le royaume des Mèdes était ébranlé déjà par ce peuple naguère son vassal ; et il suffisait d'un esprit clairvoyant aux prophètes d'Israël pour voir que Babylone aurait bientôt le sort qu'elle avait fait subir à Jérusalem. « Descends, assieds-toi dans la poussière, s'écriaient-ils, vierge fille de Babylone, assieds-toi par terre et non sur un trône, fille des Chaldéens ! On ne t'appellera plus délicate et voluptueuse. Prends les meules et mouds du blé ; ôte ton voile et relève ta robe ; découvre ta cuisse pour passer les torrents ; montre ta nudité, que l'on voit ta honte ! »

« Dans une nuit de réjouissances et de festins,
ce sont encore les prophètes qui parlent, cette fille
de voleurs va être pillée. »

Cyrus est aux portes de la ville... On sait ce
qu'il advint.

L'œuvre de destruction commence. « Le marteau
qui avait brisé tant de trônes est brisé à son tour, »
dit M. J. Ménant [1].

Babylone n'est plus qu'une satrapie de l'empire
des Perses.

Sous Darius, avec un roi qu'elle se donnera, Nidintabel, « qui se disait Nabuchadanachara fils de
Nabonis [2], » elle cherchera à reconquérir son ancienne splendeur. Vains efforts. Une seconde fois
elle succombe, et pour la punir, ses hautes murailles sont en partie rasées, trois mille de ses
principaux habitants sont mis à mort [3].

---

[1] M. J. Ménant, *Les Ecritures cunéiformes*, page 183.

[2] L'Inscription de Bi-Sutoun nous dit : « Celui-ci est Nidintabel qui a fait un mensonge, il disait ceci : Je suis Nabu-
khadanachara, fils de Nabonis et je suis le roi de Babylone. »

[3] Nous avons écrit l'histoire de cette révolte dans un livre

Xerxès pillera ses palais. Il ne craindra pas de mettre la main sur la statue d'or du dieu Nébo. Il démolira les temples, et la destruction sera telle, qu'Hérodote, quelques années plus tard, ne trouvera plus rien à nous dire de la demeure fameuse de Bel-Mérodach [1].

Quel intérêt au surplus pouvaient prendre les rois de Perse à cette ville du passé ?

N'avaient-ils pas les villes, berceaux de leur race, Suse, Persépolis, la ville persane par excellence ? Et qui plus est, soit par prudence, soit par esprit de nationalité, ne devaient-ils pas s'appliquer à la rendre déserte ?

C'en est fini du royaume de Perse, voici venir la conquête macédonienne.

« Les Perses détruisirent une partie de la ville, nous dit Strabon, le temps détruisit l'autre et il fut aidé par les Macédoniens [2]. »

intitulé : *Nidintabel, la Perse ancienne* ; 1 vol. grand in-8, Paris, 1868, A. Durand et Pédone-Lauriel.

[1] Le temple de Bélus fut détruit par Xerxès. Strabon XVI, 1 ; — Arrien, *Anab.* III, 16 et VII, 17, nous l'apprennent.

[2] Strabon XVI.

Que si maintenant, nous suivons les récits de
Strabon, ceux de Diodore, nous verrons Alexandre, malgré tous les soins qu'il prend pour faire
accepter les vainqueurs par les vaincus, malgré
tous les bras que la conquête a mis à sa disposition,
contraint à renoncer, tel est leur état de ruine, à
la restauration des temples [1] ; puis, dans un accès
de douleur, faisant démolir dix stades du mur de
la ville pour élever la terrasse de quatre stades
carrés sur laquelle va se dresser le bûcher d'Hé-
phestion [2].

L'ère des Séleucides est arrivée.

« Les ruines de Babylone s'accrurent bien vite,
continue Strabon, surtout depuis que Séleucus
Nicator eût fortifié Séleucie sur le Tigre, à 300 stades de Babylone. Ce souverain et ses successeurs
eurent une grande prédilection pour Séleucie et y

---

[1] « Alexandre avait l'intention de rétablir le temple de
Bélus, dit Strabon, XVI, 1, mais l'entreprise demandait beaucoup de travaux et de temps, car il aurait fallu deux mois
et dix mille ouvriers pour enlever seulement les décombres. »
Cf. Arrien, *loc. sup. cit.*

[2] Diodore XVII.

transportèrent leur résidence. Aussi est-elle devenue plus grande que Babylone[1]. »

Mais ce n'était pas assez encore de Séleucie pour ruiner une ville comme était celle des Chaldéens. Ctésiphon s'élève : « A la place de Babylone, dit S. Jérôme, Ctésiphon et Séleucie devinrent des villes remarquables chez les Perses[2]. »

Naguère, on pouvait dire de Babylone ce qu'Ezéchiel disait d'Assour : « Elle était comme un érêz au Liban; ses branches étaient belles, touffues, répandant l'ombre; il était haut et sa chevelure s'élevait entre les rameaux serrés[3]. »

Mais déjà, à l'époque où vivait Diodore, « une petite partie de la ville seulement était habitée, le reste de l'espace compris dans ses murs était converti en champs cultivés. » Et Strabon pouvait s'écrier à quelques années de là : « On peut appliquer à Babylone ce qu'un poète disait de Mégalopolis en

---

[1] Strabon XVII; — Pline, *Hist. Nat.*, VI, 26

[2] Saint Jérôme, *in cap.* 13 d'Isaïe.

[3] Ezéchiel, c. 31, v. 3.

Arcadie : La grande ville n'est plus qu'un grand désert :

Εϱημία Μεγάλη ἐστίν ἡ Μεγάλη Πόλις[1]. »

Bientôt « il ne reste plus que les murailles de cette reine de toutes les villes que le soleil avait jamais éclairées[2]. »

Elle devient un parc où les rois chassent les bêtes fauves ; S. Jérôme nous l'apprend, il le tenait d'un témoin oculaire, d'un religieux persan[3].

Peu à peu les murailles tombent en ruine ; avec le temps, l'Euphrate dont le lit se comble, se fait un autre cours[4], et, en ces lieux, il ne reste plus

[1] Strabon, XVI, 1.

[2] Pausanias, *in Arcad.* : « *Illa autem Babylon quas unquam sol aspexit urbium maxima, jam præter muros nihil habet reliqui.* »

[3] Saint Jérôme, *in cap.* 13, ꙳. 20 et 21 d'Isaïe : *Didicimus a quodam fratre Elamita qui de illis finibus egrediens, nunc Jerosolymis vitam exigit monachorum, venationes regias esse in Babylone et omne generis bestias murorum ejus ambitu tantum contineri.* »

[4] A l'est du cours antique. C'est seulement quelque temps avant la fondation d'Hillâh que l'Euphrate rentra dans son lit primitif. — Strabon donne au fleuve un stade de largeur

Imp. C. Cavaniol à Chaumont.   H. Guiot Lith.

BIRS-NIMROUD.

qu'un mince filet d'eau qui, coulant à travers les masures et ne trouvant plus de pente d'écoulement, se change en marais [1].

Les Arabes apparaissent. Ils fouillent les monticules, creusent des tranchées pour extraire les briques cuites. Ils ne s'inquiètent pas de ce que les tumulus peuvent recéler de richesses archéologiques dans leurs flancs; pour eux, ils ne sont que des carrières dans lesquelles ils trouvent des matériaux tout préparés qui vont servir à la construction de villes, telles que Bagdad, Cufa, Hillah, Meschedi-Ali.....

Des siècles se sont écoulés, l'exploitation dure encore [2].

Ninive, la cité guerrière, avait soulevé tant de

à Babylone; Rennell, environ 450 pieds anglais; Niebuhr, 400 pieds danois; Rich, 450 pieds anglais. Sa profondeur est de deux brasses et demie; son courant de deux nœuds environ.

[1] Théodoret, *in cap.* 50, vv. 38 et 39 de Jérémie: *Euphrate quondam urbem ipsam mediam dividebat, nunc autem fluvius conversus est in aliam viam et per rudera minimus aquarum meatus fluit.* »

[2] Voyez notre texte, page 12 et note [1].

haines qu'au jour des représailles, rien n'avait été laissé debout ; là ville avait été rasée, les habitants dispersés dans les bourgades voisines. Babylone avait été la cité des dieux ; quand son heure de décadence fut arrivée, elle put trouver encore dans le respect religieux que son nom rappelait une sorte de protection contre les colères [1].

Les excavations faites sans soin, sans ordre [2] ; la masse énorme des monticules, leur composition ; le long espace de temps qui s'écoula entre la chute de l'empire de Babylone et la ruine définitive

----

[1] « Mais elle a expié cruellement sa grandeur, dit M. Ménant, Les Écrit. cunéif. ; mémorable exemple des vanités de la terre, elle a donné son sang et ses trésors à ses premiers vainqueurs ; chacun est venu lui arracher un lambeau de sa gloire et de ce colosse à la tête d'or, il ne reste plus cachés dans les sables du désert que les pieds d'argile sur lesquels on va lire les étonnants récits de l'époque la plus glorieuse de son histoire. »

[2] « On comprend combien ce travail des hommes a dû accélérer les ravages du temps, dit M. Ménant Les Écrit. cunéif., p. 117 ; aussi ces grands palais qui faisaient la gloire de la Ville éternelle ne marquent plus leur place sur le sol que par des monceaux de décombres dont les besoins du moment changent souvent la forme et la position. — Cf. M. Op-

de la ville sont autant de causes qui n'ont pas permis des reconstitutions aussi sérieuses qu'ont été celles des monuments de Ninive.

Ici, ce n'est plus, comme quand il s'est agi de la cité assyrienne, le sol seulement que l'on doit consulter, mais encore et surtout les inscriptions, les auteurs.

pert, *Exp. sc. en Mésop.*, tome 1, page 142 : « Les chercheurs de tuiles, — M. Oppert parle ici du *Kasr*, — en dérangeant un monceau de briques pulvérisées ont fait d'une colline une vallée et d'une vallée adjacente une colline. Pendant des siècles le *Kasr* a été fouillé... » Le même fait se présente pour *Amran;* voyez M. J. Oppert, *loc. sup. cit.*, page 167 ; voyez encore, page 149.

CHAPITRE DEUXIÈME.

La Ville.

I. — Les matériaux qui vont servir aux constructions. —
II. Les enceintes. — III. Les quais. — IV. Le pont ; le
tunnel. — V. Les édifices que représentent aujourd'hui les
principaux amas de ruines. — VI. Le *Birs-Nimroud* ou la
Tour à étages. — VII. Le *Kasr* ou Grand-Château. — VIII.
Tell-Amran ou les Jardins suspendus. — IX. *Babil* ou le
Tombeau de Bélus. — X. Aspect général.

I. — Nous ne voulons point remonter aux
origines de Babylone dont le nom se lie aux plus
vieux souvenirs du monde et nous reporte à cet
âge où l'humanité, vagissait encore dans la boue
du déluge. Il nous suffit de dire que, dès cette
époque, les enfants des hommes qui habitaient les
contrées mésopotamiques pétrissaient déjà « d'une
main vigoureuse et hardie la terre sur laquelle on
devait jeter les fondements de la civilisation ; »
que, « de leur prodigieux travail, il devait sortir

une ville dont l'enfance assez obscure s'est pas-
sée dans les rudes labeurs qui devaient assurer
la fertilité du sol ; gigantesques travaux de cana-
lisation dont la plaine de Shinaar porte encore
la trace [1]. » Il nous suffit de dire que la ville qu'ils
édifièrent en ces lieux devint la capitale du monde
et qu'enfin c'est à l'époque la plus grandiose de sa
vie, à l'époque de Nabuchodonosor , en 570 à peu
près, que nous nous plaçons pour donner la description des monuments de la cité.

La Bible, la première, est venue nous énumé-
rer les matériaux employés par les premiers architectes de Babel : « Allons, se dirent-ils les uns
aux autres, faisons des briques et cuisons-les au
feu. Et ils eurent des briques au lieu de pierres et
le bitume leur fut au lieu de mortier [2]. » En 570,
ce seront encore les mêmes matériaux qu'utilisera
le grand roi, le sol des plaines de Shinaar comme
celui de la Basse-Chaldée, ne fournissant que l'argile.

---

[1] M. J. Ménant, *Les Ecritures cunéiformes*, page 176.
[2] *Genèse*, chap. 11, ⋎. 4.

Les briques que l'on retrouve à Babylone sont de trois sortes : les premières, celles de la qualité la plus fine, sont d'un blanc jaunâtre [1] ; les secondes, très-résistantes, sont d'un bleu noir [2] ; les troisièmes, rouges, tendres, friables semblent n'avoir été qu'à moitié cuites [3]. « Elles sont presque toutes, dit M. J. Oppert, d'un pied carré babylonien de 315 millimètres en moyenne, équivalant à trois cinquièmes de la coudée qui est égale à celle d'Égypte [4] ; » leur épaisseur varie entre trois et quatre pouces. « Ces dimensions, dit M. J. Ménant, paraissent avoir été prises sur une unité de mesure, car Ctésias nous apprend que les murs de Babylone avaient une largeur de 300 briques. Ce-

---

[1] Rich, *First memoir*, p. 61.

[2] Rich, *First memoir*, page 62 ; — Cf. *As. Soc. Journal*, tome XVIII, page 6, note [3].

[3] *As. Soc. Journal*, tome XVIII, page 9.

[4] M. J. Oppert, *Exp. sc. en Mésop.* tome I, page 143. — « *The shape was always square*, dit M. G. Rawlinson, *op. cit.*, tome III, page 394, *and the dimensions varied between twelve and fourteen inches for the length and breadth, and between three and four inches for the thickness.* » D'après Rich, *First memoir*, page 61, et M. H. Rawlinson dans *As. Soc. Journal*, tome XVIII, page 8.

pendant quelques-unes sont moitié moins larges et
les briques crues qui servaient à la construction
intérieure des gros murs n'ont pas la même dimension, elles sont beaucoup plus grandes. » Le
plus souvent une face des briques cuites porte une
inscription gravée en creux, au milieu. Le texte est
disposé en sept lignes, en six, en quatre et en
trois ; quatre-vingt dix-neuf sur cent briques que
l'on retrouve montrent une seule et même inscription ainsi conçue : « Nabuchodonosor, roi de Babylone, restaurateur de la pyramide et de la tour, fils
aîné de Nabopallassar, roi de Babylone, moi [1]. »
« Il est facile de voir, remarque M. Ménant, que la
plupart de ces briques ont été *imprimées* avec des
types qui ont servi à *tirer* des milliers d'exemplaires. Les palais de Babylone ne sont plus qu'un
amas plus ou moins considérable de ces briques, et
c'est avec ces matériaux que M. Oppert a pu re-

[1] M. J. Oppert, *Exp. sc. en Mésop.*, tome I, pages 142 et
143. — « La variété des inscriptions n'est pas en rapport avec
l'immense quantité de briques que l'on extrait de ces ruines.
Cependant elles n'émanent pas toutes du même roi. Les
plus communes sont celles de Nabuchodonosor. » M. J. Ménant, *op. sup. cit.*, page 186.

construire le plan de l'antique cité et déterminer la place des principaux monuments [1]. »

Trois sortes de ciment viennent, dans les constructions, relier les briques entre elles : la boue, le bitume et le mortier [2].

La boue ne pouvait évidemment produire qu'un fort mauvais ciment, aussi, pour lui donner plus de ténacité, la mêlait-on à la paille hachée et la disposait-on par couches dont l'épaisseur allait jusqu'à deux pouces [3]. — Le bitume « que l'on faisait venir de la ville d'Is, » nous dit Hérodote, valait da-

---

[1] M. J. Ménant, *Les Écrit. cunéif.*, page 187. — « La légende est tracée avec un timbre de bois ; c'est donc un commencement d'imprimerie. » M. J. Oppert, *op. sup. cit.*, page 142. — « Toutes les briques, dit M. Ménant, *op. sup. cit.*, page 186, sont couvertes de caractères cunéiformes, et il est visible que des précautions ont été prises pour les utiliser dans les constructions sans endommager l'écriture : le bitume n'adhère pas sur les caractères, et l'inscription est toujours tournée en dessous. Il est évident, par cette disposition constante, que les matériaux ont été ainsi employés au moment de la construction de l'édifice, et lorsque l'écriture qui les recouvre était en usage. En effet, dans les constructions plus modernes, à Bagdad, à Hillah, ces briques sont placées au hasard, sans qu'on se soit occupé de la position de l'écriture. »

[2] Rich, *First, memoir*, page 62.

[3] « *At the Birs*, dit M. G. Rawlinson, *op cit.*, tome III, page 395, note [23], d'après *As. Soc. Journal*, tome XVIII, page 9, *the*

vantage; mais toutefois, au diré de certains explorateurs, c'est encore avec facilité que l'on détache avec une petite pioche et même une truelle les briques reliées de la sorte [1]. — Mais quand le mortier ou ciment de chaux a été employé, aucune force, aucun art ne peut arracher les briques sans les casser en morceaux [2].

Des nattes de roseaux enduits de bitume étaient, comme en Chaldée, et pour donner une plus grande solidité à la construction, placées entre les rangées de briques ; de trente en trente couches, dit Hérodote, en parlant des murailles de Babylone ; entre chaque couche de ciment de boue et de briques durcies au soleil, dit M. Rich, en parlant de la ruine de Babil.

Ce sont là les seuls matériaux qui ont servi à édifier des monuments que l'antiquité crut devoir placer au nombre des sept merveilles du monde [3].

---

red clay cement used in the third stage has a depth of two inches. »

[1] Remarque faite par Niebuhr, Rich et Raimond.

[2] Rich, *First memoir*, page 25 ; — Layard, *Nineveh and Babylon*, page 505.

[3] Strabon, XVI ; — etc.

II. — Les historiens et les inscriptions nous ont appris que deux grandes murailles entouraient Babylone et la protégeaient contre les attaques du dehors. « La muraille extérieure, nous dit Hérodote, est la cuirasse de la ville ; le mur intérieur, à peine plus faible, est plus étroit [1]. »

Assarhaddon, roi de Ninive, revendique la fondation de ces grands murs, dont il nous donne les noms, et qui, dans sa pensée, ne devaient pas embrasser seulement l'antique cité [2], mais encore la cité nouvelle, en un mot, la ville telle qu'elle se présente à l'époque où nous nous sommes placé. « Babylone, nous dit en effet ce prince, est la ville des lois. Imgur-Bel est *l'enceinte* ; Nivitti-Bel, *le boulevard* ; depuis les fondations jusqu'aux créneaux je les ai fondés, continués, agrandis, entourés, élargis [3]. »

Malgré cette pompeuse énumération, il est manifeste qu'Assarhaddon ne conduisit point à sa fin

---

[1] Hérodote, l. II, ch. 181

[2] Voyez plus loin : VII. *Le Kasr* ou Grand-Château.

[3] *Inscription d'Aberdeen*, col 4, l. 18 et suiv.; trad. de M. J. Oppert.

l'entreprise qu'il avait conçue. Il commença peut-
être quelques tronçons de la ligne du midi, qui
était la plus exposée aux incursions des Ela-
mites contre lesquels il eut à soutenir des guerres continuelles, et qui se liguaient avec les
rois de la Basse-Chaldée contre le trône de Ninive, mais il dut s'arrêter là, car Nabopallassar
et après lui Nabuchodonosor, rois de Babylone, ont
attaché leurs noms à cette œuvre. Une inscription de
Nabuchodonosor nous le prouve : « Imgur-Bel (que
Bel le protége) et Nivitti-Bel (le séjour de Bel),
voilà le grand mur de Babylone que Nabopallassar,
roi de Babylone, le père qui m'a engendré, commença sans en achever la magnificence. Il fit les
creusements ; deux fossés énormes furent construits, dont il limita les bords par du bitume et des
briques. Il fit les fossés concentriques, il entoura
de digues les bords de l'Euphrate, mais il n'accomplit pas son œuvre....... Mais son fils aîné, qui sou-
tint sa mémoire, acheva la grande enceinte de Babylone, Imgur-Bel et Nivitti-Bel. En dehors des
creusements que fit mon père, je bâtis deux autres
fossés en bitume et en briques, sans compter les

constructions que mon père avait commencées et
que j'ai achevées [1]. »

Ce mode de fortification, consistant d'une part
en un mur extérieur, *l'enceinte* ; d'autre part, en un
second mur intérieur, *le boulevard*, fut de même
adopté pour la défense des villes assyriennes. Ce
fait nous est confirmé par des inscriptions : « Sennachérib, roi des légions, roi d'Assyrie, a fondé et
achevé *l'enceinte* et *le boulevard* de Ninive, et l'a fait
commémorer sur des cylindres [2]. » — « Assour
protége l'armée de *l'enceinte*, dit Sarkin, Ninip-
Samdan pose la pierre angulaire de la ville dont *le
boulevard* puisse subsister jusqu'aux jours les plus
reculés [3]. »

Hérodote et les données qui nous ont été fournies par les inscriptions et les fouilles nous permet-

---

[1] *Inscription de la Compagnie des Indes,* voyez col. 4 et 5 ;
trad. de M. J. Oppert.

[2] *Cuneiform Insc. of Western Asia,* vol I, pl. 6, nᵒ viii, B ;
trad. de M. J. Oppert. — Le même roi construisit en briques
l'enceinte et le boulevard de Kakzi (Shamamek), au sud d'Ar-
bèles, il nous le dit lui-même ; voyez *loc. sup. cit,* pl. 7.

[3] Voyez M. J. Oppert, *Exp. sc. en Mésop.,* tome I, p. 226.

tent d'assister, pour ainsi dire, à la construction des murs de Babylone.

En avant des murailles, un fossé profond et large que l'eau va remplir est creusé. La terre que les travailleurs retirent, passant en d'autres mains, est tamisée, corroyée, malaxée avec soin ; des moules de dimensions égales la reçoivent ; des timbres gravés en relief au nom du roi constructeur impriment en creux sa légende sur la brique crue ; on la fait cuire au feu. Les assises s'élèvent. Les murs sont formés à l'extérieur de briques cuites, à l'intérieur de briques crues ou séchées au soleil, unies entre elles au moyen du bitume de la rivière d'Is [1], et de trente en trente

---

[1] Hérodote, II, 179 : « On compte huit journées de marche de Babylone à une autre ville que l'on nomme Is, où coule une petite rivière du même nom qui se jette dans le grand courant de l'Euphrate ; cette rivière fait jaillir de ses sources de nombreux grumeaux de bitume, et c'est de là qu'on en a transporté pour construire les murs de Babylone. » — « Cette ville de Is que mentionne le père de l'histoire est le bourg actuel de Hit, sur l'Euphrate, dit M. Oppert ; son nom, en araméen, חיט, veut dire une *enceinte*, et Hérodote ne pouvait le transcrire autrement que par Ἴς. Quinte-Curce nomme cette ville *Mennis* ; il transmet des faits analogues. »

couches de briques sont disposés des lits de roseaux
entrelacés enduits de bitume. Des tours, servant de
contre-forts et en même temps de défenses, avancent sur l'alignement de la muraille et dépassent
son sommet de toute leur tête [1]. Cent portes de
bronze avec des linteaux et des traverses de même
métal donnent accès dans l'enceinte [2].

Quelles étaient maintenant les dimensions de ces
murs ? — Les seuls renseignements que nous trou-
vions dans Hérodote sont ceux-ci : « Située dans
une vaste plaine, Babylone forme un carré, dont
chaque côté a cent-vingt stades ; son périmètre entier

---

[1] Selon Ctésias il y avait 250 tours. Diodore dit « qu'il ne
faut pas s'étonner du nombre restreint des tours, parce
qu'on n'avait pas besoin d'en bâtir là où les marais défendaient
la ville ; » — « c'est-à-dire du côté ouest, ajoute M. Oppert.
La raison semble faible ; dans ce cas, on n'aurait pas eu besoin de mur non plus. » Il ne faut donc accorder que peu de
foi au dire de Ctésias.

[2] Voyez Hérodote II, 178, 179 et 180 ; — L'inscription de la
Compagnie des Indes ; — L'inscription du baril de Philips
où l'on remarque cette phrase : « Babylone est le refuge du
dieu Mérodach ; j'ai achevé Imgur-Bel, sa grande enceinte.
Dans le seuil des grandes portes, j'ai ajusté des battants en
airain, des rampes et des grilles très-fortes. J'ai creusé ses
fossés, j'ai atteint le fond des eaux, j'ai construit les bords
de la tranchée en bitume et en briques. Les maisonnettes sur

est donc de quatre cent quatre-vingts stades... Le grand rempart est large de cinquante coudées royales, et haut de deux cents [1]. » Mais, des divergences qu'il est presque impossible de concilier existent entre les données d'Hérodote et celles des historiens qui, comme lui, nous ont entretenu de Babylone [2]. Nous ne rapporterons point tous les chiffres cités, nous dirons seulement que, conformément aux mesures appuyées par Bérose et Abydène, M. J. Oppert a cru pouvoir rétablir les dimensions suivantes :

Imgur-Bel était long de 480 stades, (90,720^m);

les bords du haut mur, comparables à un rocher que l'on ne peut enlever, furent faites en bitume et en briques. » Trad. de M. J. Oppert. — Enfin, une autre inscription publiée dans *W. A. I.*, t. I, pl. 52, n° 3, nous dit ceci : « Imgur-Bel et Nivitti-Bel, les grandes enceintes de Babylone, je les ai bâties en carré; j'ai construit en paroi escarpée, en bitume et en briques, les fossés creusés; j'ai fait élever au milieu d'eux les rues. J'ai fait ajuster dans les grandes portes des battants d'airain, des rampes et des grilles. » Trad. de M. J. Oppert.

[1] Hérodote II, 178.

[2] Voyez à ce sujet: Volney, *Chronol. des Babyl.*; — M. Oppert, *Exp. sc. en Mésop.*, t. I, p. 224 et *seqq.*; — M. G. Rawlinson, *The five great monarchies of the ancient eastern world*, tome III, pages 340 et *seq.*, et pages 347 et *seqq.*; — Etc.

haut de 90 coudées, (47^m 25) ; large de 50 coudées,
(26^m 25) ; des tours, de place en place, le surmontaient, elles étaient hautes de 200 coudées,
(105^m).

Nivitti-Bel avait 360 stades de long, (68,040^m) ;
50 coudées de haut, (26^m 25) ; 18 coudées de large,
(9^m 45) ; ses tours étaient élevées de 110 coudées,
(57^m 75) [1].

Une inscription de Nabuchodonosor est venue
prouver la confiance que l'on pouvait avoir dans le
chiffre de la longueur du grand mur — 480 stades,
— rapporté par Hérodote. « Je fis mesurer, dit le
roi Imgur-Bel, le grand mur de Babylone, l'inexpu-
gnable, qu'aucun roi avant moi n'avait fait : 4,000
mahargagar, voilà la superficie de Babylone [2]. »
Or, d'après M. Oppert, « le *mahar* est une mesure de
superficie de 60 pieds de côté, et le *mahargagar* est
360 fois 3,600 pieds carrés ; d'où 4,000 *mahargagar*
donnent : $4,000 \times 3,600 \times 360 = 5,184,000,000$,

---

[1] Voyez M. J. Oppert, *E. S. M.*, t. :, pages 227 et 228.
[2] *Inscription de la Compagnie des Indes*; — trad. de M. J.
Oppert.

c'est-à-dire, pour le côté du carré, 72,000 pieds, et 72,000 pieds font 120 stades, le côté du grand carré de Babylone [1]..... Le grand mur renfermait donc un espace de 513 kilomètres carrés, c'est-à-dire un territoire grand comme le département de la Seine, et quinze fois l'étendue de la ville de Paris en 1859, sept fois celle de la même capitale en 1860. Le second mur entourait un aréal de 290 kilomètres carrés, beaucoup plus grand que la ville de Londres [2]. »

D'après ces calculs, Babylone aurait eu une étendue que nous pouvons à peine nous figurer aujourd'hui ; et, si nous prenions à la lettre le texte d'Hérodote, sa population eût été en rapport avec ces colossales dimensions : « L'intérieur de la ville, nous dit en effet l'historien grec, est rempli de maisons à trois et quatre étages [3]. » Mais il est évident que par *intérieur de la ville*, nous devons en-

---

[1] Voyez M. J. Oppert, *Exp. sc. en Mésop.*, tome 1, pages 229, notes 2 et 3.

[2] Voyez M. J. Oppert, *op. sup. cit.*, tome 1, page 234.

[3] Hérodote, I, 180.

tendre simplement *la surface habitée* ; or, cette
surface était loin même d'être égale à l'espace compris dans la seconde enceinte, car selon Quinte-
Curce : « Les maisons ne touchent pas aux murs ;
il y a un espace intermédiaire de près d'un ar-
pent ; toute la ville même n'est pas occupée par des
constructions, il n'y a d'habité qu'un espace de 90
stades, et encore tout n'y est pas continu ; les édifices y sont, pour plus de sécurité, isolés ; on ense-
mence et cultive tout le reste du terrain enfermé
dans les murs, afin qu'en cas d'attaque du dehors
on trouve de quoi nourrir les assiégés [1]. » Imgur-
Bel et Nivitti-Bel étaient donc bien moins les remparts d'une ville proprement dite que les enceintes d'un immense camp retranché. Nous en avons
encore une nouvelle preuve dans Aristote ; quand
il veut donner une idée d'une ville telle qu'il la
conçoit, il dit :

« Ce n'est pas par des murs qu'on fait une ville.
On n'aurait alors qu'à entourer le Péloponnèse d'un
mur, ce serait la même chose que Babylone ou

---

[1] Quinte-Curce, V, 1.

toute autre ville dont le pourtour renferme plutôt un peuple qu'une cité[1]. »

D'autres murs intérieurs venaient compléter le système de fortification de Babylone. Nous citerons les trois murailles qui entouraient la Cité Royale[2], et l'enceinte de Borsippa : « J'ai fondé, j'ai bâti le mur de Borsippa, qu'il soit d'un bon augure, a dit Nabuchodonosor. J'ai creusé ses fossés ; en bitume et en briques j'ai délimité ses bords[3]. » Borsippa avait d'abord existé comme ville séparée de Babylone, mais quand la construction d'Imgur-Bel fut achevée, elle se trouva renfermée entre la première enceinte et la seconde. Le mur, dont parle Nabuchodonosor a, selon toute probabilité, relié Borsippa à Nivitti-Bel.

« En outre, çà et là, au milieu des deux quartiers, sur les deux rives, certains édifices sont for-

---

[1] Aristote, Politique, III. 1 : « Τοιαύτη δ'ἴσως ἐστὶ καὶ Βαβυλὼν καὶ πᾶσα ἥτις ἔχει περιγραφὴν μᾶλλον ἔθνους ἢ πόλεως.

[2] Nous en donnerons la description quand nous parlerons du Grand-Château.

[3] *Insc. de la Compagnie des Indes.*

tifiés [1]... » C'est Hérodote qui parle, et les inscriptions ont confirmé son témoignage.

III. — L'Euphrate qui descend de l'Arménie, grand, profond et rapide, pour aller se jeter dans le Golfe Persique, s'étendait à travers toute la ville [2] sur une longueur de 160 stades [3], égale, à peu de chose près, à la diagonale d'un carré de 120 stades de côté.

A une certaine époque de l'année, ce fleuve subissait une crue telle que la plaine, tout autour de Babylone, se trouvait couverte par les eaux [4], aussi, dès les temps les plus reculés, les rois avaient-ils dû songer à prévenir les inondations.

[1] Hérodote, I, 180.

[2] Hérodote, I, 180.

[3] Diodore, II, 8.

[4] « L'Euphrate subit une crue, qui commence au printemps et dure jusque vers l'été, à l'époque où les neiges fondent dans l'Arménie. » — Et tous les voyageurs ont observé cette crue de l'Euphrate dont nous parle Strabon. — L'historien continue : « Les champs seraient donc submergés et convertis en lacs si l'on ne détournait pas l'excès d'eau par des canaux et des tranchées... Voilà pourquoi on a pratiqué ces canaux. » Strabon, XV, 1.

Les deux premiers noms qui se rattachent à des travaux exécutés dans ce but sont ceux de deux femmes, de deux reines, Sémiramis et Nitocris.

La Sémiramis que nous citons ici n'est point la reine légendaire à laquelle Ctésias et après lui Diodiore ont attribué la construction des grands édifices et la fondation même de Babylone. Nous entendons parler de la Sémiramis d'Hérodote, de la reine qu'une inscription gravée sur une statue de Nébo [1] trouvée par M. Loftus, nous désigne sous le nom de *Saammuramat* [2], épouse d'un roi Houlikhous qui semble avoir régné sur l'Assyrie vers l'an 840.

« C'est elle qui éleva dans la plaine, nous dit Hérodote, des digues très-remarquables, car auparavant le fleuve s'y répandait habituellement comme une mer [3]. »

Nitocris, dont le nom purement égyptien, *Neithakher* (la Neith victorieuse), révèle l'origine, femme

[1] Actuellement au musée Britannique.
[2] W. A. I. t. I, pl. 35, n° 2, l. 9.
[3] Hérodote, I, 184.

de Nabopallassar [1] (625 à 604), continua l'œuvre de Sémiramis [2]. C'est à cette reine encore que, suivant Hérodote, Babylone aurait été redevable des quais de l'intérieur de la ville. Mais, sans mettre en doute le récit de l'historien, puisque l'inscription de Londres paraît mentionner une sorte de digue que l'époux de Nitocris aurait commencée [3], on peut affirmer que ces travaux ont été très-restreints.

C'est aux successeurs de Nabopallassar surtout que l'on doit les attribuer.

D'après l'*Inscription de Londres*, Nabuchodonosor [4] se serait occupé des berges voisines des murs d'enceinte. Nériglissor [5] nous a attesté dans une inscription qu'il avait pris soin des quais du palais [6]. Enfin, Nabonic, suivant Bérose, aurait construit les quais de la ville [7].

---

[1] *Nabu-pal-uzur*, Nébo protège mon fils.

[2] Hérodote. I, 185.

[3] *Inscription de Londres*, col. 6 au commencement.

[4] *Nabu-kudurri-uzur*, Nébo protège ma famille.

[5] *Nergal-sar-uzur*, Nergal protège le roi.

[6] Cette inscription se trouve à Cambridge; elle a été publiée par le Musée Britannique.

[7] « Ἐπί τούτου τὰ περὶ τὸν ποταμὸν τείχη τῆς Βαβυ-

Et le texte de Bérose a été confirmé par
une importante découverte que fit M. Fresnel en
septembre 1853. M. Oppert qui fut à même de la
vérifier le 7 octobre de la même année nous l'a dé-
crite ainsi :

« Entre le Kasr et Babil se trouve un endroit
où, de tout temps, il y a eu des carrières de briques. A l'époque indiquée (7 octobre 1853), j'exami-
nai ces restes près du village de Kowairesch, mais
un peu au nord. La baisse, sans précédent, de
l'Euphrate permettait de voir au-dessus de l'eau
des constructions qui se prolongeaient jusqu'à une
distance où la profondeur de l'Euphrate ne permit
plus d'apercevoir les briques. Ce quai portait tous
les caractères d'une construction hydraulique, les
briques étant plus dures, très-rouges et complètement enduites de bitume. Celles du côté de la rive
avaient une teinte grise jaunâtre... Elles portaient
l'inscription suivante :

« Nabonid, roi de Babylone, conservateur de la

λωνίων πόλεως ἐξ ὀπτῆς πλίνθου καὶ ἀσφάλτου κατεκοσμήθη. »
Fraj. histor. græc., ed. Müller, t. II, p. 508, fr. 14.

« pyramide et de la tour, fils du nommé Nabobala-
« tirib, le seigneur puissant. »

Quelques-unes fournissaient cette légende :

« Nabonid, roi de Babylone, qui a fait la maison
« des dieux Nébo et Mérodach, fils du nommé Na-
« bobalatirib, le seigneur puissant, moi[1]. »

D'après les auteurs anciens, les quais se présentaient de la sorte :

Le mur d'enceinte, coupé en diagonale à chacune
de ses extrémités par le fleuve, se rattachait des
deux côtés à une maçonnerie de briques cuites qui
formait les quais des deux rives[2]. Ces quais avaient
une étendue de 160 stades, nous dit Diodore[3]; ils
étaient percés de portes à battants d'airain qui faisaient face aux rues aboutissant au fleuve[4]; les
descentes des portes à l'Euphrate étaient pavées de briques cuites[5].

« Mais toutes ces œuvres n'étaient rien, selon

---

[1] M. J. Oppert, *Exp. sc. en Mésop.* t. I, p. 184.
[2] Hérodote, I, 180.
[3] Diodore, II, 8.
[4] Hérodote, I, 180.
[5] Hérodote, I, 180.

Quinte-Curce, en comparaison des immenses cavernes que l'on avait creusées dans le sens de la
profondeur pour arrêter l'impétuosité du fleuve. Et
elles étaient nécessaires, car l'Euphrate arrivant à
dépasser la hauteur des quais eût pu entraîner les
maisons dans son cours si des cavernes et des lacs
ne se fussent ouverts pour le recevoir. Ces bassins
étaient construits en briques cuites et partout enduits de bitume [1]. »

« Les cavernes affectaient la forme de boyau,
d'abord montant et ensuite descendant. Elles s'ouvraient au-dessous du niveau du fleuve qui, en s'é-
levant, remplissait d'abord l'entrée de la caverne
dont le devant était en montée ; mais, arrivée à la
hauteur de cette montée, l'eau s'écoulait en descendant de l'autre côté dans l'excavation, et la ville se
trouvait ainsi délivrée d'un danger presque pério-
dique. Quelques-unes de ces cavernes, dont la tradition s'est encore conservée dans le pays, aboutis-
saient à des lacs artificiels creusés de l'autre côté
de la ville et à des réservoirs qui ne pouvaient se

[1] Quinte-Curce, V, 1.

remplir que lorsque le fleuve avait atteint une certaine hauteur [1]. »

Ainsi, grâce à ces travaux, on était arrivé à un
double résultat : la ville se trouvait préservée de
l'inondation, et les eaux détournées, tout en appro-
visionnant les différents quartiers de Babylone,
servaient encore à ces irrigations qui faisaient la
fertilité des plaines mésopotamiques.

Nabonid a pu être le roi constructeur des quais
de l'intérieur de la ville, mais, bien avant lui, on
avait su utiliser la dérivation des eaux de l'Euphrate.
Les inscriptions, en effet, nous parlent fréquemment
de canaux, de réservoirs creusés par des rois de
beaucoup antérieurs à ce prince.

IV. — Ces œuvres, de nécessité première, n'a-
vaient pas seules attiré l'attention des rois. La ville
ayant deux quartiers séparés par le fleuve, ils
avaient pensé à établir entre eux des communications directes, faciles.

Les auteurs nous citent deux constructions

---

[1] M. J. Oppert, *op. sup. cit.* t. I, p. 183.

répondant à cette fin [1] : un tunnel et un pont [2].

Le pont, situé au milieu même de la ville [3], était destiné à relier les deux quartiers, de telle sorte que l'on ne fut plus obligé de « prendre une barque, comme cela avait lieu sous les premiers rois, quand on voulait passer d'une rive à l'autre [4] ; » le tunnel unissait le palais de la rive droite au palais de la rive gauche [5].

Soit que la hardiesse des architectes anciens n'égalât pas celle des modernes ; soit que les moyens dont ils pouvaient disposer ne leur eussent point permis d'agir comme on le fait aujourd'hui, ils avaient dû pour exécuter ces travaux, déranger le

---

[1] Voyez Hérodote, Diodore, Quinte-Curce, etc.

[2] Selon Hérodote, I, 186, le pont fut l'œuvre de Nitocris. D'après Diodore, II, 8, le pont et le tunnel auraient été construits par Sémiramis. On sait ce qu'il faut penser de la Sémiramis de Diodore. Doit-on ajouter foi à la version d'Hérodote ? M. Oppert, *op. sup. cit.* t. I, p. 191, la combat et rapporte la construction du pont au règne de Nabonid.

[3] « ...κατὰ μέσην κου μάλιστα τὴν πόλιν, » dit Hérodote, I, 186.

[4] Hérodote, I, 186.

[5] Diodore, II, 8.

cours du fleuve. « Nitocris détourna dans un ré-
servoir les eaux du fleuve ; il en fut rempli et le
courant mis à sec [1]. »

Les historiens nous racontent ainsi la construction du pont dont la longueur pouvait être de 160
mètres [2].

« De grandes pierres furent taillées. On enleva la
vase profonde qui couvre le fond du lit de l'Euphrate ; on y entassa des sables, des pierres ; on
assit avec art les piliers distancés de douze pieds
les uns des autres. Les pierres superposées furent
attachées par des crampons en fer et les joints remplis par du plomb fondu. Du côté où les piliers
avaient à soutenir le courant, on fit des angles qui
présentaient tout autour un plan incliné se conti-
nuant sur presque toute la largeur du pilier en dedans afin que l'acuité des angles coupât le courant.

[1] Hérodote, I, 186.

[2] Diodore parle d'une longueur de cinq stades, soit 945 mètres. Il est évident que ce chiffre est exagéré. M. Oppert lit
cinq plèthres, 500 pieds, ce qui rend, dit-il, exactement la
plus petite largeur de l'Euphrate dans l'antiquité ; et Diodore
avait bien spécifié : « à l'endroit du fleuve le plus encaissé. »

du fleuve et que les plans inclinés, tout autour, cé-
dant à cette force, en adoucissent la violence. Le
pont, large de 30 pieds, fut recouvert de poutres
de cèdre et de cyprès. A la nuit, on les retirait [1]. »
Cette précaution avait-elle un caractère politique ?
Avait-on pour but de maintenir la séparation établie par le fleuve entre le quartier de la rive droite
et le quartier de la rive gauche qui était peut-être
le quartier pauvre ou juif? Voulait-on prévenir les
vols ou les attaques nocturnes? Ce dernier motif
seul peut être affirmé, si l'on se fonde sur le récit
d'Hérodote : « On retirait les poutres de peur que,
rôdant par l'obscurité, les habitants ne commissent
des vols au préjudice les uns des autres [2]. »

Quant à la description du tunnel, nous l'emprun-
terons à Diodore ; elle porte, dit M. Oppert, au
point de vue de l'architecture, le cachet de la vérité, comme en général toutes celles qu'il nous a
laissées.

---

[1] Voyez Hérodote, Diodore, *loc. sup. cit.* ; Quinte-Curce,
V, 1.

[2] Hérodote, I, 186.

« Après avoir détourné le fleuve dans un bas-
sin, *on* fit un souterrain d'une résidence à l'autre ;
on bâtit les voûtes de briques cuites, *on* les recouvrit
de chaque côté de couches d'asphalte, jusqu'à ce
que l'épaisseur de cet enduit eût atteint quatre coudées. Les parois de la tranchée avaient une largeur de vingt briques ; la hauteur, jusqu'à la naissance de la voûte, était de douze pieds ; leur largeur
de quinze. Cette tranchée fut exécutée en sept
jours ; alors, *on* fit retourner le fleuve dans le lit
antérieur, de sorte qu'il coulait au-dessus du tunnel ; et ainsi, *on* pouvait parvenir d'un château à la
résidence opposée sans traverser le fleuve. *On* fit
faire de chaque côté du souterrain des portes d'airain qui subsistèrent jusqu'aux rois de Perse. »

« Le récit de Diodore réunit, en ce qui concerne
le tunnel, tous les caractères de la vraisemblance,
même jusque dans les chiffres [1]. »

V. — Le nombre des édifices qui embellissaient la
ville de Nabuchodonosor paraît avoir été considé-

---

[1] Voyez M. Oppert, *op. sup. cit.* t. I, p. 193.

rable, les inscriptions en mentionnent une multitude, et l'on peut dire avec raison que chacune des vagues solides qui découpent si diversement la plaine babylonienne n'est qu'un composé de débris de palais ou de temples. Quelques constructions seulement, mais les plus remarquables, nous ont été décrites par les auteurs, et ce sont celles-là même que désignent, à l'heure présente, les principaux amas de ruines dont nous avons indiqué l'aspect : *El Kasr* ou le Grand Palais ; *Tell-Amran-ibn-Ali* ou les Jardins suspendus ; *Babil* ou le Tombeau de Bélus ; *Birs-Nimroud* ou la Tour à Etages.

VI. — Le Birs-Nimroud marque la place où s'éleva cette tour de Babel rendue si célèbre par l'Ecriture [1] ; et, on le sait déjà, c'est aux pieds de ce monument de la folie humaine que se forma une ville du nom de Borsippa [2], qui, par la suite, ren-

---

[1] *Genèse*, ch. 9, ŷŷ. 1 à 10.

[2] Borsippa des Grecs, Borsif du Talmud, Barsif des inscriptions : confusion des langues. Dans cette ville, dit le Talmud, l'air que l'on respire rend oublieux : אויר משכח

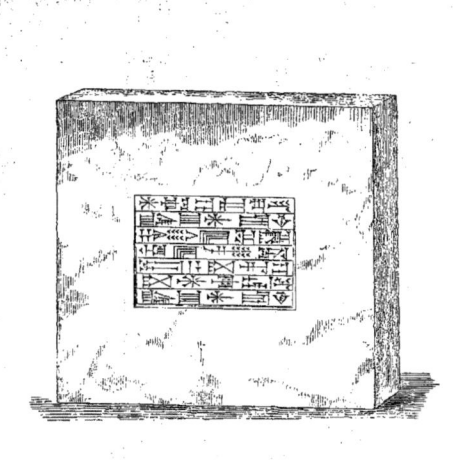

BRIQUE BABYLONIENNE.

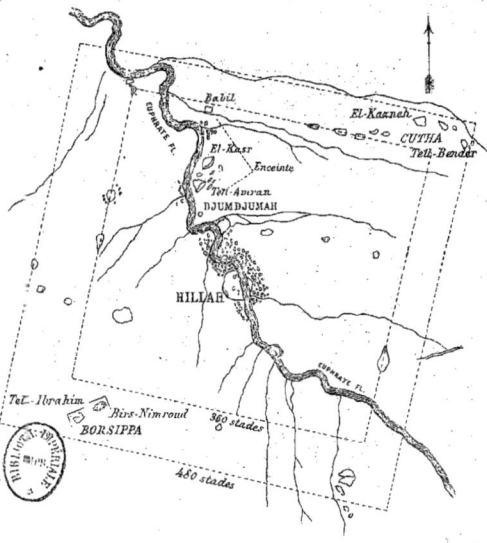

PLAN DES RUINES DE BABYLONE

D'après M. OPPERT

fermée entre Imgur-Bel et Nivitti-Bel ne devait plus être qu'un des quartiers de Babylone.

Aujourd'hui, toutes les briques que l'on retrouve au Birs sont, par rapport à Nemrod, ce chef des enfants des hommes qui, dans les temps bibliques, émigrèrent vers les plaines de Shinaar, d'une époque relativement moderne et ressemblent en tous points à celles du Kasr, de Babil et de Tell-Amran. La première construction a donc été remplacée par une seconde, et c'est de cette dernière dont le temps a conservé les vestiges.

Grâce à une précieuse découverte, la date de la reconstruction de la Tour à Étages ne fait plus partie du domaine des conjectures. Une inscription, gravée sur des barils d'argile, cachés dans le monument par le roi constructeur, a été heureusement retrouvée en double exemplaire, par sir Henri Rawlinson [1]. Et, répétées sur les deux barils, soixante lignes d'écriture nous ont appris de la ma-

---

[1] Les fouilles de M. Rawlinson se portèrent surtout sur le côté sud-ouest ; c'est de ce côté que le savant anglais trouva les deux cylindres de Nabuchodonosor.

nière la plus positive, quand, par qui, et pourquoi la Tour avait été restaurée.

Le grand seigneur Mérodach avait enjoint à son serviteur, le pasteur des peuples, Nabuchodonosor, de reconstruire ses sanctuaires. Et le puissant empereur, dont Nébo avait chargé la main du sceptre de la justice, avait songé au Temple des Sept Lumières de la Terre, auquel remontait le plus ancien souvenir de Borsippa.

« Un roi antique le bâtit, (on compte de là quarante-deux vies humaines,) dit, dans son inscription, le sauveur qui prêtait l'oreille aux injonctions du dieu suprême, mais il n'en éleva pas le faîte. Les hommes l'avaient abandonné depuis les jours du déluge, en désordre, proférant leurs paroles. Le tremblement de terre et le tonnerre avaient ébranlé la brique crue, avaient fendu la brique cuite des revêtements ; la brique crue des massifs s'était éboulée en formant des collines. Le grand dieu Mérodach a engagé mon cœur à le rebâtir ; je n'en ai pas changé l'emplacement, je n'en ai pas altéré les fondations. Dans le mois du salut, au jour heureux, j'ai percé par des arcades la brique crue des mas-

sifs et la brique cuite des revêtements. J'ai ajusté
les rampes circulaires, j'ai inscrit la gloire de mon
nom dans la frise des arcades, j'ai mis la main à
reconstruire la Tour, à en élever le faîte : comme
jadis elle dut être, ainsi je l'ai refondue et rebâtie ;
comme elle dut être dans les temps éloignés, ainsi
j'en ai élevé le sommet. [1] »

Le Temple des Sept Lumières de Babylone,
comme celui de Khorsabad, présentait une série
de tours carrées, superposées, aux angles orientés, suivant la coutume, vers les points cardinaux.

Deux reconstitutions de cet édifice ont été proposées, l'une par M. H. Rawlinson, l'autre par
M. J. Oppert ; de grandes dissemblances les séparent.

D'après le savant anglais, le temple, composé
de huit étages, se dressait sur une petite plate-
forme de briques crues élevée de trois pieds au-
dessus du sol [2].

---

[1] Trad. de M. J. Oppert.

[2] M. Oppert pense que la plate-forme indiquée par M. Rawlinson n'est que le sommet d'un étage enfoui en partie tant par

Le premier étage, carré de 272 pieds anglais de côté, mesurait une hauteur de 26 pieds anglais ; ses pans étaient, dans un but d'ornementation, légèrement découpés par des saillies carrées semblables à des piliers engagés qui formaient ainsi une série alternative de plans rentrants et sortants.

Les deuxième et troisième étages, de même hauteur que le premier, mesuraient 230 et 188 pieds anglais de côté. Plusieurs modifications apportées dans la construction distinguaient le troisième étage. D'une part le revêtement de briques cuites ou de plaques de métal qui enveloppait le massif de briques crues dont se composait l'édifice, n'était ici formé que de matériaux de qualité fort inférieure, de briques à moitié cuites. D'autre part, et non point en vue de l'ornementation, mais pour donner à cet étage une force de résistance additionnelle, les architectes l'avaient entouré de contreforts. Enfin, ses côtés n'étaient pas complétement perpendiculaires comme ceux des autres étages,

l'accumulation des décombres que par des exhaussements considérables du terrain ; car, on ne place pas, dit-il, une tour sur une espèce de plinthe, comme une statue.

mais bâtis en talus à la base, et il avait une sorte de plinthe formée par trois rangées de briques posées sur leurs faces étroites entre une ligne de briques placées horizontalement [1].

Les quatrième, cinquième, sixième et septième étages n'avaient plus que 15 pieds anglais d'élévation [2], et 146, 104, 62 et 20 pieds anglais de côté.

La différence de longueur, 42 pieds anglais, qui existait entre chaque tour n'était pas également répartie, chaque tour supérieure ne se trouvait pas exactement placée au milieu de la tour inférieure. On pouvait mesurer par exemple, entre le sommet nord-est de la première tour et la base nord-est de la seconde, une distance de 30 pieds anglais; tandis que, sur le côté sud-ouest, la deuxième tour n'était en retrait que de douze pieds anglais sur la première [3].

---

[1] Dispositions bien surprenantes pour un troisième étage.

[2] « Il n'est pas croyable qu'on ait bâti d'une manière aussi peu systématique, » dit M. Oppert ; — suivent d'autres objections tirées des dimensions mêmes de la ruine ; voyez *Exp. sc. en Mésop.*, t. I, p. 206.

[3] Contraire aux données que fournissent les ruines; d'après M. Oppert, voyez *op. cit.* p. 207.

Enfin, sur la terrasse du septième étage se dressait la chapelle ou cellule construite également en briques, haute, longue et large de 15 pieds anglais probablement.

Sauf les exceptions que M. Rawlinson admet pour les premier et troisième étages, aucune saillie ne serait venue rompre la monotonie des larges surfaces planes ; à moins cependant qu'un escalier ou une rampe conduisant aux étages élevés n'eût contourné les façades, mais ceci est une simple supposition, dit le savant anglais, car on n'a trouvé aucune preuve matérielle.

L'entrée principale du temple était située sur la face nord-ouest. De ce côté existait aussi un vestibule, édifice séparé. Sa place est encore indiquée par la masse de débris qui, réunie à celle de la Tour, prolongent la ruine dans cette projection [1].

Des chambres, creusées dans la profondeur des massifs des premier et deuxième étages servaient

---

[1] Pour cela, il faudrait admettre que le vestibule eût atteint la hauteur du second étage ; or, un vestibule ne peut être bâti dans ces conditions, surtout quand il sert d'entrée à une série de tours superposées.

de logement aux prêtres et aux serviteurs du temple.

M. Rawlinson crut en outre avoir retrouvé la trace de couleurs qui auraient été attribuées à chacune des tours. Les sept étages, dit-il, représentaient les sept sphères dans lesquelles, selon les astronomes chaldéens, se mouvaient les sept planètes, et, dès-lors, ils ont été revêtus des couleurs affectées à chacune des planètes.

La première tour était enduite de bitume, le noir étant la couleur consacrée à Saturne. La deuxième, par son revêtement de briques cuites de couleur orange, désignait la planète Jupiter. Des briques d'un rouge éclatant (Mars) enveloppaient le massif du troisième étage. Des plaques d'or (couleur du soleil) couvraient le quatrième ; des briques d'un jaune pâle (Vénus) le cinquième. Le sixième offrait des briques bleues (Mercure) ; la vitrification, selon M. Rawlinson, leur avait donné cette nuance, « l'étage tout entier, après sa construction, avait été vitrifié par un feu intense allumé tout autour [1]. » Le septième enfin était plaqué de feuilles d'argent,

[1] Procédé bizarre.

la couleur de ce métal étant celle de la Lune[1].

La reconstitution faite par M. Rawlinson ne nous satisfait nullement. Selon M. Oppert, l'état des ruines, la façon dont elles ont dû s'accumuler, la combattent ; elle offre, dans quelques détails, les plus graves contradictions avec les données recueillies par tous les explorateurs ; elle admet des procédés de construction ingénieux peut-être, mais d'une impossibilité matérielle évidente, des combinaisons totalement étrangères à l'esprit pratique du peuple de la Chaldée. Nous ne saurions indiquer ici toutes les inexactitudes que M. Oppert a relevées[2] ; mais néanmoins, notre lecteur, se souvenant de l'analogie parfaite qui exista de tout temps entre les coutumes et les procédés de la Chaldée et de l'Assyrie, pourra porter, sur la restauration proposée par M. Rawlinson, le jugement qu'il convient, en la comparant avec la restitution si complète, si mathématique que M. Place a donnée de

---

[1] Voyez pour tous ces détails. M. H. Rawlinson, *Hérodotus* et *Journal of the Asiatic Society*, vol. XVIII.

[2] Voyez, *Exp. sc. en Mésop.*, t. I, pages 201 et seqq.

la tour de Khorsabad, grâce à la conservation mer-
veilleuse du monument d'Hisr-Sarkin.

La restauration présentée par M. Oppert se rapproche, presque en tous points, de cette dernière.
Pour ce motif d'une part, considérant d'autre part
les raisons sérieuses qui l'ont dictée au savant
explorateur, nous n'hésitons pas à la reconnaître
de beaucoup supérieure à celle de M. Rawlinson.

M. Oppert pense avec raison que « *c'est au-dessous du sol actuel qu'il faut chercher le commencement
de l'édifice*, car le terrain s'est élevé sur l'ancien niveau, à cause de l'alluvion et des ruines amoncelées
et ne peut s'être abaissé. »

Et, d'après lui, c'était sur une plate-forme, ayant
75 pieds de hauteur et à la base 300 pieds de carré,
que se dressait l'édifice des sept tours superposées.

M. Oppert croit « que ce premier soubassement
descendait, sur le côté sud-ouest, en trois gradins
dont le supérieur était toujours en retrait sur le
côté sud-ouest de 12 pieds, mais non sur ceux de
nord-ouest et sud-est [1]. » Sur la face nord-est s'ou-

[1] Cette donnée semble résulter de l'état de la ruine,

vrait le temple de Lunus décrit par Hérodote [1] et mentionné par Nabuchodonosor :

« Au dieu Sin qui soutient le flanc de mon autorité j'ai construit le *Bit-Tim-An-Ni*, son temple, en forme de caverne, dans la plate-forme au-dessous de la Tour [2]. »

Vers le côté nord-ouest était l'entrée de la Tour. Le troisième étage du monument selon M. Rawlinson était le premier de l'édifice d'après M. Oppert, de là, l'explication des précautions exceptionnelles qui avaient été prises en vue d'assurer sa solidité. Les sept tours ne présentaient pas des élévations différentes, mais 25 pieds de hauteur chacune, deux cent cinquante pieds pour la hauteur totale de l'édifice,) et leur longueur de côté était de 180, 156, 132, 108, 84, 60 et 36 pieds babyloniens. L'étage supérieur ne s'élevait pas sur le côté, mais au centre même de la terrasse inférieure, de telle sorte que sur chaque face il y avait un pourtour de 12 pieds.

[1] Hérodote, I, 183.

[2] *Inscription de Londres*, col. 4, l. 61.

« On avait ménagé une montée *autour de tous
ces massifs,* nous dit Hérodote. A peu près au milieu se trouvait un lieu en retraite et des bancs sur
lesquels ceux qui montaient pouvaient se repo-
ser [1]. » M. Oppert se fondant sur les dispositions
de la ruine, pense, que la montée était « ménagée
de deux côtés seulement, nord-ouest et sud-
est, de manière à ce que les rampes de toutes
les tours commençassent sur les angles nord et est
et aboutissent sur les angles ouest et sud. On pouvait ainsi faire le tour : prendre de la première tour
la rampe nord-ouest, longer de la seconde le pourtour sud-ouest de 12 pieds de large et prendre la
rampe sud-est, longer le pourtour nord-est et prendre la montée nord-ouest de la troisième, et ainsi
de suite jusqu'à ce qu'on arrivât au septième
étage. »

Comme à la Tour de Khorsabad peut-être ces
rampes offraient des séries de gradins ; des parapets, semblables à ceux d'Hisr-Sarkin, régnaient
sans doute sur toute la longueur.

[1] Hérodote, I, 181.

Des dispositions avaient certainement été prises pour faciliter l'écoulement des eaux de pluie, mais on ne saurait les reconnaître aujourd'hui.

Au septième étage se trouvait le grand sanctuaire où reposait l'inspecteur suprême du ciel et de la terre, Nébo [1].

Enfin, si les couleurs attribuées aux planètes ont été représentées sur les divers étages, elles ne l'ont été qu'au moyen de briques vernissées, et dans l'ordre suivant : noir, blanc, orange, bleu, écarlate, argent et or [2].

Avec de l'or, de l'argent, d'autres métaux, des pierres, des briques vernissées, du lentisque, du cèdre, Nabuchodonosor avait achevé la magnifi-

---

[1] Ce sanctuaire a été décrit par Hérodote, I, 181.

[2] La forteresse d'Ecbatane dont parle Hérodote, I, 98, donnait, pour la disposition des couleurs, l'ordre suivant : blanc, noir, écarlate, bleu, orange, argent, or. — Hérodote a quelque peu interverti l'ordre des couleurs attribuées aux planètes par les orientaux ; V. Rawlinson, *Hérodotus,* I, p. 242. — « M. Rawlinson, avec sa sagacité instinctive, dont tout le monde admire la force et les résultats, a reconnu que les couleurs étaient disposées à Ecbatane, non selon la distance supposée des planètes à la terre, mais selon l'ordre des jours de la semaine. »

cence de la Tour, la maison éternelle. Il avait recouvert en or les poutres du lieu de repos de Nébo ;
les battants, le seuil, les linteaux et les gonds de
la porte, il les avait incrustés avec du *zariri*. La
tente de ceux qui sont proches de Nébo, (c'est-à-
dire l'intérieur du temple,) il l'avait recouverte de
rangées de marbre et d'autres pierres. En briques
couvertes de cuivre il avait élevé le faîte du Temple
des Sept-Lumières. Il avait fortifié l'édifice [1].

Et dans la certitude qu'il avait accompli son devoir, le vicaire des dieux sans reproche osant s'a-
dresser à Nébo lui disait en suppliant :

« Nébo, qui t'engendres toi-même, dominateur,
qui exaltes Mérodach, sois entièrement propice à
mes œuvres pour ma gloire. Accorde-moi pour
toujours une vie jusqu'aux temps les plus reculés,
une fécondité septuple, la solidité du trône, la durée de la victoire, la pacification des rebelles, la
soumission des pays ennemis ! Dans les colonnes de

---

[1] D'après l'*Inscription de Londres*, col. 3, l. 38 et *seqq.* —
Voyez dans M. Oppert, *Exp. sc. en Mésop.*, les pages concernant le *Birs-Nimroud*, t. I, pages 200 et *seqq.*

la table éternelle qui fixe les sorts du ciel et de la terre, consigne le cours fortuné de mes jours, inscris-y la fécondité [1] ! »

VII. — La situation de Babylone, la fertilité de son territoire, sa civilisation, le prestige que lui donnait son caractère religieux avaient attiré vers elle, bien antérieurement à la date de la chute définitive de la capitale assyrienne, une foule d'émigrants qui n'avaient pu trouver place dans ses murs. Autour de la cité, des faubourgs, des quartiers s'étaient formés et avaient pris une importance telle que les derniers rois de Ninive eux-mêmes, avaient dû songer à les protéger contre les attaques du dehors. Nous avons vu Assarhaddon commencer la construction des grands murs d'enceinte.

Quand Ninive tomba, Babylone, qui jusque là n'avait eu qu'une importance secondaire, devint « la souveraine. » La conquête accrut encore sa population, les faubourgs se changèrent en vérita-

---

[1] Inscription des barils trouvés par M. Rawlinson, *in fine.*

bles villes, et, aux motifs qui avaient dicté aux
princes assyriens l'entreprise des grands murs, vint
s'ajouter, pour les vainqueurs, la nécessité de créer
une capitale digne par son étendue d'être la reine
de l'Asie. Nabuchodonosor conduisit à sa fin l'exécution des travaux d'Imgur-Bel et de Nivitti-Bel,
et, dès lors, sous le nom de Babylone, fut comprise
non-seulement l'*urbs* antique, mais encore Hillah,
Borsippa et Cutha. C'est ainsi que les différents
quartiers de Paris se sont rangés autour de la cité;
c'est ainsi que Londres est venue se grouper autour de la cité romaine et anglo-saxonne.

D'autre part, les palais dans lesquels avaient
trôné les petits princes de la Chaldée, les gouverneurs de la Babylonie, province de l'empire assyrien, ne pouvaient plus suffire au faste qu'exigeait
la puissance des maîtres de l'Orient. Il fallait de
nouvelles et de splendides demeures, aussi, voyons-
nous Nabuchodonosor transplanter les habitants de
la ville en dehors des murs anciens, et, de la cité
toute entière, ne faire qu'une résidence royale.

Elle s'étendait de l'un et de l'autre côté de l'Euphrate. A l'ouest, sur la rive arabe, se dressait

l'ancien palais ; il était protégé par les quais d'un
côté, sur les autres faces par une portion, longue
de 30 stades, de l'ancien mur de la cité[1]. A l'est,
de l'autre côté du fleuve, en dehors et en face du
palais de ses pères, rapportent Bérose[2] et les inscriptions, Nabuchonosor fit élever un second palais :
« J'ai construit le palais, le siége de ma royauté, le
cœur de Babylone, dans la terre de Babylone, dit
le roi dans une inscription ; j'ai fait poser les fondations à une grande profondeur au-dessous du niveau du fleuve, j'ai relaté sa construction sur des
cylindres recouverts de bitume et de briques. »
Quinze jours suffirent à la construction[3]. Un passage souterrain, le *tunnel*, mit en communication la
demeure royale de la rive droite, à celle de la rive
gauche[4]. Quelques années après l'achèvement du
Grand Palais, au sud de cet édifice, le même roi
devait entreprendre les Jardins suspendus ; au nord,

---

[1] Diodore II, 8.

[2] Bérose cité par Josèphe, *contra Apionem*, I, 20.

[3] Bérose, *loc. sup. cit.*; — *Inscription de Londres*, col. 8, à
la fin.

[4] Voyez plus haut.

existait déjà la Pyramide ou Tombeau de Bélus. Ces monuments étaient garantis d'un côté par le fleuve, et des trois autres par la seconde portion de l'ancien mur, composé, comme tous les murs babyloniens, de terre revêtue d'un ouvrge en briques cuites; cette seconde portion mesurait, suivant Diodore, soixantes stades.

Des précautions particulières avaient été prises pour la défense du Grand-Château. Il était entouré de deux murailles. « Je fis construire un mur puissant tout autour, en bitume et en briques, dit Nabuchodonosor dans l'*Inscription de Londres*. J'en fis un autre grand en pierres (employées aux soubassements probablement), les produits des hautes montagnes. Comme des monts j'en ai élevé le sommet [1]. » Diodore, lui aussi, nous a parlé de ces murailles; il nous les décrit ainsi : « En dedans de la première enceinte de 60 stades était une seconde enceinte faite avec des briques crues, revêtue de briques sur lesquelles étaient représentées des figures de toutes sortes d'animaux; elles étaient

---

[1] *Inscription de Londres*, col. 9, l. 19, ss.

peintes avec tant d'art qu'elles semblaient être vivantes. Cette enceinte avait 40 stades de longueur; son épaisseur était de 300 briques (300 pieds), et sa hauteur, suivant Ctésias, de 50 brasses (300 pieds); la hauteur des tours était de 70 brasses (420 pieds). Enfin, en dedans de cette seconde enceinte, il y en eut une troisième qui entourait le palais. Son périmètre était de 20 stades, et elle dépassait en hauteur le mur intermédiaire. Sur les tours et la muraille on avait reproduit toutes sortes d'animaux qui avaient plus de 4 coudées de haut (2^m 01). Au milieu d'eux se trouvait représentée Sémiramis, au moment où montée à cheval elle frappait de son dard une panthère; tout auprès d'elle était son mari Ninus, qui, de sa main, traversait un lion d'un coup de lance [1]. » Au pied des murs de l'acropole il n'existait pas de fossés, il n'en est fait mention dans aucun texte [2].

---

[1] Diodore II, 8.

[2] « Cela explique, dit M. Oppert, la conservation des murs, » ou du moins, cette suite d'élévations qui en tient la place et que l'on peut suivre, en certaines parties, sur des longueurs considérables encore.

Si le récit de Diodore est manifestement exagéré
en ce qui concerne la hauteur et la largeur des
deux murs intérieurs, il a été pleinement confirmé
par l'exploration des ruines en ce qui touche aux
représentations peintes. Au pied des monticules qui
indiquent encore les murailles, le sol est jonché de
fragments de briques vernissées « Nous trouvâmes,
dit M. Oppert, des fragments en partie bleus, sur
lesquels se détachait un fond jaune ; ce dernier
portait un système d'écailles entourées de lignes
noires, et qui rappelle le dessin retrouvé dans les
bas-reliefs de Ninive pour indiquer un terrain mon-
tueux planté d'arbres. Ces écailles étaient, en outre, rendues plus visibles par les élévations de la
brique elle-même ; la peinture était appliquée sur
une espèce de bas-relief à peine ébauché... D'autres fragments représentaient une ondulation bleuâ-
tre, comme s'ils devaient exprimer l'eau ; d'autres
montraient des restes de murailles, des arbres
même. Une autre catégorie de briques peintes fournissait des images d'animaux ; nous trouvâmes ainsi
un pied de cheval, les membres d'un lion, surtout
la crinière et la queue. Une large ligne noire,

tracée à travers un fond bleu, pouvait rendre la lance du chasseur. Ensuite nous vîmes un œil d'homme parfaitement dessiné de face quoique la petite partie qui était conservée au-dessous de l'œil semblât indiquer un visage de profil. » Enfin on rencontra des fragments de lettres cunéiformes. « Les inscriptions se trouvaient sans doute au-dessus des représentations figuratives, et ornaient ainsi la frise du bâtiment, qui souvent, comme à Ninive, était formée d'une bordure de bleu et de blanc. Il est possible que cette ornementation épigraphique alternât avec une autre formée par des rosaces blanches sur fond bleu, dont on a retrouvé également des fragments assez nombreux. »

Les couleurs que l'on voit le plus fréquemment sont le blanc, le bleu et le jaune d'ocre. Peu de briques sont couvertes du vernis rouge ; le noir est plus fréquent. Les briques n'ont été enduites de vernis que sur un de leurs côtés étroits seulement, sur une tranche, et portent en haut un signe particulier dans lequel M. Thomas a reconnu la marque de pose. « M. Thomas a deviné le mode dont se servirent les Babyloniens pour plaquer sur leurs

murs des représentations figurées : la présence des
marques de pose l'a mené à cette découverte. Il fit
observer que les couleurs ne se bornaient pas seulement à la surface qui leur était destinée, mais
qu'elles avaient taché le côté qui se trouve au-
dessus et au-dessous de l'enduit. On prenait une
plaque d'argile d'une dimension assez grande pour
y pouvoir composer le sujet tout entier, ou du
moins une partie très-notable de la représentation,
on modelait cette plaque de briques comme on
sculpte du marbre, et on la coupait ensuite par des
rectangles de la hauteur de 8 centimètres et de la
largeur de 10 ou de 12. Ces morceaux, munis d'une
marque de pose, étaient alors couverts séparément
de couleurs vernissées, et ensuite cuits au four. Il
arrivait ainsi que l'enduit coulait sur les côtés en
haut et en bas [1]. »

Ainsi préparées, ces briques étaient appliquées
contre la muraille enduite au préalable d'une couche de mortier ; la marque de pose guidait l'ouvrier
dans la reconstitution du dessin qu'il avait à repro-

---

[1] M. J. Oppert, *Exp. sc. Mésop.*, tome I, p. 145.

duire. La couche colorante étendue sur les briques
avait près de deux millimètres d'épaisseur et res-
semblait à une vitrification, toutefois la cassure en
était difficile.

Diodore nous a appris que l'on « pénétrait dans
la citadelle par de triples portes au-dessous desquelles il y avait des trappes d'airain qui s'ouvraient
par un certain mécanisme [1]. » M. Oppert a cru pouvoir indiquer encore la place de deux de ces portes,
mais aucune fouille n'ayant été faite, rien n'est venu
confirmer l'opinion de M. Oppert.

L'état de ruine du palais est tel que l'on ne saurait se faire aucune idée exacte sur sa forme primitive. Babylone ne s'est point trouvée dans les
mêmes conditions que Hisr-Sarkin par exemple,
A Hisr-Sarkin le fléau destructeur qui a passé sur
les monuments s'est pressé dans son œuvre et n'en
a accompli que la moitié, il n'a touché que la tête
de l'édifice, le palais n'a été détruit que dans sa
partie supérieure. A Babylone, il s'est fait sentir
durant un long espace de temps, il a pu compléter

[1] Diodore, II, 8.

ses ravages. Toutefois, on peut affirmer que les palais de Babylone se sont élevés comme ceux de Ninive sur des plates-formes carrées, aux angles dirigés vers les points cardinaux, pavées de briques cuites ou peut-être même de dalles, mais en des cas plus rares qu'en Assyrie [1]. On peut affirmer encore que ces palais se sont dressés au milieu des plates-formes ; que leurs murailles, d'une élévation et d'une hauteur prodigieuses, soutenues par de puissants contre-forts, ont été composées, à l'intérieur, de briques simplement séchées au soleil, à l'extérieur, de bonnes briques cuites [2]. Mais il est de toute impossibilité de se prononcer sur les agencements intérieurs, de reconnaître le nombre d'é-

[1] Voyez en effet M. Oppert, *Exp. sc. en Mésop.* tome 1, page 149 : « Nous avons découvert plusieurs dalles de pierre de 0ᵐ 525 de longueur chacune... » Beaucoup d'entre ces dalles portaient le nom de Nabuchodonosor, et la légende était ainsi conçue : « Grand palais de Nabuchodonosor, roi de Baby- « lone, fils de Nabopallassar, roi de Babylone, qui marchait « dans le culte des dieux Nébo et Mérodach, ses seigneurs. » D'autres pierres, de la dimension d'un pied carré, ont également été mises au jour, mais elles sont plus rares que les grandes, dont la surface est juste d'une coudée carrée. »

[2] A la différence de l'Assyrie qui, nous l'avons vu, se servait presque exclusivement de la brique crue.

tages que les palais ont compté, les modes de toiture et d'éclairage qui ont été usités. On peut supposer seulement que Ninive et Babylone ont été,
dans ces cas encore, dans des conditions analogues.
Cette supposition paraîtra suffisamment fondée,
si l'on considère les rapprochements continus, l'é-
tonnante parenté qui existèrent entre la Chaldée
et l'Assyrie, et surtout l'influence qu'exerça l'architecture du peuple du sud sur celle du peuple du
nord. Et cette influence fut tellement considérable
qu'elle conduisit l'Assyrie à copier la Chaldée dans
le choix même de ses matériaux, bien qu'elle en
eût d'autres à sa disposition [1].

Enfin, des dessins, semblables à ceux que nous
avons remarqués sur les murailles des palais ninivites ornementaient les murs des édifices babyloniens. Le mode seul d'application différait. En Assyrie les scènes étaient sculptées sur des plaques
d'albâtre ; à Babylone, elles étaient reproduites au
moyen de briques vernissées ; — nous l'avons dit
déjà, le sol de la Chaldée ne fournissait que l'argile.

---

[1] Voyez plus haut.

— Les quelques sculptures ou bas-reliefs babyloniens retrouvés portent tous les caractères de
la plus complète inhabileté, et, en aucune sorte, ne
peuvent être comparés aux œuvres du ciseau ninivite.

Telles sont, croyons-nous, les seules notions
recueillies jusqu'alors sur les demeures des rois
de Babylone.

VIII. — A 700 mètres du Grand Palais, au sud,
étaient situés les Jardins suspendus. Selon Diodore,
ils étaient l'œuvre d'un roi syrien postérieur à Sémiramis. Une de ses femmes, originaire de la Perse
l'avait engagé, nous dit l'historien, à lui rappeler,
par des plantations artificielles, son pays natal, et
ces constructions avaient été ordonnées pour satisfaire à son desir[1]. Ce roi, dont parle Diodore, n'était
autre que Nabuchodonosor[2], Bérose nous l'apprend ; la femme à laquelle il voulait complaire se
nommait Amytis, elle était mède de naissance et

[1] Diodore, II, 10.
[2] Bérose cité par Josèphe, *cont. Apionem*, I, 19.

fille du roi Astyages [1]. L'union du roi avec cette
femme paraît avoir suivi la destruction de Jérusalem ; la construction des Jardins suspendus n'est
en effet mentionnée dans aucune des inscriptions
relatives à la circonvallation de Babylone, à la restauration de la Pyramide, de la Tour, œuvres qui
doivent être comprises dans les seize ans qui s'écou-
lèrent entre l'avènement de Nabuchodonosor et sa
campagne de Judée.

Diodore, Strabon et Quinte-Curce nous ont
laissé des descriptions détaillées des Jardins suspendus.

Voici d'abord la description de l'auteur latin :

« On a construit sur le rocher des piliers qui
soutiennent l'ouvrage entier ; sur ces piliers, on a
étendu un *solum* formé de pierres carrées pour
supporter la terre qu'on y a déposée à une grande
hauteur et pour résister à l'humidité provenant des

---

[1] La construction des Jardins suspendus, dit M. Oppert,
peut avoir été l'œuvre d'un roi âgé qui veut complaire à sa
maîtresse dont il craint l'infidélité... car il y avait non loin
de Babylone des contrées montueuses et d'une grande
beauté.

arrosements. Ces soubassements soutiennent des
arbres tellement forts, que leurs troncs occupent
un espace de 8 coudées de circonférence ; ces arbres ont jusqu'à 50 pieds de haut et fructifient tout
comme s'ils étaient cultivés dans leur propre terre.
La masse des jardins est très-solide, car elle est
soutenue par 20 parois très-larges, distantes les
unes des autres de onze pieds. Ceux qui la voient
de loin peuvent croire que c'est une forêt qui s'a-
dosse à une montagne [1]. "

Strabon s'exprime ainsi :

« Les monuments de Babylone sont comptés
parmi les sept merveilles, de même que le Jardin
suspendu qui a la forme d'un carré de 4 plèthres
de côté. Il est composé de plusieurs terrasses formées par des voûtes s'élevant les unes au-dessus
des autres et soutenues par de gros piliers. Ces piliers sont creux, remplis de terre pour qu'ils puissent contenir les racines des plus grands arbres.
Ces piliers ainsi que les planchers des terrasses et
les voûtes sont en briques cuites cimentées avec de

[1] Quinte-Curce, V, 1.

l'asphalte. On arrive à l'étage supérieur par des gradins le long desquels on a disposé des turbines. Des hommes, dont c'est l'ouvrage, les mettent en mouvement sans cesse et font monter l'eau de l'Euphrate dans le jardin situé tout près du fleuve [1]. »

Diodore est encore plus explicite :

« Le jardin de forme carrée, avait de chaque côté quatre plèthres, on y montait par des degrés sur des terrasses posées les unes sur les autres, de telle sorte que le tout présentait l'aspect d'un amphithéâtre. Ces terrasses, sur lesquelles on montait, étaient soutenues par des voûtes qui, s'élevant graduellement de distance en distance, supportaient toutes le pied des plantations; la voûte la plus élevée avait 50 coudées de haut, au-dessus d'elle se trouvait la plate-forme du sommet dont l'élévation égalait celle de l'enceinte. Les piliers étaient construits avec une grande solidité, ils avaient 22 pieds d'épaisseur, et chacun était séparé de l'autre par un intervalle de 10 pieds. Les plates-formes des

[1] Strabon, XVI.

terrasses étaient formées par des blocs de pierre
dont la longueur, y compris la saillie, était de
16 pieds sur 4 de largeur. Ces blocs étaient recouverts d'une couche de roseaux mêlés de beaucoup d'asphalte ; sur cette couche reposait une double rangée de briques cuites, cimentées avec du
plâtre ; celles-ci étaient, à leur tour, recouvertes
de lames de plomb afin d'empêcher l'eau de filtrer
et de pénétrer dans ces fondations. Sur cette couverture était répandue une masse de terre suffisante
pour recevoir les racines des plus grands arbres.
Les tunnels recevaient la lumière par les voûtes
qui leur étaient superposées ; ils étaient nombreux
et variés pour que les rois pussent y séjourner. Au
sommet il y avait un édifice ayant des tranchées
perpendiculaires et des machines qui faisaient monter l'eau du fleuve, sans que personne du dehors
pût s'en apercevoir [1]. »

En s'appuyant sur les indications des auteurs
et sur celles que peuvent fournir encore les ruines,
M. Oppert a proposé la reconstitution suivante :

[1] Diodore, II, 10.

Les Jardins suspendus reposaient sur un monticule artificiel servant de soubassement. Dans ce
soubassement étaient ménagés des tunnels, des réservoirs destinés à retenir l'eau de l'Euphrate 'au-
dessous de la plate-forme des jardins[1]. Au-dessus
de ce monticule s'élevait le véritable édifice. « Nos
mesurages, dit M. Oppert, ainsi que la configura-
tion du terrain permettent d'attribuer à chaque
côté une largeur de 250 mètres, soit 8 plèthres
(252 m). » Le chiffre de 16 plèthres carrés indiqué
par Strabon et Diodore, représente selon M. Oppert, l'étendue du sommet de la plate-forme. —
Des piliers, larges de 22 pieds, distancés les uns
des autres de 10 pieds, s'enfonçant profondément
dans l'intérieur du monticule régnaient sur toute la
largeur des côtés. Il y en avait 25 par côté, et 25
fois 25 répartis sur toute la surface du premier
carré (790 pieds de côté). Sur cette construction reposait la première terrasse. La deuxième terrasse,
occupant un carré de 662 pieds était soutenue par

---

[1] Et M. Oppert a cru retrouver des restes de ces canaux
souterrains.

21 fois 21 piliers ; la troisième par 17 fois 17 répartis sur la surface d'un carré de 534 pieds de
côté ; la quatrième enfin était supportée par 13 fois
13 piliers occupant un carré de 406 pieds de côté.

Le monticule de la base mesurait 50 pieds de
haut ; chacun des étages, y compris les plafonds
des voûtes et les parquets de terre, présentait aussi
une élévation de 50 pieds, soit pour la hauteur totale de l'édifice, 250 pieds (78 ^{m}).

Chaque étage inférieur dépassait l'autre de 64
pieds sur le côté et de 128 pieds sur la façade.
« C'est ainsi, dit M. Oppert, que les terrasses entouraient, sur trois côtés, la construction supérieure, et ces plateaux formaient ce qu'on appelle
l'ἐπιφανεία, la vue. La ruine semble indiquer que
le quatrième côté, opposé au fleuve, s'élevait per-
pendiculairement ou verticalement dans toute la
hauteur de l'édifice, ce qui rendait certainement les
vues du jardin plus variées et plus imposant l'aspect de l'édifice du côté de la terre [1]. »

Les inscriptions que l'on connaît ne font aucune

---

[1] M. J. Oppert, *Exp. sc. en Mésop.*, tome 1, page 164.

mention des Jardins suspendus, et aucune fouille
n'a été entreprise jusqu'ici dans le but de rechercher les soubassements et la pierre angulaire du
monument. La découverte de cette pierre serait
cependant précieuse, tant au point de vue de la
description de l'édifice, qu'au point de vue historique, car elle nous parlerait très-probablement de
la destruction de Jérusalem et des événements qui
se sont accomplis dans la dernière période du règne
de Nabuchodonosor.

IX. — La Pyramide ou Tombeau de Bélus, située au nord du Grand Palais, était voisine de la
première enceinte de la Cité Royale. Ce monument paraît avoir été le temple métropolitain de
Babylone proprement dite. Il était aussi le plus
ancien édifice de la ville ; sa construction remontait à la date de la domination kouschite.

A l'époque d'Assarhaddon, le temple tombait
tellement de vétusté que le roi put considérer
la restauration qu'il entreprit comme une véritable réédification. Par un décret, il avait fixé
l'année et le jour où devaient commencer les

travaux. « En présence du dieu Mérodach, dit-il dans une inscription, je me prosternai et j'assemblai la totalité de mes armées et mes peuples de la Basse-Chaldée dans toutes leurs tribus. J'allumai du bois d'aloès et je déposai ma tiare en guise de signe heureux...; les matériaux que j'avais apportés des plus hautes montagnes, je les déposai. Alors, je mis ma tiare sur ma tête, ordonnai aux grands de se prosterner. Dans une tente couverte de peaux de veaux-marins, construite avec de l'ébène, du santal et du lentisque, je me réservai un endroit pour moi, et fis mouler les briques de la Pyramide, le temple des grands dieux, et pour ses merveilles, car Babylone est la ville des lois [1]. »

Plus tard, le temple ayant de nouveau souffert des injures du temps, des restaurations furent entreprises. A ces travaux s'attache encore le nom de Nabuchodonosor qui se dira dès-lors, dans les inscriptions, « le reconstructeur de la Pyramide et de la Tour. »

[1] *Pierre d'Aberdeen*, col. 3, l. 22 et suiv., trad. de M. J. Oppert.

« Le temple de Bélus, dit Strabon, avait la forme d'une pyramide quadrangulaire ; il était composé de briques cuites et mesurait un stade de hauteur et de côté[1]. » Semblable aux temples chaldéens, il comptait probablement plusieurs terrasses superposées[2]. Des escaliers ou rampes conduisaient aux sanctuaires disposés dans les massifs des divers étages et au « Temple des assises de la terre[3] » qui s'élevait sur la dernière terrasse. L'édifice tout entier, BIT SAG GA TU, comme disent les inscriptions, « la maison de celui qui élève la tête, » était dédié à Mérodach. Le sanctuaire de ce dieu, « son lieu de repos, » τάφος, tombeau, dit Strabon, se trouvait à la partie inférieure du monument. Il était aussi le Bit-assaput, c'est-à-dire la maison

---

[1] Strabon, XVI.

[2] Voyez plus haut, pages 72 et suiv.

[3] Ainsi nommé, dit M. Oppert, parce que, de là, on croyait pouvoir embrasser, à l'horizon extrême, les bases sur lesquelles reposait le continent, selon les idées des Chaldéens. Diodore, II, 31, nous apprend que les Babyloniens se figuraient la terre comme un corps creux comparable à un bateau babylonien, à un bol renversé.

où se rendaient les oracles [1]. Nabuchodonosor avait
fait construire le dôme de ce sanctuaire en marbre ; il avait revêtu d'or le cuivre et le plomb de la
coupole ; l'autel de Mérodach qu'un roi antérieur
avait fait construire en argent, il l'avait revêtu d'or
pur d'un poids considérable ; le palladium de la pyramide, en or massif, le symbole mystique de Mérodach, il l'avait fait émailler en *zarir* et en pierre,
de sorte qu'il représentait les étoiles du firmament.
Des sommets du mont Liban, il avait fait transporter les plus grands arbres pour les approprier à la
charpente de la cellule où reposait la royauté du
dieu ; il avait recouvert d'or pur les poutres de cyprès énormes ; et les traverses inférieures de cyprès
de la charpente, il les avait fait émailler d'or, d'argent, d'autres métaux et de pierre [2].

Dans les étages supérieurs étaient disposés des
sanctuaires dédiés à Mylitta-Zarpanit la déesse

[1] Deux divinités passaient pour rendre les oracles, Mérodach et Ao. Dans les inscriptions, le premier des dieux est
souvent nommé le *dieu des horoscopes.*

[2] D'après l'*Inscription de la Compagnie des Indes.*

de la terre [1], à Mylitta-Taauth la mère des dieux, et à Nébo, le dieu du troisième mois [2]. Nabuchodonosor enfin avait élevé en briques et en cuivre le faîte du *Temple des assises de la terre* [3]. Il avait fortifié l'édifice [4].

A l'intérieur, sur les murailles des cellules étaient représentés les êtres bizarres qui avaient peuplé le chaos au commencement. Bérose, conservé par Syncelle, nous a donné la description de ces représentations : c'étaient, nous dit-il, des êtres à deux têtes, une d'homme et une de femme ; des

---

[1] *Baril de Phillips* : « J'ai construit, dit Nabuchodonosor, un temple à Zarpanit en l'émaillant et en lui donnant la forme d'une coupole. »

[2] *Baril de Phillips* : « La tour à étages *Bit zi da*, est le siége du dieu du troisième mois... Nébo ; néanmoins j'ai établi un lieu de repos à Nébo, dans la pyramide même et j'ai recouvert d'or le seuil, les jambages et les gonds ; j'ai donné à ce temple l'éclat du jour. »

[3] *Baril de Phillips* : « Cet édifice, qui est le temple des bases de la terre, et auquel se rattache le plus ancien souvenir de Babylone, je l'ai refait et achevé ; en briques et en cuivre j'en ai élevé le faîte. »

[4] Nabuchodonosor parle aussi des portes qu'il rétablit : « Les portes dans la pyramide, celle de *Hilisut*, celle de *Kuzbu*, celle de la tour, je les ai rétablies. — La porte de *Hilisut* a été recouverte par moi en or pur. »

hommes qui avaient deux ailes, d'autres qui en
avaient quatre, d'autres à pieds de chèvre et à tête
cornue, à pieds de cheval, des hippocentaures, des
chevaux à tête de chien, des taureaux à tête humaine, des poissons semblables aux syrènes, des
reptiles, des serpents de toute sorte [1].

Outre les statues en or pur de Mérodach, de
Mylitta-Zarpanit et de Mylitta-Taauth le temple
renfermait des richesses considérables [2]. Les rois
s'étaient complu à les y amasser. C'était là que
Sarkin, dès son avènement, était venu rendre hommage aux dieux de Babylone et accumuler les présents dans la « chambre des dépouilles [3] » ; là que
Nabuchodonosor allait faire entrer « comme les eaux
des fleuves qui ne sont plus à leurs sources » le

---

[1] *Frag. hist. Græc.*, ed. Müller, tome II, page 496, fr. 1, 4.

[2] Diodore II, 9.

[3] *Fastes de Sargon* : « Seul je me rendis à Babylone, aux
sanctuaires de Bel, le juge des dieux, dans l'exaltation de
mon cœur et la splendeur de ma face ; je pris les mains du
grand seigneur, l'auguste dieu Mérodach, et je parcourus le
chemin de la chambre des dépouilles. J'y ai transporté 154 talents, 26 mines, 10 drachmes d'or *hinirsù*; 1804 talents,
20 mines d'argent ; de l'ivoire ; des couleurs multiples ; de

butin qu'il devait rapporter de Jérusalem et des
pays de Syrie [1].

Seul, parmi les successeurs du Grand-Roi, Nériglissor s'occupa de la Pyramide [2]. On sait que
les premiers rois perses en pillèrent les richesses ;
que Xerxès la détruisit ; et que la mort d'Alexandre

l'acier en quantité infinie, de la pierre *Ka*, du cuivre, des
minéraux, du *pi* laminé, du *sirru* ; et pour vêtements, des
étoffes bleues, pourpres, teintes avec du *berom* et du safran ;
des bois d'ébène, de cèdre, de cyprès, tout fraîchement cou-
pés du mont Amanus aux belles forêts, en honneur de Bel,
de Zarpanit, de Nébo et de Tasmit et des dieux qui habitent
les sanctuaires des Soumirs et des Accads... » Trad. J. Ménant et Oppert.

[1] *Baril de Phillips* : « Les dépouilles du pays d'Izalla, de
Touïmmi, de Simmin, de Khilbun, d'Aranaban, de Souka, de
Bet-Koumat et de Bitat, je les ai fait entrer, comme les eaux
des fleuves qui ne sont plus à leurs sources, dans la pyramide
de Mérodach et de Zarpanit mes deux maîtres. » Trad. J.
Oppert.

[2] *Inscription de Cambridge* : « Les grilles en airain qui
sont dans les ouvertures voûtées des portes de la pyramide,
pour monter aux statues en argent et près du seuil où s'ar-
rête l'homme pieux, aucun roi antérieur ne les avait restau-
rées dans la porte du soleil levant, la porte du canal, la porte
du dieu de tous les arabes, la porte du canal et la porte des
mille paroles vaines. Et puisque c'est un lieu de contrition et
d'adoration des dieux..., je les ai refaites. Les huit grilles en
airain que j'y ai adaptées, que devant elles l'adversaire et
l'ennemi tremblent dans la peur de mourir, je les ai ornées

mit fin aux travaux de reconstitution que ce prince avait commencés [1].

X. — Et maintenant que nous avons indiqué les notions que l'on a pu recueillir sur les grands édifices de la reine de l'Asie, reportons-nous par la pensée, à l'époque où Nabuchodonosor vient de terminer tous les embellissements de la « ville de sa Royauté » comme il la nomme lui-même ; pénétrons dans la cité Royale, franchissons la muraille qui entoure le BIT SAG GA TU, et montons sur le faîte du Temple des Assises de la Terre ; un magique panorama va se dérouler devant nos yeux.

Au-dessous de nous, tout autour, Babylone s'étale majestueuse.

et recouvertes en argent. Dans la porte du soleil levant, la porte du dieu de tous les arabes, la porte du canal et la porte des mille paroles vaines, dans les voûtes de ces portes, j'ai réparé, comme c'était auparavant ce qu'il y avait en statues d'argent et ce qui était sur les seuils, tels qu'étaient les trésors antérieurs. »

[1] Voyez Diodore, II, 9 ; — Strabon, XVI, 1 ; — Arrien, *Anab.* III, 16 et VII, 17, etc.

L'Euphrate, semblable à une large bande d'argent, rapide en son lit sinueux, court dans la plaine qu'il féconde et protége en se déversant dans des canaux sans nombre ; dans ce fameux *Nahar-malkha* (fleuve royal), artère principale et centre du système d'irrigation de toute la Basse-Chaldée, construit depuis des siècles par Hammourabi [1] et réparé depuis peu par Nabuchodonosor ; dans des lacs d'un travail prodigieux dont le plus remarquable est celui qu'a fait creuser la femme de Nabopallassar.

Le fleuve traverse la ville ; il est contenu dans

---

[1] « J'ai fait creuser, dit Hammourabi dans une inscription qui est au Louvre, le fleuve Hammourabi, Bonheur des hommes, pour les peuples de Babylonie, et l'aqueduc pour le peuple de Sumir et d'Accad. J'ai porté ses rives sinueuses dans le désert, j'ai creusé des fossés d'irrigation, et, de la sorte, ai procuré des eaux continuelles au peuple de Sumir et d'Accad... J'ai changé les plaines désertes en terres arrosées, je leur ai donné la fertilité et l'abondance, j'en ai fait une demeure de bonheur. » — Et plus loin : « D'après les décrets irrémissibles que Mérodach m'a donnés, j'ai construit sur les grandes berges, un fort dont la tête s'élève comme une montagne à l'entrée du fleuve Hammourabi, Bonheur des hommes. J'ai nommé ce fort pour sa gloire, du nom de la mère qui m'a donné le jour et du père qui m'a engendré. » Trad. J. Ménant, *Insc. d'Hammourabi.*

des digues monstrueuses qui surprendront encore,
à quelques centaines d'années de là, l'historien grec
Hérodote.

Tout à fait dans le lointain, nous apercevons
les deux grands murs d'enceinte.

Au sud-ouest nous distinguons la cité profane,
Halalat. Dans les usines tout un peuple d'ouvriers
travaille ; par places des points blancs scintillent, —
ce sont les feux qui cuisent les briques, — il s'élève
une fumée épaisse, rousse, et sur la cité entière
plane une teinte pourpre qui se fond peu à peu dans
le bleu foncé du ciel. C'est à Halalat qu'ont été installés les captifs que le Grand-Malkha a ramenés
de ses expéditions ; c'est là que, dans leurs réunions religieuses, les Juifs entonnent l'admirable
lamentation que nous connaissons sous le nom de :
Super flumina Babylonis.

Plus au sud-ouest encore, nous reconnaissons
Borsippa, la ville religieuse par excellence, la ville
aux fabriques de toile célèbres de toute antiquité,
la ville où se dresse la fameuse Tour à Etages.

Au nord-est, toute proche d'Imgur-Bel, nous
voyons Cutha, et au-dessus des terrasses des mai-

sons apparaît le sommet du temple de Nergal [1].

A nos pieds, renfermés dans les murs de la vieille capitale des monarques kouschites occupée maintenant par les seules demeures des dieux et des rois, s'élèvent les Jardins suspendus, les palais gigantesques et somptueux gardés par de colossales statues de lions et d'hommes taureaux.

Et, de quelque côté que se portent nos regards, au milieu des rangées d'habitation, à la fulguration des plaques de cuivre ou d'autres métaux qui recouvrent leurs coupoles, à leurs hautes terrasses carrées, nous reconnaissons les temples.

Dans Babylone nous voyons non-seulement le sanctuaire de Bel-Mérodach, mais encore les sanctuaires de Nébo, l'intelligence suprême ; d'Ao, qui préside aux augures ; le temple des Hauteurs et celui des Profondeurs, dédiés à Nanna, qui réjouit et soutient l'âme ; le *Bit-iz* de la Grande-Lumière, dédié à la Lune ; la pyramide de Samas, le dieu

---

[1] Cutha est appelée dans les inscriptions, « le séjour du dieu Nergal. »

Soleil, le juge du monde ; la maison de Mylitta-Zarpanit [1].

A Borsippa, autour du Temple des Sept Lumières de la Terre, nous apercevons les demeures de Ninip, de Nanna, de la Vie, de l'Ame Vivante, et le sanctuaire d'Ao, le dieu qui fait pleuvoir les roses fécondes sur les provinces [2].

Enfin, si, non contents de revoir par la pensée tous ces splendides édifices qui faisaient de Babylone ce que Rome est aujourd'hui, nous rendons à la Grande-Ville la vie que lui donnait une nombreuse et commerçante population, si nous nous la figu-

---

[1] « J'ai fondé, dit Nabuchodonosor, j'ai bâti dans Babylone le temple sacré, la maison de Mylitta Zarpanit, la souveraine sublime et qui est le cœur de Babylone, en l'honneur de la souveraine sublime, la reine auguste des dieux. J'ai fait construire en bitume et en briques un *kissa* énorme ; j'ai formé les voûtes de ses niches intérieures par une terre massée. — Souveraine des dieux, mère auguste, en tout sois propice, féconde la semence, renferme dans le sein de l'utérus l'embryon jusqu'au terme, préside à la délivrance. Que nos œuvres réussissent avec ton aide. » — Voyez Hérodote, I, 199.

[2] Dans l'*Inscription de Londres*, col 4, l. 7 et suiv., Nabuchodonosor a énuméré les différents temples qu'il a restaurés ou bâtis dans la grande Cité.

rons telle qu'elle devait se présenter, alors qu'elle était animée par toutes les pompes royales et religieuses dont les bas-reliefs de Ninive nous ont offert l'image, comment pourrons-nous être surpris de l'impression qu'elle produisait sur ceux qui la venaient visiter, et nous étonner du souvenir qu'elle a laissé après elle.

FIN.

TABLE

Préface.. v

PREMIÈRE PARTIE.

Historique des découvertes.

Pages.

I. — Etat des connaissances que l'on
    avait sur la Chaldée et l'Assyrie
    avant l'époque des fouilles de
    M. Botta...................... 1
II. — Premières fouilles à Khorsabad.... 19
III. — Les explorateurs anglais.......... 38
IV. — Reprise par M. Place des fouilles de
    Khorsabad 51

DEUXIÈME PARTIE.

Chaldée.

Chapitre I. — *Aspect général des ruines Chal-
déo-Assyriennes*......................... 55-58

Pages.

CHAPITRE II. — *Architecture chaldéenne*....... 59-80

   I. — Antiquité des cités chaldéennes..... 59

   II. — Constructions des rois Sagaraktiyas, Uruck , Pournapouriyas, Kourigalzou, Hammourabi..... 64

   III. — Résultats des fouilles de MM. Loftus et Taylor en ce qui concerne la recomposition de l'édifice chaldéen....................... 70

TROISIÈME PARTIE.

Assyrie.

CHAPITRE Ier. — *Observations générales*........ 81-100

   I. — Caractère des constructions........ 83

   II. — Esprit pratique présidant aux constructions..................... 85

   III. — Orientation des édifices........... 88

   IV. — Choix des matériaux dicté par les nécessités du climat et les traditions de la race................ 90

CHAPITRE II. — *Motifs qui font prendre comme type d'architecture assyrienne les constructions de Khorsabad*....................... 101-106

CHAPITRE III. — *La Ville*, (Hisr-Sarkin)....... 107-132

   I. — La ville 107

   II. — Sa position 109

   III. — Son aspect..................... 114

   IV. — Inscription des barils............. 125

	Pages.
CHAPITRE IV. — *Le Palais* (Hekal-Sarkin).....	133-258
I. — Situation du Palais................	133
II. — Terrasses........................	135
III. — Mur de soutènement..............	140
IV. — Moyens d'accès à la plate-forme des monticules....................	147
V. — Procédé de construction des édifices.	151
VI. — Différence sous ce rapport entre les constructions ninivites et babyloniennes....................	152
VII. — Influence de la matière sur les dispositions de l'architecture......	154
VIII. — Epaisseur des murailles..........	156
IX. — Appareil décoratif des murs à l'extérieur........................	158
X. — Grandes entrées du Palais..........	161
XI. — Plan général ; grandes divisions de l'habitation....................	166
XII. — Le Sérail	167
XIII. — Les Dépendances...............	178
XIV. — Le Harem......................	183
XV. — Toiture.......................	190
XVI. — Eclairage.....................	207
XVII. — Bas-reliefs et sculpture..........	216
XVIII. — *Temple ou salle du Trône*........	237
XIX. — Temple-observatoire	244
XX. — Inscription des *Fastes*	254
CHAPITRE V. — *Demeures du peuple*........	259-262
CHAPITRE VI. — *Consécration des édifices*......	263-272
I. — Inscriptions sur des plaques de métal.	263
II. — Les pierres de fondation « *temen* » en Chaldée et à Babylone.......	266
III. — Cylindres, pierres, amulettes.......	270

QUATRIÈME PARTIE.

Babylone.

Pages.

CHAPITRE Iᵉʳ. — *Les Ruines*................. 273-293
   I. — L'expédition scientifique en Mésopo-
      tamie......................... 273
   II. — Les Monticules................... 277
   III. — Causes qui viennent entraver les
      reconstitutions 282
CHAPITRE II. — *La Ville*..................... 293-364
   I. — Les matériaux qui vont servir aux
      constructions.................. 293
   II. — Les Enceintes.................... 299
   III. — Les Quais...................... 309
   IV. — Le Pont ; le Tunnel.............. 315
   V. — Les édifices que représentent au-
      jourd'hui les principaux amas de
      ruines 319
   VI. — Le *Birs-Nimroud* ou la Tour à Éta-
      ges........................... 320
   VII. — Le *Kasr* ou Grand-Château........ 334
   VIII. — *Tell-Amran* ou les Jardins suspen-
      dus........................... 345
   IX. — *Babil* ou le Tombeau de Bélus..... 352
   X. — Aspect général...... 359

Chaumont. — Typographie de Ch. Cavaniol.

ERRATA.

Page 10, ligne 9 de la note, *au lieu de* Σραθμοὶ 'Ασίας, *lisez* Σταθμοὶ Ασίας.

Page 14, note [5], au lieu de *Berschreibung der Reyss*, lisez *Berschreibung der Reyse*.

Page 61, ligne 11, *au lieu de* intercallation du verset, *lisez* intercalation du verset.

Page 64, ligne 7, *au lieu de* Sagaraktiyas que les uns, *lisez* Sagaraktiyas que quelques-uns.

Page 81, *au lieu de* deuxième partie, *lisez* troisième partie.

Page 118, ligne 13, *au lieu de* plancher de ces entrées; elles, *lisez* plancher de ces entrées, elles.

Page 237, ligne 17, *au lieu de* les plus hypothétique, *lisez* des plus hypothétiques.

Même rectification, page 271, ligne 20.

Page 363, ligne 7, *au lieu de* les roses fécondes, *lisez* les rosées fécondes.

www.ingramcontent.com/pod-product-compliance
Lightning Source LLC
Chambersburg PA
CBHW050312030726
47505CB00003B/672